KB098517

바나나와 쿠스쿠스

이 도서의 국립중앙도서관 출판예정도서목록(CIP)은 서지정보유통지원시스템 홈페이지(http://seoji.nl.go.kr)와 국가자료공동목록시스템(http://www.nl.go.kr/kolisnet)에서 이용하실 수 있습니다.(CIP제어번호: CIP2015003342)

바나나와 쿠스쿠스

–요리하는 철학자 팀 알퍼의 유럽 음식 여행

초판 1쇄 인쇄 | 2015년 3월 15일
초판 1쇄 발행 | 2015년 3월 20일

지은이 | 팀 알퍼
옮긴이 | 조은정
펴낸이 | 최은숙
펴낸곳 | 옐로스톤

일러스트 | 지현도
디자인 | 최인경

등록 | 2008년 3월 19일 제396-2008-00030호
주소 | (121-830) 서울시 마포구 연희로1길 9 3층
전화 | (02) 323-8851
팩스 | (031) 911-4638
이메일 | dyitte@gmail.com

© 팀 알퍼, 2015

ISBN 978-89-968228-9-9 03840

값은 뒤표지에 표기되어 있습니다.
파본은 구입하신 서점에서 교환해 드립니다.

* 48, 50, 235페이지의 사진은 Creative Commons Attribution Share Alike 2.0의 라이선스 아래 사용되었습니다(http://Creativecommons.org/licenses/by-sa/2.0/legalcode).
벨기에의 맥주 사진과 스위스 사진을 제공해준 Pascal Gremaud에게도 감사드립니다.

바나나와 쿠스쿠스

요리하는 철학자 팀 알퍼의

유럽 음식 여행

팀 알퍼 지음 | 조은정 옮김

옐로스톤

차례

프롤로그

모든 것은 바나나와 함께 시작되었다

영국의 부모님 댁에는, 기저귀를 차고 보행기에 앉아 있던 시절의 내 모습을 담은 오래된 8밀리 비디오테이프가 지금까지도 보관되어 있다. 그 비디오에서 나는 으깬 바나나를 먹고 있다. 처음에는 손에 쥐여준 플라스틱 스푼으로 떠먹기 시작하지만, 스푼으로는 이 맛있는 과일을 입으로 떠 넣는 속도가 그닥 만족스럽지 않다는 것을 즉시 깨달은 모양이다. 나는 곧장 스푼을 내던지고, 으깬 바나나를 손으로 한 움큼씩 퍼서 입으로 마구 쑤셔 넣기 시작한다.

여기까지 말한 내용은 모두 이 비디오를 본 친구들에게 전해들은 것들이다. 사실 나는 한 번도 이 비디오를 본 적이 없다. 아버지는 내가 없을 때 부모님 댁을 방문한 몇몇 친구들에게 이 비디오를 반강제로 보여주신 모양이다. 그러나 내가 부모님 댁에 있을 때는 온갖 이유를 대시며 결코 이 비디오테이프를 꺼내려 하지 않으신다.

그 후 내가 '바나나 어드벤처'의 후속편으로 다시 돌아온 것은 그로부터 몇 년이 지나서이다. 당시 여덟 살 소년이었던 나는 어느 날 뜬금없이 외할머니에게 바나나 케이크를 만들겠노라고 선언한다. 그러고는 언젠가 TV

의 요리 프로그램에서 본 셰프를 흉내 내면서, 달걀을 떨어뜨리고, 밀가루를 사방에 흘리며 주방을 엉망으로 만들었다.

어쨌든, 그럭저럭 바나나 케이크를 제법 비슷하게 흉내 낸 결과물이 만들어졌다. 내 머릿속에 들어 있던 막연한 생각들이 어떻게 나와 내 가족이 먹은 물리적인 케이크로 거듭날 수 있었는지는 지금까지도 잘 이해되지 않는다. 그리고 아직도 나의 할머니는 여덟 살짜리 꼬마였던 내가 바나나 케이크를 혼자서 만들었고, 자신은 아무것도 안 도와주시고 그저 내가 요리하는 것을 지켜만 보셨다고 맹목적으로 믿고 계신다. 손주들을 끔찍이 사랑하는 세상의 모든 할머니들은 그 녀석들이 좋은 쪽으로 비춰질 수만 있다면, 작은 속임수를 쓰거나 혹은 스스로를 기만하는 것쯤이야 아무렇지도 않은 모양이다.

바나나 케이크를 처음 본 순간부터 나는 음식이 어떻게든지 내 운명과 필연적으로 엮일 거라는 예감에 사로잡혔다. 요리는 이제껏 내가 경험해 본 가장 창의적인 행위이며, 사람들이 음식을 만들고 있는 것을 보고 있노라면 마치 붉은 저녁노을이 아름답게 물드는 장면처럼 그저 자연의 일부로 여겨진다. 요리는 우리를 인간으로 만들어주며 인간들을 하나로 결속시켜준다. 또한 인류가 가진 모든 좋은 모습들을 보여주기도 한다. 요리 없이는 그 어떤 공동체도, 문화도, 문명도 존재하지 못했을 것이다. 심지어 인류가 최초로 발명해낸 도구들도 거의 대부분이 음식을 만드는 것과 연관이 있고, 요즘에 새롭게 생겨나는 세련되고 멋진 도구들 또한 여전히 대부분 요리와 관련이 있다.

유대인들은 한국 사람들만큼이나 모여서 식사하기를 좋아한다. 유대인들의 부엌은 암탉같이 높은 목소리로 서로 언성을 높이다 언제 그랬냐는 듯이 금방 낄낄거리는 변덕스러운 여자들이 복작대는 곳이다. 이런 유대인 가정에서 태어난 나로서는, 음식을 만들어내는 열정과 드라마와 사랑에 빠지지 않는 편이 오히려 힘들었을 것이다.

성인이 되자 나는 모국인 영국을 떠나 동쪽으로 여행을 시작했다. 다양한 국가들로 이루어진 유럽 대륙의 여러 나라들을 돌아보며 짧게는 몇 달씩 여행을 하고, 길게는 몇 년 동안 거주하기도 했다. 그리고 놀라울 정도로 수준 높은 음식 문화를 가진 한국에서 음식에 관한 나의 관심은 드디어 최고조에 이르렀고, 민망하지만 이렇게 한 권의 책으로 결실을 맺게 되었다.

내가 한국을 여행하면서 얻은 가장 생생하고 잊지 못할 추억들은 언제나 음식에 관한 것들이다. 유럽으로부터 너무나 멀리 떨어져서 살고 있어 옛날처럼 자주 유럽을 드나들 수 없는 지금, 유럽에 대한 추억들 또한 온통 음식에 관한 것뿐이다.

가장 의미 있는 최고의 여행은 한 손에 지도를 쥐고, 다른 손에 가이드북을 들고 다니는 것으로는 만들어질 수 없다. 왜냐하면 지도와 가이드북은 사실 문화와는 별로 관련이 없기 때문이다. 그것들은 오히려 우리를 문화와 멀어지게 만들지도 모른다. 진짜 문화에 한 발짝 다가갈 수 있는 훨씬 더 좋은 방법은 바로 '굶주린 배'와 '열린 마음' 만 가지고 떠나는 것이다. 나의 소소한 바람은, 바로 그렇게 여행을 떠날 수 있도록 이 책이 여러분들에게 영감을 불어넣어줄 수 있었으면 하는 것이다.

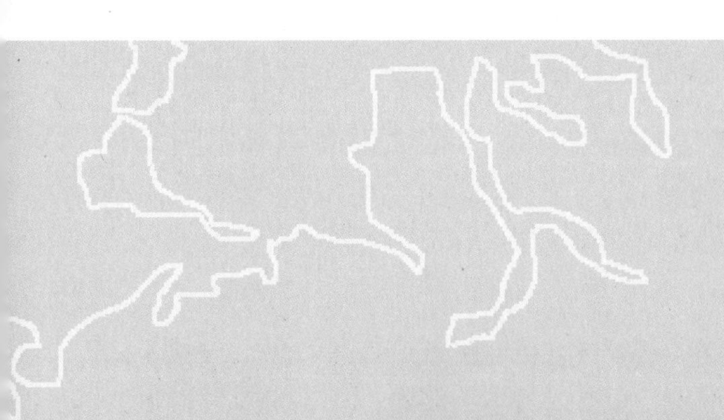

북부유럽

NORTH

영국

스웨덴

WHITE HORSE

CLAVELL'S

북부유럽

"It's grim up North(북쪽 동네는 우울해)." 영국 남부에 사는 사람들은 영국 북부에 사는 사람들에 대해 흔히 이렇게들 말한다. 다른 유럽 나라들도 그렇지만, 영국은 북쪽 지방과 남쪽 지방의 모습이 엄청나게 다른 나라이다. 북쪽 사람들은 다른 모든 덕목들보다 '효율성'에 가장 큰 가치를 둔다. 그리고 그들은 뜨거운 태양, 스캔들 그리고 스파게티로 가득한 쾌락주의적인 삶을 사는 남부 사람들을 무시한다. 이와는 반대로 남부 사람들은 수줍음이 많고 과묵하고 유머 감각이라곤 손톱만큼도 없는 북극권 가까이에 사는 사람들을 매우 깔보는 경향이 있다.

하루 종일 햇빛이 나지 않는 계절, 북극의 밤은 누구에게나 별로 매력적이지 않다. 한 달 간이나 계속되는 기나긴 밤 동안 어둠 속에서 갈팡질팡 헤매야 하는 노르웨이 지역의 주민들에게 이것은 단지 끔찍한 악몽이 아닌 매년 돌아오는 실제 상황이다. 유럽의 북쪽 지방에서는 겨울이 되면 해가 아주 일찍 저문다. (영국의 경우 오후 3시 30분이 되면 벌써 어둑어둑해지기 시작한다.) 그리고 그곳에서 뺨을 할퀴는 듯한 바람, 양탄자같이 대지를 뒤덮인 눈은 너무나 흔해빠진 풍경이다.

잔인할 정도로 차가운 북극과 발틱 해로 둘러싸인 꽁꽁 얼어붙은 땅은 미식가들에게는 상어가 잔뜩 들어 있는 수족관에서 수영을 하는 것만큼이나 피하고 싶은 상황일 것이다. 그러나 북쪽 지방이 항상 비참하고 우울하기만 한 것은 아니다. 밤 10시가 넘어서야 해가 지기 시작하는 찬란한 북쪽의 여름은 혹독한 겨울에 대한 일종의 보상과도 같다. 그곳에는 고혹적인 붉은 베리들이 잔뜩 달려 있는 덤불, 즙이 풍부한 두꺼운 루버브rhubarb 줄기, 그리고 자신들의 정력을 과시라도 하듯이 공중으로 높이 튀어 올라 벌레를 잡아먹는 통통한 연어와 송어로 가득한 강이 있다.

태양이 빛나고, 들판에는 황금빛 보리가 덮여 있고, 하늘은 수천만 마리 새들의 노랫소리로 가득 차 있을 때, 우리는 극단적으로 대비되는 차이와 아름다움이 하나이자 동일한 것으로 취급되는 이 이상한 유럽의 북쪽 나라들과 사랑에 빠질 수 있다.

영국

고향의 맛이 느껴지는 영국의 가정식

Shepherd's Pie 셰퍼드 파이

영국 음식은 유럽인들에게 언제나 최고의 농담거리다. 프랑스 사람들은 영국 사람들을 "Les Ros-Bifs"(오븐에 구운 쇠고기라는 의미의 프랑스어)라고 부른다. 영국 사람들이 그나마 만들 줄 아는 음식이 '로스트 비프'라고 생각하기 때문인 듯싶다. 이렇게 유럽인들에게 영국 음식에 대한 이미지는 지나치게 익혀 물컹한 야채를 곁들인 회갈색 고기덩어리일 뿐이다.

사실 우리 영국 사람들조차도 우리의 식사를 "meat and two veg(두 가지 야채를 곁들인 고기)"라고 부른다. 아니나 다를까 매번 우리 식탁에 오르는 것은 램찹, 스테이크, 소시지 등 고기 종류와 보기만 해도 속이 더부룩한 탄수화물 덩어리인 감자, 그리고 거기에 통조림이나 냉동실에 있던 콩이나 당근을 푹 삶아 곁들이는, 절대 예측을 벗어나는 법이 없는 식단이다.

언젠가 영국에 있는 친구가 보내준 엽서가 떠오른다. 그 엽서에는 베레모와 스트라이프 티셔츠를 입은 세련된 프렌치 커플이 먹음직스러워 보이는 어니언 스프를 막 떠먹으려는 그림이 그려져 있었다. 그 커플은 서로에게 화사한 미소를 지으며 말한다 "Bon Appetit!(맛있게 드세요라는 의미의 프랑스어)", 그 밑에는 젊고 도발적인 느낌의 이탈리안 커플이 토마토 소스로 덮인 파스타 접시를 사이에 두고 서로를 뜨거운 눈길로 바라다보며 말한다. "Buon Appetito!(맛있게 드세요라는 의미의 이탈리아어)", 그리고 엽서의 맨 밑에는 나이가 지긋한 영국인 커플이 그들의 음식 접시를 향해 머리를 숙이고 있다. 코듀로이 수트를 입은 창백한 안색의 남성과 파마 머리가 아니었으면 성별을 가늠하기 힘들었을 여성은 눈맞춤을 피하며 결코 맛은 장담할 수 없을 듯한 회색 통조림을 앞에 두고 우울하게 바라보고 있다. 그리고 그 그림에는 이런 문구가 써 있다. "Never Mind(그렇지 뭐)."

그렇다, 심지어 영국 사람들 스스로도 자신들의 음식을 밍밍하고 맛없

다고 느끼는 것이 사실이다. 고든 램지나 제이미 올리버와 같은 영국 출신 셀러브리티 세프들이 종종 한국의 TV 브라운관에 모습을 비치곤 하지만, 유심히 살펴본다면 그들이 소개하는 요리 대부분은 영국 음식이 아니라 프랑스나 이탈리아 음식들이다. 영국인들은 어느 분야건 최고가 아님을 인정하기를 매우 싫어하는 사람들이다. 그러나 음식에 관해서라면, 완전히 패자임을 인정하지 않을 수 없을 것이다.

영국 내에서 인기가 있는 음식들은 외국 음식들을 그닥 신통치 않게 변형시킨 것이 대부분이다. 인도 사람들은 근처에도 가려 하지 않을 법한 영국 버전의 치킨 커리 '치킨 티카 마살라 Chicken Tikka Masala'와 이탈리아 볼로냐에는 존재하지도 않는 '스파게티 볼로네즈'가 대표적인 예이다. 만약 이탈리아 사람들이 우리가 팅팅 불은 스파게티 면에 곤죽이 된 고기 소스를 얹어 'SpagBol'이라는 애칭으로 내놓는 것을 본다면, 그들은 분명 질색팔색을 할 것이다

영국을 대표하는 음료인 '티'조차도 사실은 외국에서 들여온 것이다. 영국을 방문했던 사람이라면 우리가 콘크리트와 같이 회갈색으로 변색된 티를 이가 빠진 머그잔에 대충 부어 마시는 모습을 보고 놀랐을 것이다. 영국 사람들이 중국에서 전해진 이 섬세한 맛의 차라는 음료를 대하는 방법은 정성 어린 중국의 다도와는 아주 거리가 멀다. 일명 'builder's tea'라고 불리는 영국인들의 넘버원 국민음료는 지나치게 우려 떫은 티에 저렴한 우유를 부어 희석시키고 거기다 백설탕을 수북하게 한 스푼 넣어서 달달한 맛을 가미한 것이다.

그러나 영국 음식이 이렇게 형편없다는 것은 자타가 공인하는 사실임에도 불구하고, 영국 사람들에게 영국 음식 없는 삶은 결코 상상할 수 없다.

코르동블루의 섬세한 레시피와 화려한 프랑스 요리도 영국 사람들을 진정으로 행복하게 할 수는 없다. 물론 우리는 럭셔리한 미슐랭 레스토랑에 앉아서 한 손에는 값비싼 와인 한 잔을, 다른 한 손에는 푸아그라 테린(거위간을 재료로 한 프랑스의 고급 요리)을 들고 고상한 척할 수 있겠지만, 그러나 우리가 진정으로 사랑하는 것은 따뜻한 온기, 뒤에서 울려퍼지는 텔레비전 소리, 비가 쏟아지는 바깥 그리고 우리 앞에 놓인 영국 음식 한 접시…… 이렇게 가정이 주는 아늑함이다.

나의 유년 시절을 떠올리면 가장 먼저 생각나는 것이 감자로 만든 파이다. 어린 나는 식탁에 앉아 있고, 나의 어머니의 얼굴에는 지친 기색이 역력해 보인다. 이제 어머니가 늘 비슷한 레퍼토리의 푸념을 늘어놓으실 차례다. 그 누구도 어머니가 준비한 저녁식사에 대해 단 한마디도 꺼내지 않았기 때문이다

어머니는 말씀하시곤 했다. "늘 음식을 만들어줘도 누구 하나 말해주는 사람도 없고, 차라리 마른 풀을 한 접시씩 주는 게 낫지!"

어머니의 짜증을 감지하신 아버지는 말씀하신다. "알았어, 이제 그만! 다음 주에는 내가 꼭 셰퍼드 파이를 만들게."

언젠가 한 번쯤은 아버지의 셰퍼드 파이가 마법처럼 등장해서 부엌일에 지친 어머니를 구하리라는 간절한 바람을 가지고 어린 시절을 보냈지만, 결국 아쉽게도 현실에서 그 파이를 맛볼 수는 없었다.

오븐에서 갓 꺼낸, 입천장을 데일 정도로 뜨거운 감자 파이는 영국 키친에서 가장 중요한, 심장과도 같은 존재이다. 만약 섬나라 영국에서 태어나서 자란 사람이라면, 화려하게 장식된 유럽 대륙의 음식을 동경하는 것이

당연한 이치겠지만, 그러나 호사스런 대륙의 음식들은 감자가 기본이 되는 영국 음식의 따뜻함과 집밥이 주는 정직함을 가지지는 못했다. 음식이 예술에 비교되는 프랑스나, 재능에 비교되는 이탈리아의 주방에서 감자는 특별한 손님과 같은 대접을 받는다. 얇게 썰어져서 프랑스의 그라탱 도피누아Gratin Dauphinois(프랑스식 감자 그라탕)로 만들어지거나, 섬세하게 양념이 되어 풍미 가득한 이탈리안 샐러드에 올려지기도 한다. 그러나 우리 영국 사람들에게 감자는 오랜 시절을 함께한 제일 편안한 친구일 뿐이다. 요리를 할 때, 우리는 두 팔을 벌려 감자를 반기고 등을 한번 툭 치며 이렇게 말한다. "들어오시게나, 오랜 친구여, 자 다리를 편안하게 올려놓고 한잔하시게, 그동안 무척이나 보고 싶었다네!"

감자가 주재료로 사용된 한끼 식사는 영국 사람에게 진정으로 만족스러운 포만감을 안겨준다. 고된 하루의 일과를 마치고 집으로 들어가는 순간 코에 느껴지는 감자 삶는 냄새는 밖에서 있었던 하루의 근심과 스트레스를 날려버리게 하며 내가 진짜 집에 도착했구나 하는 편안함을 느끼게 해준다.

우리가 감자를 요리하는 방법은 주로 오븐에 굽거나 튀기는 것이다. 때때로 랭카셔 핫 팟Lancashire Hotpot(양고기, 당근, 감자를 넣고 오랫동안 끓인 스튜)과 같은 음식을 만들 때 감자를 몇 시간 동안 뭉근히 끓여주기도 하지만, 우리에게 우리의 절친 감자를 대하는 최고의 방법은 그냥 삶아주는 것이다.

이렇게 단순하게 삶은 감자는 피셔맨스 파이Fisherman's Pie, 코티지 파이Cottage Pie 그리고 셰퍼드 파이Shepherd's Pie와 같이 영국 사람들이 수 세기 동안 먹어온 소박하고 시골스러운 파이의 가장 본질적인 요소이다.

사실 이 세 가지 종류의 파이들은 근본적으로는 모두 같은 음식으로, 단지 속을 채우는 속재료에 따라서 이름이 달라질 뿐이다. 피셔맨스 파이는 생선이나 해산물을, 코티지 파이는 쇠고기나 양고기mutton, 그리고 셰퍼드 파이는 어린 양고기lamb로 속을 채워준다. 하지만 어떤 파이든지 고기나 해산물 등의 속재료를 양파 당근과 함께 볶은 후, 삶아서 으깬 감자로 한층을 덮어서 오븐에서 구워주는 것은 동일하다.

아마 패스트리 없이 감자를 덮어 구워낸 이 음식을 왜 '파이'라고 부르는지 또한 잘 이해되지 않을 것이다. (파이의 핵심은 바삭하게 부서지는 패스트리가 아니던가?) 그러나 일단 한번 감자 파이를 맛본다면, 왜 이 음식을 파이라고 부르는지 이해할 수 있을 것이다. 감자 파이는 일반적인 파이와 똑같은 방법으로 구워지고, 구워진 후에는 감자와 속재료가 잘 밀착되어 애플파이처럼 한 조각씩 잘라 먹을 수 있다.

세 가지 파이 모두, 쓰고 남은 재료나 적은 양의 고기를 사용하여 음식을 만들 수밖에 없었던 가난했던 시절에서 유래되었다. 셰퍼드 파이는 생업으로 양을 기르는 양치기들이 먹던 음식으로, 그들은 양의 제일 좋은 부위는 시장에 내다 팔고, 남은 자투리 고기를 갈아서 파이를 만들었다. 코티지 파이도 마찬가지다. 코티지 파이는 말 그대로 과거에 소를 몇 마리 키우며 작은 규모로 낙농업을 하는 농가에서 주로 먹던 파이로, 역시 최상급의 쇠고기는 팔고 남은 고기를 갈아서 코티지 파이를 구웠다. 그리고 어부들 역시 다를 바가 없었다. 바다에서 잡은 크고 좋은 생선들은 내다 팔고 자잘한 생선과 해산물을 어부들이 저녁에 집에 돌아와 아내에게 건네주면, 어부의 아내들은 그것들로 잽싸게 피셔맨스 파이를 만들어 저녁 테이블에 올렸다.

최고의 한국 음식으로 손꼽히는 비빔밥, 묵, 막국수처럼 감자 파이 또한 이렇게 가난을 이겨내던 시절의 음식이다. 화려하지 않은 이 소박한 음식들은, 아무리 많은 시간과 정성을 들여도 결코 아름답게 치장될 수 없는 음식들이다.

요즘 음식에 관한 이야기를 할 때 '소울 푸드'라는 단어를 자주 접하는데, 사실 소울 푸드는 미국 남부지역 흑인들의 투박하고 향신료 맛이 강하게 느껴지는 음식을 뜻하는 말이다. 나는 음식에 관한 글을 쓰지만 솔직히 소울 푸드라는 개념을 잘 이해할 수 없다. 그러나 만약 소울 푸드가 우리의 영혼 깊은 곳에 호소하는 음식을 의미한다면, 아마도 영국인들에게 소울 푸드는 감자로 만든 음식이 아닐까 한다. 여기에는 고급 레스토랑에서 호사스럽게 즐기는 오뜨 뀌진haute cuisine의 가식을 부릴 이유가 없다. 해변가를 기어오르는 조난자처럼 저녁이면 비틀비틀 집을 찾아 돌아오는 피곤한 한국 직장인들에게 '쉬익' 소리를 내며 김을 뿜어내는 전기밥통의 밥 냄새처럼 감자 삶는 냄새는 영국인들의 지친 마음을 어루만져준다.

사실, 이 '파이'를 만드는 데 대단한 과학이 필요한 것은 아니다. 감자 3개와 포크 하나만 준비되어 있다면, 벌써 파이를 만드는 절반 지점에 도착한 셈이다. 먼저 감자가 물러질 때까지 잘 삶고, 건져서 포크로 으깨어준다. 그리고 잘게 썬 양파나 당근 한 줌 정도를 다진 고기나 해산물과 함께 볶아준다. 만약 조금 더 특별한 풍미를 원한다면, 월계수 잎을 넣어준다. 마지막으로 볶은 고기와 야채 믹스를 팬의 밑바닥에 깔아주고 그 위 한 층을 감자로 덮어준다. 그러고는 감자가 황갈색을 띠며 노릇노릇해질까지 오븐에서 구워주면 끝이다. 그러면, 짜잔! 몇 분 후 진짜 그럴싸한 영국 음식이 준비될 것이다.

이 투박한 감자 파이는 카카오스토리에 올릴 만큼 예쁜 사진을 남기거나, 미슐랭 스타 레스토랑의 메뉴판에서 만날 수 있는 음식은 아닐지도 모른다. 우리의 눈은 감자 파이에게 무엇인가 부족함을 느낄지도 모르지만, 우리의 마음과 뱃속만은 그 감자 파이에 의해서 충분히 즐거워진다는 것은 의심할 여지가 없다.

애프터눈 티에 관한 진실

Afternoon Tea

어떤 사람들을 애프터눈 티야말로 영국을 방문하는 모든 여행자들이 꼭 한 번쯤은 경험해봐야 하는 것이라고 이야기할 것이다. 만약 런던에 가서 애프터눈 티를 마시려고 한다면, 우리는 아마도 해럿이나 포트넘&메이슨과 같은 거대한 백화점 안에서 열심히 셀카를 찍어대고 있는 일본 사람들에게 둘러싸이게 될 것이다. 일본인 관광객들에게 파묻히는 것이라면 명동에서도 충분하니, 나는 런던에서 애프터눈 티를 마시는 것은 정말이지 추천하고 싶지 않다.

이미 눈치채고 있겠지만, 진짜 영국 토박이라면 결코 하지 않을 것 중 하나가 바로 관광객들로 붐비는 런던 시내 한복판에서 정통 애프터눈 티를 마시는 것이다. 사실 런던의 중심부에서 멀리 벗어날수록, 더 근사한 애프터눈 티를 기대할 수 있다.

그러나 사실 애프터눈 티에 관해서라면, 디지털 시대를 살고 있는 사람들이 과거 아날로그 시대를 방문하는 것처럼, 현대를 살고 있는 영국 사람들 또한 일종의 관광객이나 마찬가지다. 애프터눈 티를 즐기던 시대는 이미 사라져 땅속에 묻혔다. 현대의 영국인들은 다른 나라 사람들과 마찬가지로 커피와 데니쉬 패스트리로 간단하게 아침을 먹고, 슈퍼마켓에서 구입한 샌드위치로 점심을 해결한 후, 저녁에는 전자레인지에 데워 먹는 즉석 식품들로 배를 채운다.

그러나 옛날 옛적, Mr. 다아시, 귀족과 귀부인들이 살아가던 악랄한 식민주의 시대에 '티tea'는 삶의 중요한 일부였다. 귀족들 특히 귀족 여성들에게 티는 그녀들이 가장 사랑하는 두 가지 행위, 즉 가십을 나누고 식탐을 채우는 것을 결합할 수 있는 절호의 기회였다. 그 당시 귀족들은 저녁식사를 대체로 저녁 8시경에 했기 때문에, 오후 3~4시에 마시는 티는 허기를 달래주고 또한 그들에게 무언가 소일거리를 만들어주는(평생 동안 손끝에 물 한 방울 안 묻혀도 되는 부자 귀족들의 삶이 재미있게 들릴 수도 있겠지만, 사실 그들의 생활은 넘치는 시간을 주체할 수 없어 무척 따분했을 것이다) 일종의 간식의 페스티벌과도 같았다.

그 당시에는 '티'라고 불리는 2가지 다른 종류의 식사가 존재했다. 우선 격식을 덜 차리는 '애프터눈 티'는 식사를 하는 공간보다는, 주로 거실의 소파나 팔걸이 의자에 앉아 낮은 커피 테이블에 음식을 놓고 행해졌다. 다른 종류의 티는 '하이 티high tea'였는데, '하이'라는 이름이 붙은 이유는 커피 테이블보다 높은 테이블 위에 음식을 차려놓고 진행되기 때문이었다. 주로 다이닝 룸에서 즐기는 하이 티는 애프터눈 티에 비해 공이 많이 들어가고, 보다 요란스럽고, 음식들도 많이 준비되어야 했기 때문에 부엌에서 일하는 하인들의 일손이 더 필요했다.

이제 사람들은 더 이상 그렇게 살지 않지만, 속으로 은근히 한 번쯤 그렇게 살아보기를 꿈꾸기도 한다. 그리고 이런 이유들로 아직까지 영국 곳곳에서 티 숍을 찾아볼 수 있다. 티 숍을 찾는 손님들은 어딘가에서 사교를 즐기고 싶지만, 펍은 너무 시끄럽고 지저분하다고 여기는 나이 지긋한 여성들이 대부분이지만, 티 숍

에서는 많은 젊은이들을 또한 찾아볼 수 있다. 젊은 영국인들에게, 애프터눈 티 문화는 TV의 역사극이나 브론테 자매가 쓴 소설에서 보고 들은 것이 전부일 것이다. 그러나 그들 역시 이렇게 오래되어 사라진 자신들의 문화에 대해 일종의 주인의식 또는 애착을 느끼며, 이런 전통이 완전히 사라지는 것을 바라지 않는다. 그래서 때때로 그들은 애프터눈 티를 통해 과거(사실 그리 오래전의 과거가 아님에도 불구하고)로 빠져든다.

전통과 문화에 연연해하지 않아도 되는, 영국 출신이 아닌 다른 나라 사람들에게 애프터눈 티에서 '폭풍의 언덕'의 히스클리프와 캐시에 대한 추억과 판타지를 느끼는 것은 별로 중요하지 않다. 그들에게는 먹고 마시는 것 자체가 더욱 중요하다.

티는 티일 뿐이다. 영국에서 마셨거나, 마시게 될 티에 사실 뭔가 다른 특별한 것은 없다. 어쨌거나 그 티들은 모두 아시아에서 온 것들이다. 그러니 찻잔 안에서 근사한 일이 일어날 거라는 기대는 일찌감치 버려라. 진짜로 우리를 즐겁게 하는 것은 티와 곁들여 나오는 스콘과 홈메이드 잼 그리고 샌드위치들이다. 정통 애프터눈 티를 경험하게 된다면, 반드시 버터를 바른 식빵에 오이를 얇게 썰어 넣은 오이 샌드위치가 등장하게 될 것이다. 빵의 껍질 부분은 잘라내고 작은 직사각형 모양으로 자른 이 오이 샌드위치는 들리는 것만큼 맛 또한 형편없지만, 모든 영국 사람들은 이 오이 샌드위치야말로 애프터눈 티에 있어서 가장 필수적이고도 아이러니한 부분이라고 생각한다. 그러나 깊이 이해하려 들지 말아라. 예의 바른 상냥한 미소를 짓는 것뿐만 아니라, 일단 오이 샌드위치를 한 조각 집어 먹는 시늉을 한 후, 나머지는 그냥 내버려두어도 좋다. 나를 믿어라, 그것이 애프터눈 티를 즐기는 최고의 방법이다.

진정한 애프터눈 티의 본고장은 잉글랜드 남서쪽에 위치한 콘월과 데본 지역이다. 아주 오랜 역사를 지닌 이 지역에는 로마인과 앵글로색슨의 침략을 받기 이전에 사용했던 언어를 아직도 사용하는 사람이 있을 정도이다. 이곳에서 오래된 습관들은 사라지기 쉽지 않다. 그리고 만약 정말 수백 년 전 영국 사람들이 어떤 모습으로, 무엇을 먹고 살았는지 둘러보고 싶은 사람이라면, 아무것도 변한 것이 없는 이 지역을 둘러보는 것이 가장 좋은 방법일 것이다. 이곳에서는 클로티드 크림 티clotted cream tea를 파는 고풍스러운 티 숍을 찾아볼 수 있다. 클로티드 크림 티는 일반적인 애프터눈 티에 빽빽한 질감과 진한 우유 맛을 가진 클로티드 크림을 곁들인 것으로, 이 크림은 중독성이 매우 강하다. 그러나 만약 이 크림을 너무 많이 먹게 된다면, 순식간에 미쉐린 광고에 등장하는 캐릭터처럼 변할 수도 있으니 조심하는 게 좋을 것이다.

VICTORIA'S CUSTOM BLEND
TEA
EST.
1895
SOLD HERE

COFFEE
" HITS THE SPOT "
BREAK
9:00-5:00

영국

영국을 닮은 소박한 맛

Carrot Cake 당근 케이크

한 번도 영국 땅을 밟아보지 않은 사람이라도 누구나 한 번쯤은 영국 날씨에 대해서 들어봤을 것이다. 회색 하늘, 지겹도록 내리는 비 그리고 런던의 스모그. 영국의 궂은 날씨에 대해서는 세계적으로 악명이 자자하다. 내가 한국에서 누군가를 처음 만나면, 그들은 어김없이 영국의 날씨에 대해 묻곤 한다. 뚜렷한 사계절을 자랑하는 한국의 날씨와는 다르게, 사실 영국은 봄, 여름, 가을, 겨울이라는 명쾌한 계절 구분이 없다. 하늘은 항상 무언가 사악한 의도로 가득한 것처럼 어둡침침하고 가끔씩 찾아오는 맑은 날조차도 언제 심술궂은 빗방울이 쏟아져 우리의 즐거움을 망치지나 않을지 혹시나 들려올 벼락 소리에 늘 가슴을 졸여야 한다.

많은 유럽 사람들이 영국 음식을 비웃지만, 그러나 정말 좋은 요리사라면 뛰어난 실력보다 중요한 것은 좋은 재료라는 사실을 잘 알고 있을 것이다. 제한된 일조량과 줄기차게 쏟아지는 비는 탐스러운 지중해 지방의

식재료들에겐 최악의 조건이다. 통통하게 살이 오른 기다란 플럼 토마토plum tomato와 햇볕을 담뿍 받아 달콤해진 포도 그리고 난대성의 다양한 어류. 이런 식재료들은 영국의 우울한 날씨를 거부한다. 프랑스의 사과 브랜디인 칼바도스를 넣은 버터 소스에 재빨리 튀겨 라임즙을 뿌려낸 지중해산 랍스터를 런던에서 맛보기란 쉽지 않은 일이다. 식재료가 풍부하기로 유명한 이탈리아 남부의 칼라브리아에서 먹었던, 손으로 큼직하게 뜯은 버펄로 모차렐라 치즈와 싱싱한 바질을 넣은 토마토 샐러드 맛을 리버풀에서 기대하는 것은 너무나 무모한 생각이다. 그리고 부실한 영국의 포도밭에서는 결코 카베르네 소비뇽 같은 출중한 와인이 만들어질 수 없다.

사실 영국의 우울한 날씨를 좋아하는 독특한 식물이 한 가지 존재하기는 한다. 태양을 피해 땅속에서 살아가는 뿌리채소들이다. 둥근 뿌리를 가진 식물이라면 그 어떤 것이라도 영국의 토양과 기후를 사랑하는 것 같다. 귀한 자식을 얻은 부모처럼 영국 사람들은 뿌리채소에게 사랑과 헌신을 쏟아붓는다. 만약 태양 없는 하늘 아래서 무엇인가가 자라준다면, 영국 사람들은 우리의 사랑을 백배로 돌려줄 것이다.

당근은 인류 문명의 요람이자 현재 이란과 아프가니스탄의 영토가 된 비옥한 초승달 지역에서 탄생했다. 그리고 당근은 천천히 서쪽의 유라시아로 그 여정을 시작해서 TV에서나 태양을 볼 수 있고 뿌리채소의 사랑을 받는 또 다른 나라인 네덜란드에서 여정의 막을 내린다. 그리고 그 후 1600년경, 손톱에 검은 흙이 잔뜩 끼어 있는 영국 농부들의 손에 당근이 건네어지고, 그들의 러브 스토리는 그렇게 시작이 된다.

2011년, BBC 매거진 〈더 라디오 타임즈〉에서 실시한 설문조사에 따르면, 영국인들이 가장 좋아하는 케이크는 다름아닌 소박한 당근 케이크였다. 화려함을 자랑하는 독일의 블랙 포레스트 가토Black Forest gâteau(체리와 코코아로 만든 독일을 대표하는 케이크), 앙증맞은 일본의 디저트, 아름답고 섬세한 프랑스 파티셰리는 잊는 게 좋다. 평범한 영국 사람들은 섬세한 슈크림을 얹고 고상한 척하는 프로피테롤profiterole(작은 슈 안에 크림을 넣은 프랑스의 디저트)보다는 당근으로 만들어진 그들의 소박한 케이크를 더 좋아한다.

건성으로 살펴보는 사람에게는 당근 케이크에 별다른 것이 없을지도 모르겠지만, 영국 사람들에게 당근은 한국 사람들이 김치나 볶음밥을 만들 때처럼 그냥 생각이 나서 또는 냉장고에 남아 있어서 던져 넣는 재료가 아니다. 우리에게 당근은 트럼펫이 아니라 오케스트라이다.

지구상의 식재료 중 가장 밍밍한 맛과 못난 형태를 가진 것들은 대부분

뿌리채소지만, 사실 당근보다 달콤한 맛을 지닌 채소는 별로 많지 않다. 당근보다 단맛이 나는 채소는 비트 루트 정도일 것이다. 우리가 당근을 사랑하는 이유는 당근이 다양하게 이용될 수 있다는 것이다. 달콤한 맛, 선명한 주황색, 땅 위로 솟아난 줄기에 작고 가벼운 녹색 이파리들이 무성하게 달려 있는 당근은 나에게 유일하게 말을 걸어줄 것 같은 예쁘고도 쾌활한 여학생을 닮았다. 물론 통통한 감자나 변덕스러운 비트 루트와도 대화를 나눌 수는 있겠지만, 그들과의 수다는 그다지 유쾌하지 않다.

딱딱한 식감과 예쁜 색깔 덕에 당근은 다양한 요리로 변신될 수 있고, 또한 당근의 단맛은 익혀졌을 때 더욱 강하게 느껴진다. 사실, 이것이 중세 후반 영국의 요리사들이 당근에 대해 터득한 것이기도 하다. 그 당시 설탕

이나 달콤한 과일은 가난한 민중들에게는 턱없이 비쌌다. 그래서 설탕을 대신해서 당근이 케이크의 재료로 사용되기 시작했다.

사실 귀족들이 당근 케이크를 먹는 모습은 별로 볼 수 없을 테지만, 영국에서는 어머니의 손맛을 느낄 수 있는 디저트로서 당근 케이크를 따라올 만한 것이 없다. 평범한 수준의 요리 솜씨를 가진 영국 아줌마라면 꽤 근사한 당근 케이크를 어렵지 않게 만들어낼 수 있다. 그리고 영국은 당근 케이크에 관해서라면 자기 할머니의 레시피가 최고라는 것을 믿어 의심치 않는 마마보이들의 나라이기도 하다.

원래 당근 케이크는 밀가루, 달걀 그리고 곱게 간 당근을 빵 덩어리처럼 구워낸 단순한 스펀지 케이크였다. 그러나 요즘 요리사들은 설탕을 첨가한 원형 케이크 시트를 두 층으로 잘라 꼭대기와 중간층에 설탕이나 치즈 아이싱icing(케이크에 크림 등 마무리 재료를 바르는 것)을 얹은 당근 케이크를 만들어낸다.

우리가 당근 케이크를 좋아하는 이유는 단지 옛것에 대한 향수를 느끼고 싶어서만은 아니다. 만약 뿌리채소를 재료로 해서 만든 디저트에 대한 선입견을 버릴 수만 있다면, 당근 케이크의 맛은 유쾌한 놀라움으로 다가올 것이다.

당근 케이크의 맛의 비결은 당근이 가지고 있는 적은 양의 수분이 베이킹 과정에서 케이크에 흡수되어 완벽할 만큼 촉촉한 식감을 가져온다는 것이다. 사과나 서양배와 같이 신맛 나는 과일을 사용하면 케이크를 구울 때 수분이 과도하게 많아져 케이크가 질척해질 수 있지만, 당근은 대부분의 과일보다 수분 양이 적어 케이크로 구워질 때 적당한 양만의 수분을 남기므로 케이크를 망치게 될 위험성이 거의 없다.

요즘 셰프들은 당근 케이크에 바닐라, 계피 또는 넛메그를 넣어주기도 하는데 이 세 가지 향신료는 마치 당근과 함께 쓰이기 위해 지구상에 존재하는 것같이 당근과 어우러져 최고의 풍미를 만들어낸다. 좀 더 실험정신이 강한 사람이라면 피칸이나 오렌지 필, 건포도 또는 파인애플까지도 추가적으로 넣어볼 수 있을 것이다. 사실, 아무나와 어울려 다닌다는 나쁜 소문이 떠돌 만큼 쾌활한 그 여학생처럼 당근 케이크는 그 무엇과도 잘 어우러진다.

피시 앤 칩스

Fish and Chips

세계적으로 가장 널리 알려진 영국 음식은 피시 앤 칩스이다. 그러나 놀랍게도 피시 앤 칩스는 고작 150년밖에 되지 않는 짧은 역사를 가진 음식이다. 피시 앤 칩스라는 음식이 생겨난 후 처음 몇 년 동안은 대부분의 영국 사람들조차 이 음식의 존재를 몰랐다. 원래 영국으로 이주한 유대인과 벨기에 이민자들에 의해 탄생한 피시 앤 칩스는 산업혁명 후반 공장에서 일하던 근로자들에게 빨리 포만감을 줄 수 있는 음식으로 점차 인기를 얻게 되었다. 이렇게 대도시에서 큰 인기를 누리게 된 피시 앤 칩스는 심지어 찰스 디킨스의 작품에 언급되기도 했다.

최초로 피시 앤 칩스 식당을 오픈한 주인은 이 메뉴를 빵과 버터(피시 앤 칩스로도 탄수화물과 기름기가 충분하지 않은 경우라면) 그리고 차 한 잔(그렇다, 영국에서 더 이상 뭘 기대하겠는가)과 함께 곁들여, 9펜스(현재 환율을 기준으로 대략 150원) 정도를 받았다고 한다.

그러나 실제로 피시 앤 칩스가 유명세를 떨치게 된 것은 2차 세계대전 동안이다. 프랑스의 패배 이후 영국은 홀로 나치에 맞서야 했고, 유럽 대륙으로부터의 식량 공급이 끊기게 된다. 그 후 엄격한 배급 제도가 시작되었고, 그 어느 누구에게도 일정한 양 이상의 식재료를 구입하는 일이 허락되지 않았다. 이 배급 제도의 영향을 받지 않는 것으로는 영국의 차가운 바닷물에서 강인하게 생존하는 흰살 생선류와 감자가 유일했다. 이렇게 피시 앤 칩스는 열렬히 추종하는 팬들을 거느리게 되었고, '치피스 chippies'라는 별명으로 불리는 피시 앤 칩스 상점을 어디에서나 볼 수 있게 되었다.

그럼 어디에서나 피시 앤 칩스를 찾아볼 수 있는 영국에서, 어디를 가야 제대로 된 피시 앤 칩스를 먹을 수 있을까? 자, 내가 줄 수 있는 가장 큰 팁은 피시 앤 칩스만 파는 전문점으로 가야 한다는 것이다. 이런 식당들은 언제나 최고의 튀김 장비를 구비하고 있고 대개 어부들에게 직거래로 싱싱한 생선을 공급받기 때문이다. 만약 일반 펍에서 피시 앤 칩스를 맛본다면 생선가스나 맥도날드의 프렌치 프라이와 사실 별 차이가 없을 것이다.

또한, 추가로 곁들여지는 재미있는 음식들을 한 번쯤 시도해보자. 피시 앤 칩스 식당에서는 대부분 사이드 디시로 완두콩을 으깨서 만든 머시 피mushy peas, 양파 피클, 심지어는 달걀 피클까지도 팔고 있다. 그리고 만약 모든 것을 튀겨 먹는 스코틀랜드를 여행하게 된다면, 튀김옷을 입혀서 바삭하게 튀긴 초콜릿 바도 맛볼 수 있을 것이다. 여기서 한 가지 주의해야 할 것은, 만약 그 가게에 너무 오래 머무르게 된다면, 그들은 아마도 우리도 튀김으로 만들어버릴지 모르니 조심해야 한다는 것이다.

피시 앤 칩스 Fish and Chips

5인분 기준 | 조리 시간 50분

재료__

대구 필렛 5 조각, 밀가루 250g, 맥주 300ml, 큰 감자 8개, 식용유 300~500ml, 올리브 오일 1작은 술, 완두콩 350g, 소금 1 작은 술, 더블크림 50ml, 버터 1 작은 술, 레몬즙 2 작은 술, 파슬리 다진 것 1 작은 술, 소금 및 몰트 비니거 (선택 사항)

조리 방법__

1 대구 필렛을 흐르는 물에 씻은 후 물기를 제거해준다. 밀가루와 맥주를 섞어 걸쭉한 느낌이 될 때까지 잘 저어서 튀김 옷을 준비한다. 대구에 밀가루를 뿌려준 후 튀김 옷에 푹 담가준다

2 영국의 전통적인 피시 앤 칩스에는 감자 튀김이 곁들여지지만, 나는 칼로리를 줄이기 위해 감자를 오븐에 익히는 방법을 소개하려고 한다. 그러나 생선은 기름에 튀겼을 때 훨씬 더 맛이 좋으니 어쩔 수 없다. 일단 오븐을 165도 정도로 예열한다. 감자의 껍질을 벗기고 웨지 또는 두꺼운 막대 형태로 썰어준다. 준비된 감자가 살짝 익을 수 있도록 끓는 물에서 2분 정도 익혀준다. 감자의 물기를 완전히 제거해준 후, 달군 팬에 올리브유를 넣고 감자의 겉면에 기름이 골고루 코팅될 수 있도록 충분히 굴려준다. 유산지를 깐 베이킹 트레이에 감자를 얹고 오븐에서 30분 정도 구워준다. 오븐에서 감자가 익는 동안 감자가 너무 갈색 빛이 되지 않도록 뒤집어주며 골고루 익을 수 있게 해준다.

3 감자가 완성되기 10분 전쯤에, 기름의 온도를 150도 정도 만들어 대구를 5분 정도 튀겨준다. 생선도 마찬가지로 태우지 않도록 조심한다. 만약 생선에 기름기가 너무 많으면, 키친타월을 깔아 흡수시켜준다.

4 이제 머쉬피를 만들 차례다. 완두콩은 부드러워질 때까지 물에서 삶아주고, 버터는 약한 불로 팬에 녹여준다. 그리고, 블렌더에 물기를 뺀 완두콩, 녹인 버터, 크림, 레몬즙과 소금, 파슬리를 넣고 곱게 갈아준다.

5 몰트 비니거와 소금을 테이블 위에 올려둔다. 케첩은 절대 안 됨! 제발, 여기는 미국이 아니다.

영국

울타리나무가 선사하는 여름 디저트

Summer Pudding 썸머 푸딩

영국은 하품을 하며 기지개를 켜는 울타리나무들이 살금살금 산과 들녘을 뒤덮는 녹색 언덕의 땅이다. 그곳에서, 아무도 여기저기 움푹 패인 곳들을 손보려 하지 않는 작은 길을 따라가면, 텁수룩한 머리에 주먹코와 불그레한 뺨을 가진 사람들이 사는 평화로운 마을에 도착하게 된다. 최소 100년은 되어 보이는 작고 낡은 펍에 모인 마을 사람들은 삐걱대는 소리를 내는 나무 바bar에 기대어 그 동네에서 만들어진 맥주를 마실 것이다.

이런 게 한국 사람은 본 적이 없는 진짜 영국의 모습이다. 영국을 찾는 대부분의 한국 사람들은 대영박물관, 트라팔가 광장, 그리고 턱없이 비싼 레스토랑 등이 있는 런던의 유명한 관광지로 몰려든다. 한국 사람들은 어떤 사건도 일어난 적이 없고, 앞으로도 결코 아무런 일도 일어나지 않을 듯한 작은 시골 마을이 있는 진짜 영국의 모습에는 관심이 없어 보인다.

하지만 미국 사람들은 이런 진짜 영국의 모습에 푹 빠져 정신을 못 차린다. 영국에서는 역사 이전의 시간으로 거슬러 올라가는 오래된 숲을 어디에서나 찾아볼 수 있다. 그 안에는 숲과 오랜 세월을 함께한 굵고 뒤틀린 나무들이 가득하다. 햇살은 나뭇가지 사이를 통과하며 무지개 빛으로 부서지고, 사슴들이 그 나무들 사이로 유연하고 민첩하고 뛰어다닌다. 이렇게 오래된 영국의 숲속을 단 한 번이라도 거닐어본다면, 아무리 둔하고 상상력이 없는 사람이라도 자신이 로빈 후드나 성배를 찾는 기사가 되는 꿈을 꾸기에 충분할 것이다.

신화에 가까운 영국의 역사를 다룬 할리우드 블록버스터들이 끊임없이 만들어지고 있다는 사실은 미국인들이 영국의 자연과 역사에 대해 얼마나 커다란 관심과 동경을 가지고 있는지 잘 설명해준다. 아마도 이런 상황은, 솔직히 말하자면 사실 미국에 역사라는 것이 존재하지 않기 때문인 것으로 보인다. 아서 왕의 전설, 로빈 후드, 튜더스 그리고 결코 끝나지 않을 것 같아 보이는 반지의 제왕이나 호빗 시리즈, 심지어 해리 포터의 마법의 세계까지, 이 모든 것이 미국 관객들에게 열광적인 환호를 받았다. 이런 영화 속의 풍경들은 전 세계에 흩어져 살고 있는 앵글로색슨들로 하여금 과거에 대한 상상에 빠져들게 만든다. 그들의 상상을 쫓다 보면 우리는 어느덧 시간에 따라 변화하기를 고집스럽게 거부하는 나라, 영국의 오래된 숲과 대저택 그리고 울타리나무들에게로 돌아와 있을 것이다.

아주 오래전부터 영국에서는 어른 키의 허리에서 머리 정도 되는 높이의, 베리가 열리는 관목류들을 빽빽하게 심어 울타리를 만들어왔다. 그 울타리나무 열매의 맛은 바로 영국에서 단연코 가장 인기 있는 여름 디저트인 썸머 푸딩의 맛이다. 그러나 썸머 푸딩이 영국 사람들을 매혹시키는 진짜 이유는 썸머 푸딩에서 역사와 추억의 맛이 느껴진다는 것이다. 썸머 푸

WHITE HORSE
SCOTCH WHISKY
SMIRNOFF
Ardbeg
TALISKER
GUINNESS
BROADOAK
Grolsch
CARLING
GUINNESS
BROADOAK

딩에 관한 모든 것들은 영국 사람들에게 시간과 노스탤지어를 속삭인다.

영국 사람들이 묵은 빵을 사용하여 요리를 시작한 것은 빵을 굽기 시작한 때만큼이나 오래된 일이다. 남유럽에 사는 사람들은 과일과 야채의 에덴 동산에서 살지만 척박한 땅에서 사는 영국 사람들에게 음식은 늘 부족했고, 빵을 버린다는 것은 생각할 수도 없는 큰 죄였다. 비닐봉투와 식품 보존제가 생기기 이전의 시대에는, 빵을 하루 안에 먹지 않으면 다음 날 돌덩이처럼 딱딱해지기 일쑤였다. 그래서 굳어진 빵을 처리할 수 있는 방법이 필요했고, 영국 사람들은 굳어진 빵을 이용한 수많은 레시피를 만들어 냈다. 영국의 많은 스프에 굳어진 빵이 사용되었고, 우유와 버터, 양파 그리고 굳은 빵으로 만들어지는 브레드 소스는 한때 어디서나 흔하게 볼 수 있는 소스였다. 과거 영국 사람들은 세대를 거치며 이 브레드 소스를 밋밋한 맛의 구운 고기 요리에 곁들여 먹었다.

그러나 굳어진 빵을 처리하는 가장 인기 있는 방법은 디저트를 만드는 것이다. 브레드 앤 버터 푸딩('굳어진 빵'에 버터와 설탕으로 코팅을 하고 우유를 넣어 오븐에서 구워줌) 그리고 프렌치 토스트는 영국에서 일 년 내내 사랑을 받는 음식들이다. 그러나 굳은 빵으로 만든 디저트들 중의 백미가 오래된 빵이 제철을 맞은 베리에 흠뻑 적셔져 깊고 환상적인 보라색 혼합물

로 변신한 썸머 푸딩이라는 것은 두말할 필요가 없다.

썸머 푸딩을 만드는 방법은 너무나 간단하다. 먼저 뻣뻣해진 식빵을 둥근 그릇에 차곡차곡 쌓아준다. 그리고 베리류와 설탕을 함께 조려 빵에 부어주고 묵직한 접시 등을 위에 얹어 평평하게 눌러주면 끝이다(접시의 무게에 눌린 빵은 베리의 즙을 흡수하게 된다). 진하고 오래 여운이 남는 베리의 맛 때문에 우리는 빵의 맛을 전혀 느낄 수 없을 것이고, 뻣뻣한 식빵은 베리 즙에 흠뻑 젖어 촉촉한 스펀지와 같은 식감으로 변하게 된다. 썸머 푸딩의 새콤한 맛을 잡아주기 위해, 영국 사람들은 그리 건강한 방법은 아니지만, 클로티드 크림clotted cream을 한 덩이 곁들여 먹는다.

썸머 푸딩의 재료인 베리들은 오직 늦여름에만 열리기 때문에, 사실 우리가 썸머 푸딩을 만들 수 있는 시간은 일 년 중에 고작 한두 달에 불과하다. 실제로 블랙 커런트, 레드 커런트, 롱간베리 그리고 블랙베리를 시중에서 구입하기란 쉽지 않다. 대부분의 농부들은 이런 종류의 베리들을 별로 키우고 싶어 하지 않는다. 라즈베리와 딸기는 상품성이 뛰어나 많은 수익을 올릴 수 있지만, 이놈들은 키우기가 여간 까다롭지 않기 때문이다. 그래서 썸머 푸딩의 팬이라면 열매들이 자라는 길가의 덤불과 울타리나무가 있는 들판으로 나가 원시인들처럼 손으로 직접 따와야 한다. 슈퍼마켓과 냉동식품 그리고 24시간 커피전문점이 즐비한 시대에, 굳은 빵과 직접 따온 열매로 만든 이 구닥다리 음식을 한국 사람들이 얼마나 이상하게 여길지 이 글을 쓰는 동안에도 생생히 느껴진다. 한국 사람들은 분명히 우리 영국 사람들이 지구상에서 가장 촌스러운 사람들이라고 생각할 것이다.

그러나 영국 사람들이 썸머 푸딩을 좋아하는 이유들은 전부가 다 이 옛스러움과 연관이 있다. 조용한 일요일 오후 나무 바구니를 손에 들고 들판을 뒤지는 것은 이상한 작은 섬나라에서 살고 있는 영국 사람들을 행복하게 만드는 소소한 즐거움 중의 하나이다. 열매들이 자라고 있는 탁 트인 넓은 언덕에서는 멀리 지나다니는 기차 소리나 바쁘게 지저귀는 종달새 소리만이 들려올 뿐이다. 이렇게 썸머 푸딩을 만들기 위한 준비 작업은 도시에서 멀리 떨어진, 시간이 멈춰 있는 듯한 곳으로 우리를 데려다준다. 이곳

에서 우리는 아이폰과 갤럭시 노트가 아무런 도움을 줄 수 없는 아날로그 시대의 향수 속으로 뛰어들기 위해서 시간을 되돌리게 될 것이다.

노스탤지어만큼 우리를 달콤한 기분에 잠기게 하는 것은 없다. 이것으로 왜 역사극이 전 세계적으로 안방극장을 점령하고 있는지에 대한 충분한 설명이 될 것이다. 우리가 세계 어느 도시에 있더라도, TV화면은 항상 자동화와 스트레스로부터 자유로웠던 과거의 이미지들을 비춰준다. 썸머 푸딩은 우리에게 과거를 추억할 수 있는 기회를 준다. 손으로 따 모은 열매뿐 아니라, 또한 딱딱하게 굳어진 빵의 시간을 되돌려 그들이 아직 촉촉하고 폭신했던 시간으로 새로운 삶을 불어넣어준다.

영국 사람들이 썸머 푸딩을 먹는 모습에서도 시간을 되돌리고 싶은 그들의 간절한 열망이 느껴진다. 썸머 푸딩이 늦여름에 열리는 열매들로 만들어지듯이, 영국 사람들은 석양이 요상한 스펀지처럼 생긴 썸머 푸딩과 같이 보라색으로 희미해져 가는 늦여름 저녁에 썸머 푸딩을 먹는다. 썸머 푸딩을 먹을 때, 우리의 디저트 스푼은 이제 거의 끝나가는 여름에 대한 아쉬움으로 무거워진다. 우리는 썸머 푸딩을 먹으며 이제 얼마 뒤면 잔인한 겨울과 무자비한 폭우가 시작된다는 사실과 이제 내년 봄까지는 강렬하고 아름다운 태양을 다시 보지 못하게 되리라는 것을 느낀다.

썸머 푸딩은 어떤 성격을 가졌든 모든 영국 사람들을 아름다운 추억들로 채워줄 음식이다. 만약 썸머 푸딩이 정치인이었다면, 영국의 모든 선거에서 압도적인 승리를 거둘 것이다. 마음속 깊이 모든 영국 남자들은 로빈 후드가 되고 싶어 하고, 또한 모든 영국 여자들은 그의 애인인 메이드 마리안이 되기를 꿈꾸기 때문이다. 그리고 썸머 푸딩은 그런 우리들에게 환상과도 같은 과거에 대해 잠시나마 꿈꾸는 것을 허락하는 유일한 음식이다.

영국식 소스 내비게이터

British Sauce Navigator

만약 영국 정통 스타일의 펍에서 음식을 주문하거나 전형적인 영국 가정에 저녁 초대를 받게 된다면, 아마 테이블 위에 놓인 각양각색의 수많은 소스병들이 우리를 멘붕에 빠뜨릴지도 모른다. 다행스럽게도, 이 안내서는 우리들이 당황하지 않고 멋지고 세련된 매너를 보일 수 있는 길잡이가 되어줄 뿐만 아니라, 오히려 어떤 음식에 어떤 소스를 곁들여야 하는지에 대한 당신의 해박한 지식에 함께 식사하는 영국 토박이들의 눈을 휘둥그렇게 만들어줄 것이다.

케첩Ketchup

케첩은 미국 소스다. 테이블에 케첩이 놓여 있다면 일종의 속임수다. 만약 케첩에 손을 댔다가는, 이 게임에서 바로 지게 된다. 의도적으로 계속해서 케첩을 무시한다면, 이것만으로도 영국 사람들을 감동시키기에 충분할 것이다.

프렌치 머스터드 French Mustard

프렌치 머스터드는 어떤 음식과도 잘 어울린다. 영국 사람들은 사실 프랑스 사람들을 별로 좋아하지 않지만, 음식에서만큼은 프랑스의 열렬한 팬이다. 주로 돼지고기나 삶은 브로컬리나 당근 등에 곁들여준다.

잉글리시 머스터드 English Mustard

그렇다, 테이블 위에는 잉글리시 머스터드라고 불리는 또 다른 종류의 머스터드 소스가 있다. 정말 복잡스럽지 않은가? 잉글리시 머스터드는 프렌치 머스터드에 비해 머스터드 파우더의 함량이 높은 반면 비니거가 더 적게 들어가 있어, 다소 빽빽한 질감에 톡 쏘는 맛이 훨씬 강하다. 주로 쇠고기와 구운 감자 요리와 곁들인다.

비니거Vinegar

저녁식사에 초대받고 누군가의 집을 방문했는데 테이블 위에 커다란 싸구려 비니거 병이 놓여 있다면, 아마 대부분의 한국 사람들은 깜짝 놀랄 것이다. 그러나 영국 사람들은 음식에 비니거를 퍼붓는 것을 무엇보다 좋아한다. 특별히 감자를 튀겨 만든 종류의 음식을 먹고 있다면 더욱 그러할 것이다. 감자튀김을 먹게 될 경우 케첩 대신 반드시 비니거를 사용해라. 혹시나 영국 여왕이 이 광경을 목격한다면, 당신에게 기사 작위를 내려줄지도 모를 일이다.

브라운 소스 Brown Sauce

이 소스는 영국 버전의 고추장이다. 어두운 갈색 빛이 나는 이 소스는 시각적으로 그다지 식욕을 자극하지는 않지만 우리가 상상하는 것 이상으로 훌륭한 맛을 낸다. 브라운 소스는 비니거, 당밀, 대추 그리고 앤초비가 조합되어 만들어진다. 과거에는 다소 연배가 있는 사람들만 즐겨 먹었지만, 이제 브라운 소스는 엄청난 복고적인 가치를 가진다. 브라운 소스를 베이컨 샌드위치에 뿌려준다면 영국 사람들마저 우리의 트렌디함에 놀라서 움찔할 것이다.

SEAFOOD SAUCE
sauce
£1.25
£1.85
£1.89
85p
essential Waitrose hot horseradish sauce
Colman's HORSERADISH SAUCE
Colman's CONDIMENTS Colman's
HORSERADISH PREMIUM SAUCE
The English Provender Co.
90p
£1.19
£1.38
£1.90
£1.89
essential Waitrose dijon mustard
MAILLE Dijon Originale
essential Waitrose wholegrain mustard
£1.39
£1.49
£2.95
70p
£1.39
MEAT MUSTARD
Colman's Mustard
LIMITED EDITION
ORIGINAL ENGLISH MUSTARD
Colman's 200

샐러드 크림 Salad Cream

다소 흐르는 듯한 질감을 가진, 달착지근한 마요네즈와 같은 소스다. 프랑스 요리를 발견하기 전 암흑 시대의 영국 사람들은 모든 샐러드를 이 소스로 범벅을 해서 먹었다. 감자튀김과 함께 먹으면 환상적인 맛을 선사하지만, 그러나 이제는 헐렁한 힙합 청바지처럼 구닥다리가 되었다. 그러므로 살짝 피해가는 것이 최선이다.

우스터셔 소스 Worcestershire Sauce

우스터셔 소스는 앤초비를 베이스로 해서 농축한 소스로 1800년대 초에 만들어졌다. 리Lea와 페린스Perrins는 어느 날 인도에서 오랜 시간을 보내고 영국으로 돌아온 어떤 귀족으로부터 자신이 인도에서 맛본 소스를 꼭 재현해 달라는 간절한 요청을 받고 이 소스를 발명해 낸다. 그리고 그들의 이름Lea & Perrins은 아직도 우스터셔 소스 최고의 브랜드로 남아 있다. 그 인도 소스가 무엇이든지 간에 우스터셔 소스와 같은 맛은 결코 아니었을 것이다. 우스터셔 소스는 소금을 대신하여 소량만 사용하여도 어떤 음식과도 잘 어울린다.

브랜스톤 피클 Branston's Pickle

정확히 말하자면, 브랜스톤은 상표 이름이다. 브랜스톤은 영국 소스 회사의 '삼성' 격으로 아무도 그들만큼 맛과 상업적인 면 모두 이 피클로 성공을 거두지는 못했다. 브랜스톤 피클은 어두운 색을 띤, 새콤하면서 아삭한 양파 잼으로 치즈가 들어 있는 그 어떤 음식과도 어울린다. 영국 사람들이 가장 좋아하는 샌드위치 중 하나인 '치즈 앤 피클 샌드위치'에도 체다 치즈와 브랜스톤 피클이 사용된다.

민트 소스 Mint Sauce

많은 양의 민트가 들어 있어 강한 민트 맛이 느껴지는 달콤한 민트잼으로 주로 양고기에 곁들여 먹는다. 개구쟁이 아이들뿐만 아니라, 70세에 가까우신 우리 아버지도 시골길을 걷다가 아무것도 모르는 순진한 양을 발견하게 되면, "민트 소스"라고 크게 외치며 즐거워하신다.

크렌베리 소스 Cranberry Sauce

이 소스야말로 게임에서 상대방을 시험에 들게 하는 속임수와 같다. 영국 사람들이 크렌베리 소스에 손을 댈 때는 오직 칠면조를 먹는 크리스마스 시즌뿐이다. 만약 테이블 위에서 크랜베리 소스를 보게 된다면, 즉시 한껏 들뜬 목소리로 이렇게 외쳐라, "와! 오늘 저녁에 칠면조가 나오나요?" 그러면 이제 이 게임은 이긴 것이나 다름없다. 만약 칠면조를 준비하지 않았다면, 그들은 부끄러움으로 어두운 구석을 찾아 숨어버릴 것이다.

가혹한 겨울을 견디는 바이킹의 식사

Lutfisk 루트피스크

'스칸디나비아'라는 단어는 우리에게 많은 것을 떠올리게 한다. 장엄한 피오르드와 오로라, 가구공룡이라 불리는 이케아, 바이킹, 하얀 눈, 순록. 우리는 아마도 음식을 제외한 모든 것의 이름을 댈 수 있을 것이다. 그러나 만약 실제로 스칸디나비아를 가본 적이 있는 사람이라면, 스칸디나비아 음식에 대해 그다지 좋은 평가를 하지는 않을 것이다. 스칸디나비아라는 단어를 들었을 때, 나는 몹시 창백한 안색을 한 사람들이 매우 창백한 빛깔의 음식을 먹고 있는 장면을 연상하게 된다. 이것이 전혀 식욕을 자극하는 이미지가 아니라는 것은, 나 또한 인정한다. 그리고 만약 남유럽 지역(그곳에서는 익다 만 듯한 맛없어 보이는 핀란드 토마토를 1킬로그램 살 수 있는 돈의 절반도 안 되는 가격으로 섹시 아이콘인 현아마저 부끄럽게 만들 정도로 새빨갛고 농염한 토마토를 한가득 살 수 있다)을 지나 스칸디나비아 지역에 막 도착한 사람이라면, 아마도 이렇게 결심할 것이다. "이런 젠장, 이 기회에 다이어트나 해야겠다."

그러나 여기에 멈춰서 스칸디나비아 지방의 음식을 시도조차 해보지 않는다면, 우리는 아마 후회하게 될지도 모른다. 왜냐하면 유럽의 북쪽 끝, 변방에 위치한 지역으로서 가질 수 있는 장점인, 유럽 음식 문화의 잘 알려지지 않은 또 다른 면을 이곳에서 개척해볼 수 있기 때문이다. 오직 소수의 사람들만이 굳이 도전해보고자 애쓸 법한 그들의 음식 문화는 사실 수백 년 아니 수천 년 동안 존재해오던 것이다. 21세기를 살고 있는 우리들은 이제 스칸디나비아 지역 사람들이 호전적인 바이킹과 같은 부류의 사람들일지도 모른다고 상상하는 것에 대해 매우 전근대적인 발상이라고 코웃음을 칠지도 모르지만, 우리가 스칸디나비아 지방을 여행하면서 맛보게 되는 일부 음식들이 바이킹, 그리고 심지어는 바이킹들보다 그 땅에 먼저 살고 있던 부족들로부터 직접적으로 전해진 것이라는 사실을 듣게 된다면 아마 놀라지 않을 수 없을 것이다.

스칸디나비아의 길고 가혹한 겨울은 그곳 사람들이 고기나 높은 도수의 알코올로 근근이 살아갈 것이라는 상상을 하게 만들기에 충분하다. 여러 달 동안 두꺼운 눈과 얼음으로 뒤덮인 땅에서 농사를 짓기란 쉽지 않다. 그래서 북극 근처에 더욱 가까워질수록 생선과 포유류에서 얻은 고기는 가장 흔한 식재료가 된다. 사실 사미족Sami 같은 유목민들은 아직도 노르웨이, 핀란드 그리고 스웨덴의 북부지역을 떠돌아다니며 순록 고기를 위주로 하는 식단으로 살아가고 있다. 또한 그린란드의 이누이트족Inuit은 주로 고래와 바다코끼리를 사냥해서 먹고산다. 그러나 만약 스칸디나비아 전체가 이렇게 살고 있다고 생각한다면 그것은 완전히 잘못된 생각이다.

사실 노르웨이, 스웨덴, 덴마크 그리고 핀란드 사람들의 주식은 빵이다.

© Mr Thintank

그중에서도 특별히 호밀빵을 꼽을 수 있을 것이다. 우리는 아마 바이킹들이 구운 양다리 혹은 통돼지 바비큐를 주로 먹을 것이라고 생각하겠지만, 사실 그들은 이런 고기 종류보다는 샤우어도우로 만들어진 호밀빵을 엄청나게 많이 먹었다. 그리고 그들은 빵에 단백질을 더욱 보강하기 위해 종종 견과류와 다른 잡곡류를 넣어서 굽기도 했다.

스칸디나비아에서 고기보다 훨씬 중요한 또 다른 먹거리는 생선과 유제품류이다. 사실 스칸디나비아의 어느 지역을 가더라도, 결코 끝나지 않을 것처럼 보이는 청어, 호밀빵, 버터 그리고 버터 맛 나는 치즈의 기나긴 행렬을 볼 수 있다. 만약 청어와 버터를 싫어하는 사람이라면, 스칸디나비아를 가려고 굳이 애쓸 필요가 없다.

사실 스칸디나비아 음식을 흠모하거나 혹은 혐오하게 만드는 것들 중 한 가지는 요리를 할 때 사용되는 어마어마한 양의 버터이다. 그곳에서 버터는 풍미를 높이는 재료인 동시에 에너지의 공급원이자 또한 음식을 튀기는 기름 대용으로, 또한 뻑뻑한 음식을 부드럽게 만드는 윤활제 등으로 다양하게 쓰인다. 유럽의 북쪽에 위치한 나라의 식당에서라면 삶은 감자부터 오븐에 구운 생선까지, 메뉴판에 적힌 그 어떤 음식을 주문한다 하더라도, 그 음식이 녹은 버터로 만들어진 호수 위에 둥둥 떠다니는 마법의 성 같은 모습으로 테이블 위에 등장하는 것에 놀라지 않기를 바란다.

유럽의 북쪽을 흐르는 차가운 바닷물 속에는 청어나 대구와 같은 어종이 떼를 지어 몰려다닌다. 그리고 스칸디나비아 사람들이 문명의 싹을 틔우고 인간답게 살게 된 것은 바로 이 창백한 생선들 덕분이다. 일부 역사가들은 바이킹들이 깊은 내륙 지방에 사는 사람들에게 자신들이 소비하고 남은 흰살 생선들을 팔아 많은 수익을 만들 수 있었다고 이야기한다.

바이킹들의 또 다른 장기는, 한국 사람들과 마찬가지로, 음식을 저장하고 발효시키는 뛰어난 기술이었다. 그러나 한국인들은 대두와 같은 콩이나 배추와 같은 채소류를 주로 발효음식의 재료로 삼았던 반면, 바이킹들은 오로지 생선에만 관심을 쏟아부었다. 그들은 잡힌 청어와 대구를 거대한 나무 틀에 매달아 습도가 전혀 없는 건조한 겨울 바람에 말리거나 자작나무로 그을려서 훈제를 한다. 이렇게 생선을 건조시키고 난 후, 우리가 토스트에 버터를 발라 먹듯이 그들은 마른 생선에 버터를 듬뿍 발라 먹는다.

이런 방식으로 만들어진 유명한 스칸디나비아의 전통 음식이 바로 루트피스크lutfisk 혹은 루테피스크lutefisk이다. 말린 대구를 잿물에 담가서 다

© Ed and Eddie

시 원래 상태로 불려준 뒤 차갑고 깨끗한 물로 헹구어서 만드는 루트피스크에 선뜻 구미가 당기는 사람은 별로 없을 것이다. 어찌 보면 흐물대는 젤리와 거의 흡사해 보이는 요상하게 생긴 이 생선을 실제로 보게 된다면 아마 미간을 찌푸리게 될지도 모른다. 강한 냄새가 나는 생선을 좋아하지 않는 사람이라면, 이 음식을 그냥 지나치는 편이 좋을 것이다. 그러나 나처럼 고약스런 냄새가 진동하는 홍어를 경이로운 음식이라고 찬미하는 사람이라면, 아마도 루트피스크의 팬이 될 수 있을 것이다. 홍어처럼 톡 쏘는 강렬한 한 방은 없지만, 잘 구워진 호밀빵 한 조각과 환상적인 궁합을 자랑하는 루트피스크에서는 깊고 숙성된 생선 맛이 느껴진다.

이 음식이 생겨난 이래로, 노르웨이 사람들과 스웨덴 사람들은 누가 실제로 루트피스크를 먼저 만들었는지를 두고 논쟁을 멈추지 않고 있다. 그리고 이 음식이 어떻게 생겨나게 되었는지 대해서는 우리가 듣고 싶은 것보다도무수히 많은 이야기들이 존재한다.

그러나 분명한 한 가지는 이 음식의 기원이 중세시대, 아니면 그 이상으로 거슬러 올라간다는 것이다. 16세기 스웨덴의 대주교는 루트피스크에 대한 글을 남겼다. 엄청나게 비린내가 나는 이 음식에 대한 경건한 성직자의 제안은 간단명료했다. "루트피스크에 푸짐한 양의 버터를 곁들여 먹어라." 이 짧은 문장이야말로 우리가 스칸디나비아 음식에 대해 알아야 할 모든 것을 말해주고 있다.

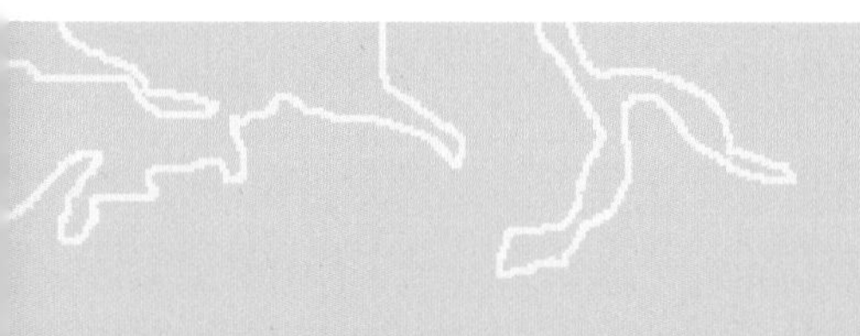

남부유럽

SOUTH

프랑스

이탈리아

스페인

그리스

남부유럽

남유럽에서 보내지 않은 삶은 헛된 인생이다.' 이렇게 말한다면 너무 지나친 것일까? 솔직하게 말하자면, 그렇지만도 않은 것 같다. 지금 한국에서의 생활을 사랑하고, 영국에서 보낸 유년 시절 또한 늘 그리워하지만, 언제나 남유럽을 방문할 때면 나는 이런 생각이 들곤 한다. "도대체 내가 왜 여기서 살고 있지 않은 거지?"

남유럽에서의 삶은 풍요롭다. 일 년 내내 태양은 찬란히 빛나고, 어디를 가더라도 음식은 풍성하다. 통통하게 살이 오른 가지는 잘 닦인 볼링 공처럼 빛나고, 끝부분이 붉은 보랏빛으로 물든 달콤하고 아삭한 엔다이브는 우리를 향해 손짓한다. 그리고 탱글탱글한 포도의 매혹적인 자태는 1950년대 농염한 할리우드 여배우의 곡선미를 방불케 한다.

이런 곳에서, 식사라는 행위는 단지 굶주린 배를 채우기 위한 것이 아닌 일종의 성스러운 의식과 같은 수준으로 격상된다. 이곳에서 식사는 몇 시간씩이나 계속된다. 그러나 이상한 것은, 그 긴 식사 시간 동안 실제로 먹는 것에 열중하는 사람은 거의 찾아볼 수 없다는 것이다. 그들은 줄창 담배를 피워대며, 사실은 별로 알고 싶지 않은 주제에 대해 거들먹거리며 떠들어대느라 여념이 없는 듯 보인다. 남유럽 사람들의 저녁 테이블에서는 이렇게, 마치 정신병원을 방불케 하는 다양한 헛소리들이 쏟아져 나온다. 그러나 만약 그 자리에 초대받게 된다면, 무언가에 격노한 현대판 소크라테스처럼 고함을 치고, 손바닥으로 테이블을 두드리며 이 요란한 향연에 적극적으로 동참해보아라.

깊고 푸른 지중해, 파도에 출렁이는 하얀 작은 낚싯배, 야생 로즈마리로 뒤덮인 내륙지방의 산들, 모터스쿠터를 타고 끊임없이 소음을 만들어내는 젊은이들이 우리의 주변을 둘러싸고 있을 것이다. 그곳에서 와인, 토마토 그리고 치즈로 가득한 맛있는 하루하루를 보내며, 삶에 싫증나게 되는 그날까지, 아름다운 남유럽에서의 삶을 즐길 수 있기를 바란다.

황홀한 계급투쟁의 맛

Sauce Hollandaise 홀랜다이즈 소스

만약 프랑스를 여행해본 사람이라면, 프랑스에서 한 번쯤 꽤 불쾌한 경험을 해보았을 거라는 데 내기를 해도 좋다. 프랑스는 여행자들에게 대단히 인기가 많은 나라지만, 지구상에서 여행자들에게 가장 불친절한 나라인 것 또한 사실이다.

나폴레옹 시대 이래로 프랑스어가 국제 공용어였던 적은 없었지만, 여전히 프랑스 사람들은 프랑스어를 제대로 구사하지 못하면서 프랑스에 오는 사람들을 짜증스럽게 여긴다. 나의 많은 한국 친구들이 파리나 니스에서 영어로 프랑스 사람에게 말을 붙여보려다 비참한 경험을 했다는 말을 한다. 가장 운이 좋은 경우라면 영어로 물어본 질문에 대해 관심 없다는 듯이 입을 삐죽대며 어깨를 으쓱하는 정도의 반응을 보이는 사람을 만나는 것이고, 정말 재수가 없는 경우라면 너무나도 불쾌한 고함 소리를 듣게 될지도 모른다. 영어를 할 때도 잔뜩 움츠러드는 한국 사람들에게 이런 프랑스인들의 고약한 반응은 정말 너무나 끔찍한 경험이었을 것이다.

프랑스 사람들은 살아 숨 쉬고 있는 것을 포함하여 거의 모든 것에 비호감을 나타낸다. 길거리는 사방이 개똥 천지에, 사람들은 아무데서나 담배를 피워댄다. 몸속 절반이 프랑스의 피가 흐르는 나에게조차 프랑스인의 이런 점들이 그리 곱게만 보이지는 않는다.

그러나 이런 프랑스 사람들도 단 한 가지 쓸모 있는 곳이 있으니 그곳은 바로 주방이다. 음식으로 장난을 친 것 같은 누벨 퀴진Nouvelle Cuisine*부터 속물 근성이 가득한 미슐랭 가이드, 그리고 모든 것에 거드름을 피우는 프랑스 사람들에 대해서는 마음껏 폄하할 수 있겠지만, 요리에 있어서만큼은, 프랑스가 없었다면 아직도 우리 음식 문화는 그저 배를 채우는 수준에서 머물러 있었을 것이다.

현대적 주방 시스템, 조리도구, 계량법, 요리에 관련된 전문 용어들은 모두 프랑스 사람들에 의해 만들어졌다. 한국 사람들 또한 일상적으로 사용하는 레스토랑, 메뉴, 레시피 등의 단어 역시 프랑스어로, 단지 이름뿐만이 아니라 개념 또한 프랑스에서 건너온 것이다. 우리가 주로 데이트 때나 들르는 고급스럽고 비싼 식당을 의미하는 파인 다이닝fine dining 역시 프랑스 없이는 불가능했을 것이다. 프랑스 혁명이 일어나던 당시 프랑스는 사치와 허영의 온상이었고, 상류층이 즐기던 호화로운 음식들이 프랑스 혁명의 도화선이 되었을 정도다.

16세기와 17세기를 통해 프랑스 귀족들은 막강한 부를 축적했고, 모든 것을 가진 그들은 금기야 거울로 가득 찬 거대한 황금빛 궁전조차 싫증을 내며 뭔가 새로운 것을 찾아 눈을 돌리기 시작했다. 마침내 그들은 '먹는 즐거움'을 발견했고, 자신들의 미각을 발달시켜갔다. 이렇게 프랑스 왕궁

팔레 루아얄Palais-Royal 일대는 신흥 부자 세력들을 상대로 궁정 셰프 출신들이 오픈한 트렌디한 식당들과 더불어 세계 최초이자 최고로 세련된 음식 문화가 시작되었다. 그 전까지만 해도 프랑스에서 식당은 회복식을 판매하던 일종의 죽집과도 같은 곳으로, 소화에 문제가 있는 환자나 식욕을 잃은 사람들을 위해 묽은 스프인 부용bouillon만을 판매했다.

프랑스 혁명을 주도했던 로베르 피에르와 그 일당들이 빨레 루아얄 인근 레스토랑들의 단골손님들이었던 귀족들의 머리를 단두대에서 수없이 베어냈음에도 불구하고, 신흥 부유층인 누보 리쉬nouveau-riche들은 머리 잘린 귀족들을 대신하여 레스토랑 테이블을 채워가기 시작했다. 많은 귀족들이 학살되었지만, 그들을 위해 일하던 요리사들은 자비롭게도 단두대의 칼날을 피할 수 있었다.

'루이 X세', '앙리 X세'처럼 이름 뒤에 숫자가 붙는 왕족이나 귀족들을 위해 요리하던 요리사들은 일부 부유한 상인을 위해 음식을 만들게 되었고, 프랑스에서 일자리를 찾을 수 없었던 많은 요리사들은 잉글랜드, 러시아 그리고 독일 등의 궁정으로 부름을 받아 다시 이름 뒤에 숫자가 붙은 사람들을 위해 요리를 했다.

이렇게 프랑스 음식은 유럽 음식의 기준으로 자리잡았고, 마리 앙투안 카렘Marie-Antoine Carême이 등장하면서 프랑스 음식의 명성은 지구상에 더욱 빠르게 퍼져나갔다. 당시 카렘은 제이미 올리버에 고든 램지를 더해 에드워드 권을 곱한 정도의 18세기 인물을 상상하면 될 것이다. 대부분의 사람들이 글을 읽지 못했을 뿐만 아니라, 심지어 텔레비전을 악마가 조정하는 상자쯤으로 여겼을 시대에 카렘은 이미 세계 최초의 수퍼 셰프가 되었다.

카렘은 매우 불우한 어린 시절을 보냈다. 혁명의 와중에서 버려진 그는 팔레 루아얄 부근에서 일하던 파티셰가 견습생으로 데려갈 때까지 파리에 있는 초라한 레스토랑에서 일하면서 컸다. 카렘은 누가nougat, 머랭meringue, 셰프의 모자인 토크toque를 발명했고, 그리고 그의 요리와 요리에 관한 광범위한 저술 활동이 프랑스의 고급 요리인 오뜨 뀌진haute cuisine의 기틀을 만들면서 그는 순식간에 명성을 쌓아 세계 최초의 마스터 셰프가 되었다. 요리사로서의 짧은 일생 동안(그는 40대 후반 집에서 새로운 걸작을 만들어내려다 석탄 냄새에 질식해서 생을 마감하게 된다), 그는 나폴레옹과 유대인 거부巨富로 유명한 로스차일드 가문, 러시아의 황제, 잉글랜드의 왕을 위해 요리를 했다.

그러나 이런 소소한 역사적인 사실보다 더욱 중요한 점은 카렘이야말로 프랑스 요리에서 소스가 얼마나 중요한지를 이해한 최초의 인물이었다는 것이다. 다른 나라에서는 소스가 빳빳해진 프렌치 프라이들이 마분지와 같은 맛이 날 때, 그것을 모면해보고자 쏟아붓는 달달하고 끈끈한 시럽과 같이 나중에 생각해도 되는 그다지 중요하지 않은 것일지도 모른다. 그러나 프랑스 사람들에게 소스는 요리의 기본이자 초석과도 같은 존재이다. 셰프에게 소스 없이 요리를 해보라는 것은 김연아를 스케이트 없이 빙판으로 떠미는 것과 같다.

1903년 출간된 조르주 오귀스트 에스코피에Georges Auguste Escoffier의 《요리의 길잡이Le Guide Culinaire》는 오늘날까지도 여러 셰프들과 요리학교에서 널리 읽히고 있다. 이 책은 다른 그 무엇보다 요리에 약간의 관심이라도 있는 사람들에게는 필수적인 5가지 기본 소스를 만드는 방법을 다루고 있다.

이 모든 소스 중 최고의 소스는 원래 왕이나 황제들이 먹었다는 아주 기품 있는 기원을 가진 홀랜다이즈 소스다. 음식에 대한 많은 책을 펴낸 로버트 파라 케이폰은 홀랜다이즈에 대해 이렇게 말했다. "홀랜다이즈 소스는 고딕미술의 아치, 컴퓨터 칩 또는 바하의 푸가에 조금도 뒤지지 않을 만큼 경이롭다." 그리고 그의 생각은 결코 틀리지 않았다.

영화를 좋아하는 사람이라면 영화 〈줄리 앤 줄리아〉에 나오는 홀랜다이즈 소스에 대한 대사를 기억할지도 모른다. "나는 녹인 버터에 달걀 노른자를 넣고 그들이 숨을 거두고 천국에 갈 때까지 죽을 힘으로 휘핑하여 만든 홀랜다이즈 소스와 함께 아티초크를 요리했다."

시인들은 위대한 음식보다는 위대한 사랑으로부터 더 많은 영감을 받지만, 나는 그것도 시인 나름 음식 나름이라고 본다. 만약 셰프들이 시를 쓸 수 있다면, 아마도 그들은 홀랜다이즈에 관한 시를 썼을 것이다. 왜냐하면 만약 그들이 정통 프렌치 스타일로 요리를 배웠다면, 맨 처음으로 배우게 되는 것들 중 하나가 바로 홀랜다이즈 소스이기 때문이다. 홀랜다이즈는 그들에게 새로운 출발점이자, 자신이 가장 사랑하는 세계로 떠나는 첫 번째 모험과도 같았을 것이다.

그러나 홀랜데이즈 소스에 대해서 어떤 글이 쓰여질 수 있을까를 좀 더 현실적으로 고민해본다면 그것은 아마도 시가 아니라 제대로 된 역사일 것이다. 음식에 대한 글을 쓰는 프랑스인이라면 이 소스의 기원에 대해 동의하지 않을 테지만, 홀랜다이즈 소스에 대해 전해내려오는 전설은 이미

이름이 암시해주고 있다. 프랑스어로 '홀랜다이즈Hollandaise'는 '네덜란드의'라는 뜻을 가지고 있다. 그리고 그 전설은 네덜란드의 왕이 프랑스를 방문했을 때 어떤 유명한 프랑스의 궁중 셰프가 그의 방문에 경의를 표하고자 네덜란드의 소스와 비슷한 소스를 만들어 대접한 것이 홀랜다이즈 소스의 유래가 되었다는 내용이다.

자, 물론 프랑스에서 가장 사랑을 받는 소스가 네덜란드 소스에서 유래된 것이라는 종류의 이야기는 아마도 높은 세금이나 힘든 노동만큼이나 프랑스인들에게 지지를 받지 못했을 것이다. 그래서 박해를 받던 프랑스 신교도들이 네덜란드로 탈출하면서 그들과 함께 홀랜다이즈의 레시피를 가져가서 네덜란드에 전파했다는 이야기부터, 먼지가 뒤덮인 요리책에서 발견한, 재료와 조리 방법까지도 완전히 다른 1651년경의 이름없는 소스가 홀랜다이즈의 선조격이라는 더욱 허무맹랑한 이야기까지 온갖 종류의 역사소설과도 같은 이야기들이 홀랜다이즈 소스의 유래를 설명하기 위해 쏟아져 나왔다. 나는 만약 누군가가 나타나 김치는 중국에서 전해진 것이라고 주장한다면 한국 사람들 또한 이와 비슷한 이야기들을 만들어내지 않을까 생각한다.

사실 홀랜다이즈 소스는 줄리가 묘사한 것처럼 그렇게 단순하지가 않다. 적절한 노하우와 숙련된 기술 없이 홀랜다이즈에서 천국의 맛을 느끼기란 쉽지 않다. 18세기의 홀랜다이즈 소스는 허브와 부용bouillon(생선, 고기 또는 채소로 우려낸 맑은 육수)을 사용하였지만, 요즘의 셰프에게는 홀랜다이즈 소스를 만들기 위해 그런 주술적인 느낌이 나는 재료를 사용한다는 것은 상상조차 못할 일이 되었다. 그 대신 버터를 녹인 후 달걀 노른자, 레몬즙 그리고 약간의 흰 후추와 카옌 페퍼, 넛메그 등의 향신료를 넣고 잘 저어주면 모든 재료들이 잘 어우러져 특유의 고운 노란 빛깔을 만들어내고 레몬의 상큼함과 견과류의 고소함이 잔잔한 여운으로 남게 된다. 홀랜다이즈를 제대로 만들어내기란 여간 까다로운 일이 아니다. 버터를 지나치게 오래 녹이거나, 달걀을 넣는 시간이 적절하지 못했거나, 너무 많은 양의 레몬즙을 넣었거나…… 이런 소소한 작은 실수들이 홀랜다이즈 소스를 하마가 깔고 앉았던 계란말이처럼 보이게 할 수도 있다.

일반적으로 홀랜다이즈 소스는 생선이나 야채 요리에 곁들여진다. 약간 톡 쏘는 듯한 맛은 아스파라거스와 훌륭한 짝이 되고, 연어나 송어와 같은 기름진 생선 요리에 자주 사용된다.

그러나 사실 홀랜다이즈가 어떻게 만들어지고 무엇과 곁들여지는지보다 더 중요한 것은, 그것이 무엇을 상징하는가 하는 것이다. 음식으로 가식을 부리며 요란을 떠는 것은 프랑스에서 시작되었다. 이것은 그들의 국가적인 취미이자, 엄청난 자부심의 원천이다. 이제 프랑스의 시대는 끝나고, 프랑스의 경제는 완전히 망가졌지만, 프랑스 요리만은 영원할 것이다.

내 생각에 한국 사람들은 일반적으로 프랑스 요리를 썩 좋아하는 것 같지는 않다. 한국에서 프랑스 식당을 찾아보기도 쉽지 않을뿐더러, 그나마도 사람들로 붐비는 프랑스 식당은 거의 본 적이 없다. 비싼 것은 둘째치고라도, 대부분의 한국인들의 입맛에는 프랑스 음식이 너무 느끼해서 부담스러운 듯하다. 그러나 우리가 인정해야만 할 것은, 우리가 지금 요리를 하고 식사를 하는 방법의 대부분이 프랑스의 영향을 받았다는 것이다. 서양나라의 부엌이라면 어느 나라를 막론하고 한두 개쯤의 소스팬은 반드시 존재할 것이다. 자, 그것은 어디서 유래되었을까? 소스팬이라는 개념은 프랑스의 키친에서 시작되었다. 사실 김치를 담그는 것과 라면을 끓이는 것을 제외한다면, 한국 사람들의 주방에서도 수많은 프랑스의 흔적을 찾아 볼 수 있다.

오늘날의 요리에서 소스는 비교적 덜 중요한 위치를 차지하지만, 과거에는 소스가 요리의 전부이자 가장 중요한 것이었다. 중세시대로 거슬러 올라가면, 심지어 이 이후까지도, 모든 음식의 맛은 별 특징 없이 밍밍한 것이 다 비슷했다. 중산층은 음식에 기분 좋은 풍미를 더해주는 향신료를 사용해 소스를 만들었다. 굉장히 진한 소스를 만들어 모든 음식에 끼얹으면 그나마 삶은 행주보다는 나은 맛이 되었다. 빈곤층은 소스를 만들 여력이 전혀 없었다. 많은 양의 버터와 달걀, 우유를 단지 음식 맛을 더 좋게 하기 위해 사용한다는 것은 그들에게 생각조차 할 수 없는 일이었다. 그 당시에는 만약 많은 양의 버터, 달걀, 우유를 가지고 있는 사람이라면, 당장이라도 그것들을 시장에 가지고 가 팔았을 것이다.

과거 호화로운 레스토랑이나 귀족들의 큰 주방에서 소스 만드는 임무를 맡은 소시에saucier는 가장 중요한 역할을 하는 주방 스태프 중의 하나였다. 그러나 이제는 온갖 종류의 식재료들이 전 세계로부터 계절에 구애받지 않고 공급되면서, 극소수의 레스토랑만이 소시에를 고용하고 있다. 그러나 다른 소스를 만드는 기본이 되는 마더 소스mother sauces들은 여전히 프랑스 요리의 근간이 되고 있다.

프랑스 사람들은 스테이크와 함께 타라곤, 처빌 등의 허브를 넣어 홀랜다이즈 소스를 약간 변형시킨 베어네즈Béarnaise 소스를 곁들이는 것을 무척 좋아한다. 파인 다이닝을 좋아하는 해산물 애호가라면 아마 조개류(때때로 생선이나 치킨이 쓰이기도 함)로 육수를 내고 밀가루와 버터를 사용해 어떤 종류의 해산물 요리와도 잘 어울리는 풍부한 맛의 벨루테Velouté 소

Marché
CEBETTE
ARTICHAUTS
BOUQUET
1kg
Produit
AUBERGINE

스를 한 번쯤은 경험해보았을 것이다. 만약 아주 약간의 버섯 와인과 소량의 크림을 벨루테에 넣어준 후 조심스럽게 체에 내려준다면, 매쉬 포테이토와 완벽한 조화를 이루는 최고의 소스를 얻게 될 것이다

베샤멜Béchamel 소스는 아마도 가장 잘 알려진 프렌치 소스일 것이다. 또한 여러 프렌치 소스들 중 만들기도 가장 쉽다. 홀랜다이즈와 마찬가지로, 베샤멜 소스의 기원에 대해서도 풍부한 상상력이 돋보이는 수많은 추측들이 있다. 여기에는 이탈리아 사람들까지 가세하여 심지어 베샤멜 소스가 피렌체의 궁중에서 만들어졌다고 주장하기도 한다. 물론 이미 상상하고 있겠지만 프랑스인들은 그것에 대항할 만한 수많은 이론들을 가지고 있다. 밀가루, 버터 그리고 우유, 단순한 조합으로 만들어진 베샤멜 소스는 프랑스의 감자 그라탕부터 그리스의 무사까, 영국의 피셔맨스 파이, 이탈리아의 라자냐에 이르기까지 다양한 세계 요리에 사용된다.

왜 파인 다이닝의 지나친 호화로움에 주눅이 들고, 그 격식이 몸에 맞지 않는 옷을 입은 듯한 불편함을 느끼게 하는지, 그리고 왜 비싼 레스토랑에서 식사를 하는 것이 일종의 계급적 배신자가 된 듯한 기분이 드는지 거기에는 그럴 만한 이유가 있다. 그것은 오뜨 퀴진이 사회적 불평등의 아주 좋은 본보기인 제국주의 시절의 프랑스 왕궁에서 탄생되었기 때문이다. 홀랜다이즈 소스를 비롯해 모든 프랑스 소스들은 사실 사회적 불평등의 잔재와도 같으며, 그들의 맛에서는 오늘날까지도 존재하는 씁쓸한 계급간의 투쟁이 느껴진다. 그러나 언젠가 구운 대구 한 토막에 홀랜다이즈 소스를 얹어 함께 먹어보아라. 어쨌거나 계급투쟁의 맛만은 눈물 날 정도로 기가 막힐 테니.

홀랜다이즈 소스와 아스파라거스를 곁들인 연어 스테이크

Filet de Saumon avec Sauce Hollandaise et Asperges

2인분 기준 | 조리 시간 30분

재료_

연어 스테이크 2조각 (각 150~200g 정도), 아스파라거스 10개, 달걀 노른자 1개 분, 레몬즙 1 작은 술, 버터 140g, 소금 1/2 작은 술, 따듯한 물 1/2 작은 술

조리 방법_

1 먼저 뜨겁게 달군 그릴 팬에, 연어의 양면을 각 2~3분 정도 구워준다. 만약 연어에 껍질이 있는 경우라면, 껍질이 있는 쪽을 먼저 익혀준다. 연어는 절대로 너무 오래 익혀서는 안 되고, 오렌지빛에서 분홍빛으로 변할 정도로만 익혀준다. 다 구워진 연어는 그릴 팬에서 조심스럽게 다른 접시로 옮기거나 또는 다른 재료들을 준비할 동안 낮은 온도의 오븐에 넣어준다.

2 아스파라거스는 부드러운 윗부분을 12센티 가량만 남겨 놓고, 단단한 줄기 부분은 잘라버린다. 완전히 익은 것처럼 보일 때까지 가능한 자주 뒤집어주며, 그릴 위에서 아스파라거스를 5~7분간 구워준다.

3 다음은 홀랜데이즈 소스를 만들 차례다. 이 소스를 전통적인 방법으로 만들기 위해서는, 우리에게 최소 30분 정도 아널드 슈워제네거와 같은 튼튼한 이두박근이 필요하다. 만약 만들다 망쳐서 처음부터 다시 시작해야 하는 경우라면, 그보다 더 오래 걸릴지도 모르니, 우리는 그냥 블렌더를 사용하는 손쉬운 방법으로 만들어보자. 우선, 달걀 노른자와 레몬즙 그리고 소금을 블렌더에 넣어준다. 그러고 나서 버터를 타지 않도록 조심스럽게 녹여준다. 버터가 뜨거울 때, 블렌더에 따뜻한 물을 넣고 블렌더를 중간 또는 낮은 속도로 돌려주다가 녹은 버터를 조금씩 아주 천천히 떨어뜨리며 계속 블렌더를 돌려준다. 달걀과 레몬즙이 버터와 잘 섞여야만 완벽한 홀랜다이즈 소스가 만들어진다.

4 접시 위에 구운 아스파라거스 5 줄기를 깔아주고, 그 위에 연어를 올려준 뒤 홀랜다이즈 소스를 넉넉히 뿌려준다.

길게 줄지어 선 아침 7시의 빵집 풍경

Baguette 바게트

만약 홀랜다이즈 소스가 프랑스의 아직 해결되지 않은 계급간 경쟁의식의 원천이라면, 계급투쟁을 하는 전사들은 더 이상 고민할 필요가 없다. 프랑스는 예쁜 모양의 빵에서 그 해결책을 찾았기 때문이다.

프랑스 국기의 흰색은 'égalité' 즉 평등을 상징한다. 그리고 이 흰색은 밀가루의 색깔을 닮았다. 갓 구워진 바게트를 손으로 뜯었을 때 볼 수 있는, 우리를 만족스럽게 하는 바로 그 순백색이다. 프랑스의 파인 다이닝에 아직도 우월감과 제국주의적 성향이 남아 있다면, 프랑스에서 빵은 민주주의와 평등, 휴머니즘과 동의어이다.

프랑스 남동부의 지중해 연안 코트다쥐르Côte d'Azur(쪽빛 해안이라는 뜻의 프랑스어) 지방에 있는 고급스런 빌라에 살든, 항구도시 마르세유에 있는 슬럼가의 아파트 블록에 살든 상관없이 모든 프랑스의 가정에서는 아침 6시 45분쯤 되면 가족 중 한 명을 동네 빵집으로 보낸다. 6시 45분은 빵을 떠올리기에는 터무니없이 이른 시간이라고 생각될 것이다. 사실 대부분의 나라에서는 그것이 틀린 생각이 아니다. 그러나 새벽 5시에 구워지는 바게트가 오후 5시쯤 되면 바위처럼 딱딱하게 굳어지는 프랑스에서는, 알람 시계의 스누즈 버튼에 손이 닿게 되는 순간, 바로 지게 되는 것이다. 파리에서는 아침 7시 반쯤 되면 새벽부터 구워버리는 빵들이 이미 대부분 팔려 나가고 없기 때문이다. 만약 아침 8시가 지나서도 맛있는 바게트를 구할 수 있는지 궁금해서 기다렸다가는, 아마도 몇몇 빵집들이 하루 중 두 번째로 빵을 굽는 저녁이 될 때까지 배를 곯아야 할 것이다.

아침 7시의 빵집은 프랑스가 살아나 숨을 쉬고, 그리고 무언가가 시작되는 공간이다. 만약 그 시간 바깥으로 길게 줄 서 있는 사람들이 없는 빵집이라면, 그곳을 두 번 다시 찾을 생각은 하지 않는 게 좋을 것이다. 그 동네 사람들이야말로 가장 맛있는 빵집이 어디인지 잘 알고 있는 사람들이다. 그리고 만약 불랑제리boulangerie(빵집이라는 뜻의 프랑스어) 앞에 길게 늘어선 줄이 있다면, 재빨리 그 줄에 동참해라. 이 줄은 단순히 빵만을 사기 위한 줄이 아니다. 프랑스 사람들은 일반적으로 꽤나 냉소적이고 부정적인 사람들이지만 빵집 앞의 줄에서만큼은 수다쟁이로 돌변한다. 아마도 버터가 잔뜩 들어간 갓 구워진 크루아상의 냄새와 신선한 아침 공기가 무언가 신비로운 마법을 부린 듯하다. 모든 사람들이 서로의 건강과 안부를 묻고, 칭찬을 주고받으며, 심지어는 빵집 점원들도 무대에 선 소프라노와 같은 쾌활한 목소리로 거스름돈을 내어준다. 아마도 이보다 훈훈한 아침 광경은 본 적이 없을 것이다. 인생의 대부분을 참고 들어주기 힘들 만큼의 불평불만을 늘어놓는 괴팍한 프랑스 사람들이지만, 이른 아침의 빵집 앞에서는 월급날을 맞은 산타클로스보다 더 친절하고 부드러운 미소를 짓는다.

프랑스는 엄마처럼 살뜰히 보살펴주는 복지 제도를 가진 나라이기 때문에 국민들은 일생 동안 돈에 대한 큰 걱정 없이 살 수 있다. (물론 최근의 경제 위기가 조만간 영향을 미치겠지만.) 열심히 일하는 몇몇 사람들을 제외하고, 프랑스는 필터 없는 담배를 물고 노천카페의 파라솔 그늘에 앉아 탄산수를 마시며 실존주의 철학이나 순수미술과 같은 쓸데없는 주제에 대해 이야기를 나누는 사람들에 의해 돌아가는 나라이다. 바로 이런 것들이 왜 프랑스에 수많은 예술가가 존재하고, 파리가 왜 최고의 실존주의 철학자들로 가득했는지를 설명해준다.

그렇다면 언제나 부지런한 한국 사람들에게는 매우 궁금한 일일 수도 있을 것이다. 이런저런 근거자료를 토대로 해보았을 때, 조금은 게을러 보인다고 할 수 있는 프랑스 사람들로 하여금 그 무엇이 고작 빵 한 덩어리를

위해 일찍 일어나게 할 수 있었을까? 부지런한 한국 사람들에게 말하고 싶은 것은 이것이다. 프랑스 사람들을 아침 6시 45분에 벌떡 일어나게 만드는, 이른 아침에 갓 구워진 그 빵은 한국에서는 결코 맛볼 수 없다. 만약 그 빵을 맛본 적이 있다면, 결코 그런 질문은 하지 않았을 것이다.

오븐에서 갓 꺼낸 신선한 바게트는 아름다움 자체이다. 빵을 들고 좁고 비탈진 골목길을 따라 집으로 돌아가는 동안 우리는 피할 수 없는 시험에 들게 된다. '르 부le bout'라 불리는 바게트의 양 끝 동그란 부분을 뜯어서 허겁지겁 입에 쑤셔 넣지 않기란 거의 불가능한 일이다. 물론 이것은 빵에 있어서는 판도라 상자의 뚜껑을 여는 것과도 같다. 오직 강한 의지를 가진 인간만이 르 부를 탐하는 자신과의 싸움을 이겨낼 수 있을 것이다. 그러나 일단 이 따뜻한 빵 조각을 한번 맛보게 된다면, 열반의 경지에 든 라마승조차도 두 번째 빵 조각을 뜯어내기 위해 손이 빵으로 향하는 것을 참아낼 수 없을 것이다. 이쯤에서 상황은 급속도로 더 나빠진다. 이미 반으로 줄어든 바게트를 들고 있는 아저씨와 그를 호되게 나무라는 부인이 등장하는 안쓰러운 광경은 프랑스의 아침 길거리에서는 너무나 흔하게 볼 수 있는 모습이다. 대부분의 경우, 남자들은 집까지 가는 도중 절반도 못 미쳐 이미 빵 한 덩이를 해치우고 다시 빵을 사기 위해 빵집으로 되돌아가기 일쑤다. 이렇게 프랑스 빵은 정말 맛있다.

매 끼니마다 거르지 않고 빵을 먹는 프랑스 사람들의 빵 사랑은 남다르다. 사실 프랑스 빵은 다른 것을 곁들이지 않아도 그 자체만으로 충분히 맛있다. 아침 식사에서 프랑스 사람들은 큰 사발에 담긴 카페오레에 빵을 담갔다 먹기도 하고, 때로는 커피나 핫 초콜릿을 빵 위에 부어서 밀가루 죽 같은 형태가 되도록 푹 적셔 먹기도 한다. 점심때 그들은 생선, 스테이크,

야채 그리고 감자로 만든 다양한 요리와 함께 빵을 먹는다. 저녁에는 말린 소시지인 소시옹saucisson과 고약한 냄새가 나는 치즈를 함께 썰어 또 빵을 먹는데, 이때 종종 걸쭉한 스프를 곁들이기도 한다.

그리고 이러한 빵에 대한 사랑과 헌신은 때때로 프랑스 사람을 매우 진지하게 만들기도 한다. 대부분의 유럽 사람들에게 제빵사는 초라한 직업일 수도 있겠지만, 최고의 프랑스 불랑제boulanger(제빵사)들은 큰 돈을 번다. 그들은 매우 힘들게 일하지만, 은퇴 후 호화로운 집을 사서 남은 여생을 여유롭게 즐길 수 있다. 이런 이유들로 프랑스 정부는 프랑스의 모든 빵집들에게 그들이 어떤 방식으로 빵집을 운영하고 있는지를 명시하도록 했다. 일반 '불랑제'는 가장 낮은 등급이다. 예상할 수 있겠지만 이런 종류의 빵집들은 공장에서 반죽과 성형을 마친 후 냉동시킨 생지를 각 점

포로 보내면 매장에서는 단순히 굽기만 하는 형태이다. '아티산 불랑제Artisan Boulanger'는 우리 모두가 꿈꾸는 진정한 베이커리다. 이 빵집들은 매장에서 반죽부터 시작한다는 것이 공인된 빵집들이다. 진짜 토박이 프랑스 사람이라면 아티산 불랑제라는 이름을 사용하지 못하는 빵집에는 절대 발도 들이지 않을 것이다. 그리고 'artisan' 이 프랑스어로 장인匠人을 의미하듯, 사실 아티산 불랑제는 그 이름만으로도 뭔가 품격이 느껴진다.

프랑스 사람들은 먹고 요리하고 레스토랑을 찾아다니는 데 엄청나게 많은 시간을 할애한다. 앞서 말했듯이 레스토랑이라는 개념 또한 프랑스에서 시작되었다. 프랑스에서 레스토랑은 빗대어 말하자면 음식의 대성당과도 같고, 또한 비스트로bistro(가볍고 캐주얼한 분위기의 식당)와 카페는 작고 소박한 시골 교회와 같다고 할 수 있다. 그래서 음식에 대해 종교만큼이나 강한 신념을 가진 프랑스 사람들과는 음식에 대한 주제로는 농담을 해서는 안 된다. 내가 이 책을 쓰는 동안에도, 프랑스의 정치인들은 이미 프랑스 음식 문화를 어지럽히려는 사람들로부터 프랑스를 보호하고자 또 다른 법을 만들려고 추진 중에 있다. 새로운 법은 어떤 음식점이라도 현장에서 모든 조리 과정이 진행되지 않는다면 레스토랑이라는 이름을 사용할 수 없다는 내용이다. 2013년 6월, 프랑스 신문 〈르 피가로Le Figaro〉는 프랑스 대중의 96퍼센트라는 엄청난 숫자가 이 새로운 법을 지지한다고 밝혔다. 나머지 4퍼센트의 사람들은 아마도 패스트푸드 식당의 오너들이 아닐까 싶다.

천주교나 기독교를 믿는 다른 국가들에서, 주기도문의 "give us this day

our daily bread(날마다 우리에게 일용할 양식을 주시고)"란 구절의 daily bread는 각 나라마다 깊은 상징적 의미를 가지고 해석된다. 그러나 프랑스 사람들에게 일용할 양식은 기도문에 쓰여 있는 그대로 매일의 빵daily bread을 의미한다. 날마다 프랑스 사람들은 몇 덩어리의 빵을 소비하며, 프랑스의 빵집들은 일 년 내내 거의 하루도 쉬지 않고 문을 연다. 그리고 빵집 근처에 사는 프랑스 사람들은 동네 버스 운행 시간보다 빵집에서 빵 나오는 시간을 더 잘 꿰뚫고 있다.

프랑스에서 좀 큰 규모의 불랑제리에 들르게 된다면, 아마 빵 박물관에 온 듯한 느낌을 받을 것이다. 폭신폭신하게 잘 부풀어오른 커다란 브리오슈brioche가 마치 유혹이라도 하듯이 쇼윈도의 진열장에서 빛나고 있고, 다루기 까다로운 호밀로 만들어진 퉁퉁한 팽 드 세이글pain de seigle은 만족스러운 식사를 마친 신부님처럼 흡족한 표정으로 창문을 통해 들어오는 아침 햇살을 받으며 앉아 있다. 왕관이라는 뜻의 화려한 이름이 붙은 바게트의 사촌쯤 되는 쿠론couronne과 길고 가는 막대 모양을 한 플룻 flute이 나무로 엮어 만든 커다란 빵 바구니에 조심스럽게 담겨 있고, 치명적인 매력을 가진 쁘띠 팽 오 쇼콜라petit pains au chocolat가 버터나 계란 노른자로 광택을 낸 크루아상 옆에 놓여 있다. 쁘띠 팽 오 쇼콜라 안에는 오븐에 데워졌을 때, 찐득하게 녹아 이빨을 썩게 만들기 안성맞춤인 얇은 초콜릿이 한 층 들어가 있다. 그리고 그들 옆에는 건포도가 올려지고 에그 커스터드가 들어가 있는 그들의 사촌 쁘띠 팽 오 레쟁petit pains au raisins이 자리를 잡고 있다. 프랑스의 모든 아이들은 이런 달달한 간식들을 먹고 자란다. 설탕과 버터와 같이 몸에 그다지 좋지만은 않은 것들이 잔뜩 들어 있지만, 대부분의 프랑스 부모들은 거의 매일 아이들에게 이런 간식들을 사주며 자녀들의 버릇을 망쳐놓는다. 불랑제리 안에는 심지어 팽 바타르pain bâtard라고 불리는 빵도 있다. 실수로 잘못 만들어진 빵(Bâtard는 프랑스어로 서자나 사생아라는 의미이다)이라는 이름처럼 오븐에서 꺼낸 모양은 할로윈 데이같이 흉측하지만 그 맛만큼은 설달 그믐날처럼 근사하다.

이것은 역사상 프랑스 사람들을 가장 분노하게 했던 말이 "그들에게 빵 대신 케이크를 먹게 해라" 였다는 사실을 다시 한 번 상기시켜준다. 마리 앙투아네트 왕비는 빵을 달라고 항의하는 프랑스 민중들에게 빵이 없으면 대신 케이크를 먹으라는 어이없는 말로 응수했다. 왕비의 신분으로서 그녀가 민중의 고난을 전혀 이해하지 못하고 있었던 것 자체가 크나큰 죄이자 그들에 대한 모욕이었다. 그러나 이것은 어디까지나 역사가들의 생각이다. 아마 프랑스 사람들은 여왕이 케이크 따위가 프랑스 빵을 대신할 수 있다고 생각했던 것 자체에 정말 화가 났었을지도 모른다고 나는 생각한다. 만약 진짜 프랑스 빵을 먹어본 적이 있는 사람이라면, 학창 시절 역사 선생님의 설명보다는 내 의견에 공감할 것이다. 만약 누군가가 나에게 더 이상 바게트를 먹지 말고 이제부터 케이크 쪼가리나 먹으라고 말한다면 나 또한 그들을 단두대로 끌고 가고 싶어질지도 모른다. 이렇게 프랑스 사람들과 그들의 빵 사이에 끼어드는 것은 아주 나쁘고도 위험한 생각이다.

프랑스

쾌락주의를 탐닉하는 달콤한 유혹

Religeuse au Café 를리즈외즈 오 카페

"좋은 와인이 곁들여지지 않은 맛있는 음식은 정부情婦 없이 부인만 있는 삶과 같다." "기름진 점심식사는 파리의 반을 죽이고, 더욱 기름진 저녁식사는 나머지 절반을 죽인다." 이렇게 자신들의 사치스럽고 풍요로운 식생활을 은근히 과시하는 것이 프랑스 작가들에게는 그리 큰 문제가 되는 것 같지 않다. 그러나 지구상에 수많은 사람들이 다음 끼니를 걱정하고 있는 현실에서 이런 말들은 그다지 위트 있거나 재미있게 들리지 않는다.

그러나 프랑스 사람들이 자신들의 위대한 음식에 대해 자랑을 시작할 때, 나머지 사람들은 그저 정중하게 미소를 띤다. 이것은 아마도 프랑스가 사실상 음식 문화라는 개념을 만들어낸 것과 다름없음을 인정하기 때문일 것이다. 그래서 다른 나라들은 프랑스가 잔뜩 치장한 커다란 공작새처럼 허세를 부리며 자신들의 음식을 무시하는 것을 그저 앉아서 지켜봐야만 한다.

프랑스 사람들이 요리하는 것을 지켜보면, 마치 브라질 사람들이 축구하는 것을 구경하고 있는 듯한 기분이 든다. 그들에게 억한 심정이 있어서, 그들이 하는 모든 일들이 잘 안 되기를 은근슬쩍 바라고 있는 사람이라도, 축구장이나 주방에서만큼은 춤이라도 추는 듯한 현란한 몸놀림에 일종의 경외심을 가지고 어안이 벙벙한 구경꾼이 된 채로 그들을 지켜볼 수밖에 없다.

프랑스 요리가 너무 느끼하거나 지나치게 사치스러워 자신의 취향이 아니라는 말은 얼마든지 할 수 있겠지만, 프랑스 미식학의 대사원격인 파티세리pâtisserie를 방문해서 빈손으로 나갈 수 있다고 장담할 수 있는 사람은 유제품의 소화에 문제가 있는 사람을 제외하고는 경솔한 사람들뿐일 것이다.

파티셰리는 루브르 박물관과도 같다. 모든 것이 아름답고 윤기로 반짝거리고, 풍부한 색감을 가진 것들이 섬세하게 쌓아 올려져 진열되어 있다. 나같이 예술에 문외한인 사람들에게는 산소가 부족할 것 같은, 먼지 쌓인 갤러리에서 다 빈치나 들라크루아의 작품을 눈으로 감상하기보다는 파티셰리에서 배를 채우며 오감을 만족시키는 향연을 즐기는 편이 훨씬 즐거울 것이다.

한국의 빵집 주인들은 빵 종류와 파티셰리를 구분 없이 같은 장소 안에 몰아 넣는 경향이 있다. 그 결과 대부분 한국의 빵집에는 각종 케이크와 패스트리 그리고 한국화된 프랑스 파티셰리들이 사이 좋게 함께 놓여 있다. 그러나 프랑스에서는 사실 디저트류를 만드는 '파티셰'들은 빵을 만드는 '불랑제'를 막노동을 하는 인부들 같은 저급한 직업이라 여기며, 불랑제들을 피하기 위해서라면 가던 길을 돌아가는 수고도 마다하지 않을 태세다. 불랑제 역시, 파티셰들은 심장병 의사나 치과의사의 매출 향상에나 도움을 주는 허영심으로 똘똘 뭉친 속물들이라고 생각한다. 이렇게 빵은 민중의 음식이요, 파티셰리는 응석받이들의 특권과도 같다.

두 업종이 대부분 같은 재료를 사용한다는 사실에도 불구하고, 두 그룹의 밀가루에 대한 철학은 결코 함께 어울릴 수 없다. 드문 경우지만 프랑스에서 불랑제리와 파티셰리가 섞여 있는 형태의 가게를 보게 된다면 마치 판문점에 있는 회담장에 들어가는 듯한 기분이 들 것이다. 빵들은 그들만의 진열장에서 위엄 있게 줄지어 서 있고, 윤기가 흐르는 디저트류 역시 그들만의 영역을 확고하게 보여주며, 모든 것이 엄격한 경계로 구분되어 있다. 각 부분의 마에스트로들은 자기 영역의 진열대 뒤에 앉아서 마치 성난 개가 으르렁거리는 것처럼 반대쪽에 위치한 상대편을 노려보고 있다. 이 냉랭한 분위기 속에서 우리는 이 모든 것이 사랑이 없는, 필요에 의한 정략 결혼과 같은 관계라는 것을 느끼지 않을 수 없을 것이다.

만약 프랑스에서 빵을 굽는 일을 하기로 결심했으면, 먼저 불랑제리와 파티셰리 중 어떤 길을 택할 것인지를 빨리 선택해야 한다. 결정을 내리는 바로 그 순간부터 다른 한쪽을 제다이의 스승인 요다가 어둠의 세력을 대항했던 것과 같은 마음자세로 대해야 할 것이다.

파티셰리 안을 둘러보다 보면 장난감으로 가득 채워진 백화점에 온 어린아이가 된 듯한 기분을 느낀다. 단 것을 좋아하지 않는 사람이라도, 예쁜 꽃에 끌리는 벌처럼 왠지 끌리는 듯한 기분이 들 것이다. 그 안의 모든 것들은 너무나 곱고 섬세하며, 공기 중에 퍼져 있는 달콤한 냄새는 너무나 유혹적이다. 심지어는 케이크를 담아주는 예쁜 분홍색 리본이 달려 있는 작은 종이 상자마저도 무언가 특별한 것처럼 보인다.

물론 파티셰리는 가족모임, 생일, 기념일 등과 같은 특별한 경우들을 위해 존재하는 음식이다. 프랑스 사람들이 날이면 날마다 파티셰리를 먹을 수 있을 만큼 부유하거나 혹은 엄청난 식탐을 가졌을 거라고 여기는 것은 지나친 생각이다. 프랑스 사람들이 돈 쓰기를 아주 좋아하는 것은 사실이다. 그리고 그들이 돈을 펑펑 쓸 때, 대부분의 경우는 음식과 관련이 있다. 아름답고 달달한 프랑스의 파티셰리는 멋지고 기품 있게 식사를 마무리하기 위한 일종의 마지막 장식과도 같다. 건강한 식생활을 옹호하는 나로서는 무척 속이 쓰린 일이지만, 이 세상의 어떤 진귀한 과일을 가져다 놓아도 프랑스 파티셰리를 담아놓은 접시보다 더 유혹적일 수 없다는 것은

인정한다.

자라면서 나는 파리 근교에 있는 외갓집에서 어린 시절의 대부분을 보냈다. 그곳은 파티셰리를 사랑하는 사람들에게는 메카로 느껴질 만한 곳이다. 나는 아직도 외할아버지와 집 근처의 숲을 지나 몇 킬로미터씩 이어지던 산책을 생생히 기억한다. 그 숲의 빽빽하게 우거진 덤불은 나의 외할아버지가 살고 계신 쪽의 소박한 시골마을과 부유한 파리의 위성도시 베르사유Versailles로 향하는 화려한 진입로의 경계가 되었다.

우리는 호수와 경사진 골짜기를 따라 오르막과 내리막길을 번갈아가며 걸었다. 어느 쪽을 둘러보아도 사방에는 오직 나무뿐이었다. 아마도 너무 오래돼서 나의 기억이 흐릿해진 탓이겠지만, 나에게 그곳의 나무들은 언제나 가을 색으로 기억된다. 그곳의 나뭇잎들이 짙은 갈색이었던 것을 제외하고는 다른 색이었던 적을 떠올릴 수가 없다. 우리의 산책은 언제나 베르사유로 향하는 머나먼 여정이었다. 베르사유 시市는 너무도 호화스러웠고, 그 엄청난 크기는 어린 나를 압도하기에 충분했으며, 그곳의 큰 도로는 언제나 개똥이 여기저기 굴러다녔음에도 불구하고, 정말 금으로 포장이라

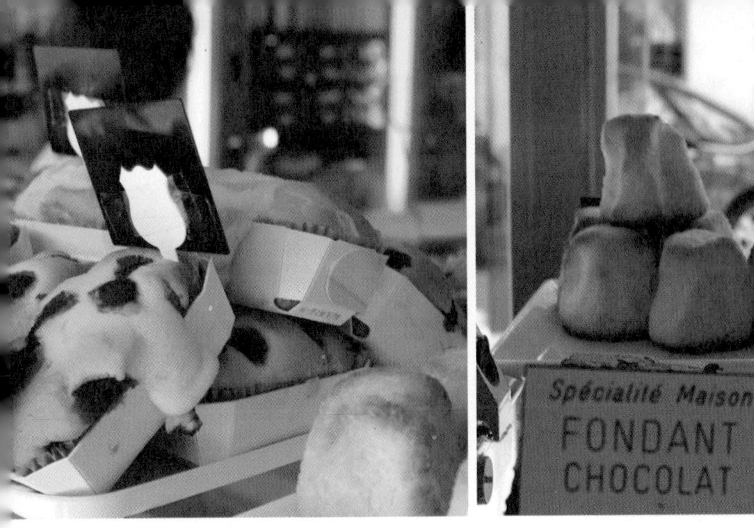

도 되어 있는 것처럼 아름다웠다. 그곳에는 지나치게 화려한 교회들과 인간이 만들어낸 가장 어리석고 과도한 건축물인 베르사유 궁전이 오만한 제국주의로 일구어낸 추악한 부를 상징하며 우뚝 서 있었다. 그 당시 나는 너무 어린 나이여서 그러한 메시지를 완전히 이해할 수는 없었지만, 그러나 그때의 느낌만은 아직도 생생하다.

내가 기억하기로는(나는 조부모가 이곳을 떠나 프랑스 남부로 이사를 간 십대 후반 이후로는 그곳을 방문한 적이 없다) 베르사유는 헤어스프레이와 비싼 향수 냄새를 풍기며, 날씨와는 상관없이 언제나 모피코트를 두르고 하루 종일 작은 쥐새끼같이 생긴 개의 목줄을 잡아 끌고 산보를 하는 여자들로 가득했다. 남자들은 좀처럼 눈에 띄지 않았는데, 아마도 어디에선가 골프를 치거나 더 많은 돈을 손에 넣고자 일을 하고 있었을 것이다. 그리고 외할아버지의 말씀에 따르면, 이 지역은 파리 교외 남서부 지방에서는 최고의 파티셰리를 찾아볼 수 있는 곳이었다. 이런 이유로 성배를 찾아 숲을 헤치고 다니던 아서 왕과도 같던 우리의 여정은 언제나 베르사유로 향했다.

할아버지는 그 여정에 언제나 나를 동반했다. 내 생각에는, 많은 식구들이 모이는 일요일, 가족 식사를 위해 갖가지 음식을 준비하시는 할머니를 위해 방해가 되는 손자녀석을 데리고 가신 듯하다. 그리고 또 베르사유를 왕복하는 기나긴 여정에 말동무가 필요하셨을 것이다.

모든 식구들은 각자 원하는 케이크를 우리에게 주문했다. 그런데 여기서 가장 이상한 점은 파티셰리에는 무궁무진한 종류의 케이크와 디저트가 존재함에도 불구하고, 식구들의 대부분은 매번 변함없이 똑같은 종류의 케이크를 주문한다는 것이다.

나의 어머니는 만들기가 아주 까다로워 보이는 밀푀유millefeuille를 주로 주문하셨는데, 이것은 '천 겹의 잎'이라는 이름처럼, 얇은 패스트리, 커스터드, 아이싱 슈가 그리고 때때로 과일을 층층이 쌓아 만든 아주 작은 벽돌처럼 보이는 케이크이다. 또한 일요일 저녁 식탁에서 인기 있는 메뉴는 프랄린 크림이 들어간 바퀴 모양의 패스트리에 슈가 파우더를 곱게 뿌려준 파리 브레스트Paris-Brest다. 파리 브레스트는 1891년 파리와 브레스트 간의 사이클 경기를 기념하기 위해 만든 특별한 디저트이다. (음식과 섹스를 제외하고 프랑스 사람들이 관심을 갖는 것은 오직 사이클뿐이다.)

달콤함과 아몬드의 고소함이 잘 혼합된 화려한 색상의 마카롱 또한 매우 인기 있는 메뉴였다. 이제는 한국에서도 마카롱을 어렵지 않게 찾아볼 수 있지만, 얼마 전까지만 해도 프랑스 밖에서 마카롱을 구하기란 쉽지 않은 일이었다. 마카롱은 18세기 후반 프랑스의 한 수녀원에서 처음으로 만들어졌다. 수녀원이라? 금강산도 식후경이라고, 프랑스에서는 종교조차도 음식 다음으로 생각할 문제이다. 프랑스의 수녀님들은 요리를 하느라 너무 바쁜 나머지 가톨릭에 관한 것들을 걱정할 틈이 없는 듯하다.

심지어 프랑스에는 '생토노레St. Honoré'라 불리는 파티셰리의 수호성인도 존재한다. 모든 프랑스 사람들은 생토노레에게 깊은 존경심을 표시하는데, 거울로 가득한 화려한 궁전을 과시하며 강력한 절대왕정을 확립시키느라 무지 바빴을 태양왕 루이 14세마저도 그의 귀한 시간을 쪼개 전국의 제빵사들로 하여금 5월 16일을 생토노레의 날로 기념하게 하는 법을 만들었다고 한다. 현대의 프랑스 사람들 역시 크림이 들어간 슈와 설탕, 달걀 흰자가 뒤섞인 혼합물을 휘핑 크림이라 불리는 마법의 접착제로 붙여놓은 생토노레 케이크를 입에 잔뜩 쑤셔 넣으며, 5월 16일을 빨간 날로 만들어준 생토노레를 기억하고 깊은 오마주를 표시한다.

개인적으로 내가 가장 좋아하는 디저트는 를리즈외즈 오 카페religieuse au café이다. 를리즈외즈religieuse는 프랑스어로 수녀를 뜻하는데, 언뜻 보면 이 케이크는 작고 둥글둥글한 남자와 비슷하지만 사실 조금 수녀를 닮은 구석이 있긴 하다. 모카 크림을 품은 둥그렇고 커다란 슈 패스트리가 모카 아이싱에 덮여 있고 그 위에는 좀 더 작은 크기의 슈가 올려진다. 사실 여기까지는 수녀보다는 작고 뚱뚱한 남자의 실루엣을 연상시킨다. 그러나 꼭대기에 하얀색 크림을 조금 올려 마무리하면 하얀 모자를 쓴 수녀와 너무나 흡사한 모습이 된다.

'번개'라는 의미의 역동적인 이름을 가진 에끌레흐éclair는 를리즈외즈와 사촌격이다. '뭐, 특별할 거 없네. 한국에서 이미 다 먹어봤는걸'이라고 생각할지도 모르겠지만, 프랑스에서 먹어본 것이 아니라면, 진정 그것들을 먹어봤다고 할 수 없다. 대개 에끌레흐는 번개라는 이름에 걸맞게 딱 두 가지 종류로 나뉜다. 어둡고 쌀쌀맞아 보이는 '초콜릿'과 커피와 우유로 만들어진 프랑스의 국민 음료 '카페오레' 두 가지 맛이다. 이국적인 느낌의 색상을 띤 카페오레는 마치 여름 햇살에 잘 그을린 피부만큼이나 섹시한 컬러다.

블리즈외즈에는 설탕, 버터, 크림 그리고 그 밖에 건강에 그리 좋지 않은 재료들이 잔뜩 들어갔음에도 불구하고, 그 맛만큼은 환희를 불러일으킨다. 부드러움과 딱딱함의 양면을 가지고 있는 블리즈외즈는 지나치게 달기도 하고 전혀 달지 않기도 하다. 프랑스의 모든 것이 그러하듯이 이것은 쾌락주의를 탐닉하는 듯한 맛이다.

그러나 우리가 선택한 독약이 무엇이든지 간에 – 커스터드와 비슷한 크림 연못에서 설탕에 절여진 과일들이 헤엄치고 있는 '프룻 타르트'든지 레몬 향이 감도는 바삭한 비숑bichon이든지, 매혹적인 모습의 마들렌 아니면 얇고 바삭바삭한 기왓장이라는 뜻의 이름을 가진 튀일tuile이든지 – 파리셰리는 반드시 그것을 우리 앞에 가져다 놓는다. 우리가 어떤 식으로 저항하든, 우리는 결코 달콤한 디저트의 유혹에서 벗어날 수는 없을 것이다. 한밤중의 도둑처럼, 몰래 살금살금 파티셰리 문으로 다가가거나 또는 집으로 돌아오는 길에 굳이 먼 길을 돌아서라도 파티셰리를 지나칠 수 있는 길을 선택할 게 분명하다. 그리고 담장 너머로 빨래를 너는 가슴 큰 이웃집 여인을 훔쳐보는 욕망에 가득 찬 십대들처럼 창문 앞에서 넋이 나간 듯이 파티셰리 안을 바라보게 될 것이다.

프랑스 다이닝 테이블의 호사스러움

Terrine 테린

지금까지 인류가 발명한 음식 중 테린terrine보다 더 엽기적이거나 건강에 해로운 음식도 없을 것이다. 거친 난도질로 짐승들을 산산조각 내고, 껍질 벗긴 토끼에 오리 기름을 잔뜩 붓고, 이런 모든 혐오스러운 재료들을 작은 틀 안에 밀어 넣은 후, 그것이 기름이 잔뜩 낀 단백질 덩어리로 굳어질 때까지 벽돌을 올려두고 기다리는 것만큼 역겨운 음식이 과연 또 있을지 의문이다. 공포 영화에서도 본 적 없는 무시무시한 장면이 현실의 부엌에서 펼쳐지는 것이다.

물론, 모든 것이 풍족한 현대사회를 살아가는 우리들은 어떤 특정 음식에 대해 비위가 약할 수도 있다. 아직 채식주의가 한국에서 그리 일반적이지는 않지만, 다른 나라에서는 이미 흔한 일이 되었고, 그리고 머지 않아 한국에서도 많은 채식주의자들이 생겨날 것이다.

나의 할아버지는 항상 생선에서 눈알을 빼서 잡수시곤 했다. 그리고 머리 부위에 뭔가 더 먹을 만한 것이 있을까 늘 다시 한번 헤집으셨다. 21세기의 식탁에 앉아 있는 우리들에게는 이 이야기가 비위 상하게 들릴지도 모르겠지만, 우리가 먹거리들이 넘치는 시대에 살고 있다는 것만은 반드시 기억해야 한다. 우리의 할아버지들은 맛이 있어서 생선 머리를 드신 것이 결코 아니었다. 그들이 젊었던 시절, 테이블 위에 음식은 늘 부족했고 그래서 생선의 머리까지 파헤치며 먹어야 했던 것이다. 그것은 생선 머리를 먹느냐 아니면 굶주리느냐 하는 생존과 관련된 문제였다. 편의점에 가서 야채 크래커 한 봉지나 트윅스를 사다 허기를 모면한다는 것은 상상조차 할 수 없던 시절이었다.

프랑스에 봉건주의가 존재하던 시절, 소작농들이 간신히 작은 고깃덩어리라도 손에 넣는 순간은, 고기가 산패하기 일보직전의 상태일 때였다. 냉장고가 없는 상황에서, 그런 고기는 치명적인 위험이 있을 수도 있기 때문에, 어렵게 구한 재료들이 맛도 보기 전에 상해서 버리는 것을 막을 수 있는 방법이 필요했다. 그래서 소작농의 아내들은 고기를 오랫동안 보관할 수 있는 색다른 방법을 고안해내었고, 바로 그것이 테린이었다.이런 보잘것없는 유래에도 불구하고, 이제 테린은 프랑스의 다이닝 테이블에서 가장 고급스러운 음식으로 대접받고 있다. 얇은 기름으로 한 층 덮여 있는, 허브를 첨가해 누른 커다란 고깃덩어리가 누추한 소작농의 테이블에서 화려한 귀족 집의 식탁으로 바로 옮겨질 수 있던 이유는 너무나 맛있었기 때문이다. 만약 값비싼 르 크루제 스타일의 테린 몰드를 사용하여 테린을 만들어준다면, 테이블 위에서 놀랄 만큼 정갈하면서도 아름다운 음식으로 빛을 발하게 될 것이다.

도장을 찍어놓은 듯 가지런한 모양과 섬세하게 마블링된 것 같은 고급스런 컬러가 눈속임 효과를 주어 테린이 매우 세련되고 정교한 음식으로 보이지만, 그러나 무겁고 큰 팬과 예쁜 몰드만 가지고 있다면, 테린은 사실 그리 만들기 어려운 음식은 아니다. 놀랍게도, 테린은 대개 큰 솥에 고기를 중탕으로 삶아서 만든다. 여기서 내가 놀랍다고 하는 이유는, 이 조리법이 마치 영국 사람들이나 생각해낼 법한 단순하고 무식한 방법 같아서이다. 오늘날의 셰프들은 구운 가지나 피망으로 야채 테린을 만들기도 한다. 그리고 모험심이 강한 사람들은 젤라틴과 과일, 견과류를 사용해서 디저트 테린을 만들기도 한다. 그러나 테린의 고전이라고 할 수 있는 재료는 역시 돼지고기다. 가격이 착하다는 장점도 있지만 돼지고기에 함유되어 있는 지방은 테린을 만들기에 안성맞춤이다. 그래서 많은 셰프들이 장식적인 효과를 주면서 테린을 몰드에서 잘 떨어지게 하기 위해서 베이컨 조각을 몰드 안에다 붙이기도 한다.

테린은 냉장고에서 일주일 정도 보관될 수 있을 뿐만 아니라, 따뜻하게 데워서 낼 필요가 없기 때문에 파티 음식이 되기에 완벽한 조건을 갖추고 있다. 1970년대 테린은 프랑스뿐만 아니라 대부분의 유럽 국가, 심지어는 미국을 포함한 서양의 디너파티에서 가장 인기 있는 메뉴였다. 테린은 미리 만들어 준비할 수 있는 음식이었기 때문에, 파티를 주최한 여주인에게 초대한 손님들과 수다를 떨 수 있는 충분한 시간적 여유를 줄 뿐만 아니라, 뜨거운 불 앞에서 땀 흘리며 요리하느라 곱게 바른 마스카라를 번지게 하는 위험을 감수할 필요 없이 아름다운 모습으로 손님들을 맞이할 수 있게 해주었다.

테린을 몰드에서 빼서 접시에 올려놓은 후, 이제 얌전하게 얇게 썰어주기만 하면 모든 준비는 끝난다. 그리고 고급스러워 보이는 로메인이나 다

LAPIN

른 녹색 채소들을 깔아주고 그 위에 테린을 놓는다. 다른 방법으로는 테린을 큐브 모양으로 잘라서 화려하게 장식된 접시에 카나페 형태로 낼 수도 있다. 만약 이런 불필요한 가식들로 시간을 낭비하고 싶지 않다면, 그저 나이프로 테린을 푹 떠서 빵 위에 펴 발라 먹으면 그만이다. 어떻게 먹어도 그 호사스러운 맛은 우리를 배반하지 않는다.

테린은 나에게 프랑스 음식에 관한 모든 것을 말해준다. 기름지고 풍부한 맛으로 우리를 매혹하는 테린은 건강에는 전혀 도움이 되지 않을 음식이겠지만, 그러나 외관은 너무나 멋져 수준 높은 공예작품 같다. 스위스는 정교한 시계를 만들고, 중국은 화려한 도자기를 만든다. 그리고 한국 사람들은 섬세한 목공예품을 만든다. 그러나 프랑스 사람에게 가장 높은 차원의 예술은 음식이다. 프랑스 사람들은 결코 한 가지 식재료나 음식만을 탐닉하는 일이 없다. 열량이 높지만 먹어보지 않고는 견딜 수 없는 그런 음식들을 크기보다는 개수에 만족할 수 있도록 아주 작게 만들어서 아주 조금씩 모든 종류를 다 맛본다. 그러고도 그들은 정말 믿을 수 없게 날씬한 몸을 유지하고 있다.

프랑스 사람들은 이 지구상에는 오로지 프랑스 요리와 중국 요리 이렇게 두 가지 종류의 요리만 존재한다고 꽤나 건방지게 주장한다. 하지만 대부분의 프랑스 사람들은 중국 음식을 매우 싫어한다. 그럼 결국 이 말이 의미하는 바는 너무나 뻔하다. 그러나 프랑스 사람들의 이런 시건방짐에도 불구하고, 어쨌든 그들의 음식은 너무 맛있다. 그래서 다른 나라 사람들은 그들의 오만함에 대해 제대로 응수할 수 없고, 이러한 상황은 우리 모두를 더욱 짜증나게 한다. 그러나 진짜로 우리를 가장 열 받게 하는 것은 프랑스 사람들이 이렇게 먹고도 제법 괜찮은 몸매를 유지하고 있다는 것이다.

프랑스

남프랑스의 낭만이 빚은 와인

Vin de Pays d'Oc 뱅 두 페이 독

엘리트 의식과 음식에 대한 우월주의가 탄생한 나라 프랑스에서 가장 많이 수출하는 식품은 와인이다. 여기서 우리는 프랑스인들의 와인에 대한 취향이 얼마나 콧대 높고 까다로울지를 짐작할 수 있다. 특히나 다른 나라 사람들이 와인을 수집하고, 샘플링하고, 공부하는 것에 대해 얼마나 오타쿠같이 열을 올리는지 고려해본다면 더욱 그러할 것이다. 그러나 놀랍게도 프랑스 사람들은 와인에 대해서는 전혀 까다롭지 않은 소비자들이다. 와인을 소장 가치가 있는 예쁜 차 세트나 희귀한 우표처럼 취급하는 사람들은 프랑스인들이 아니다.

대부분의 프랑스 사람들은 와인을 정말 많이 마신다. 점심식사 때도 와인을 마시고, 저녁식사에도 와인을 곁들인다. 프랑스의 일반 가정집 식탁 위에는 대개 오픈돼 있는 와인 병이 한두 개쯤 놓여 있고, 좀 큰 규모의 슈퍼마켓이라면 작은 골프장 만한 크기의 와인코너가 들어서 있다. 이 대목에서, '그럼 프랑스에는 술고래들이 정말 많겠네!'라고 생각할지도 모르겠지만, 그것 또한 완전히 틀린 생각이다. 프랑스 사람들이 손에 와인 잔을 들고 있지 않은 모습을 보기란 매우 드문 일이지만, 그들이 술에 취하는 것을 보기는 더더욱 드문 일이다. 코가 비뚤어지도록 술에 취하는 것은 영국 사람들과 북유럽 사람들의 몫이다. 매주 금요일 밤이 되면 런던의 길거리는 보드카와 에너지 드링크를 믹스한 냄새가 희미하게 풍기는 토사물 냄새로 진동하고, 인사불성 상태로 떡실신해 여기저기 누워 있는 이십대들로 가득하다. 프랑스 사람들은 이런 행동을 매우 야만적이라고 생각한다. 그럼, 과연 프랑스 사람들은 술잔을 손에서 절대 놓지 않으면서도, 어떻게 취하는 것을 모면할 수 있는 것일까?

대답은 간단하다. 대부분의 한국 사람들은 안주 없이는 술을 마시지 않는데, 프랑스 사람들은 이보다 한 수 위다. 프랑스 사람들은 제대로 음식이 갖춰지지 않은 자리에서는 술을 마시는 법이 없다. 과학자들은 위에 음식물이 가득 차 있는 경우라면, 혈관으로 알코올이 흡수되는 속도가 느려진다고 말한다. 이것은 곧 술에 천천히 취하게 될 것이라는 의미이다. 나처럼 유럽의 북쪽에 위치한 나라 출신들의 음주 습관은 빈 속에 한 잔 그리고 또 한 잔 계속해서 술을 들이붓는 것이다. 그래서 우리는 술자리를 시작한 지 채 한 시간이 안 돼서 취해버리고, 이런 이유로 알코올이 동반되는 자리라면 행동은 언제나 지저분해지기 일쑤다.

프랑스 사람들은 음식에 또 다른 풍미를 더하기 위해서이지, 취하기 위해서 와인을 마시는 경우는 매우 드물다. 또한 그들이 007에 나오는 악당의 지하 벙커처럼 온도와 습도가 완벽하게 조절되는 지하밀실에 진귀한 1950년 빈티지 와인을 알파벳 순서로 완벽하게 정리해놓고 있는 경우도

찾아보기 힘들다. 가장 전형적인 프랑스 사람의 와인 보관법은 잘 채워진 와인랙을 'le cave(르 캬브)'에 두는 것이다. 대부분 프랑스 아파트에는 주차장과 같은 층에 캬브라고 불리는 어둡고 선선한 일종의 창고 같은 작은 공간이 있다. 그러나 프랑스 사람들의 캬브가 진귀한 와인들로 가득할 거라고 생각하면 그 또한 틀린 생각이다. 대부분의 와인들이 슈퍼마켓이나 마을 재래시장에서 구입한 평범한 것들이다.

그리스 신화에도 신들이 방탕하게 와인을 마시는 장면이 자주 등장하듯이, 와인과 유럽 문화는 결코 떼어놓을 수 없다. 와인은 고대 그리스와 로마인에 의해 최초로 상업적인 목적으로 대량생산되기 시작했다. 그리고 그리스, 로마인들이 와인을 만들기 시작한 것도 사실 프랑스 사람들의 와인 역사를 훨씬 앞선다. 오늘날 우리가 와인을 제조하기 위해 사용하는 포도는 기원전 5세기경 그리스 사람들이 심은 포도들의 후손이다. 그리스 밖에서 그리스 와인을 찾아보기는 하늘의 별따기지만, 그리스에서는 아직도 제법 괜찮은 와인이 생산된다.

이탈리아 역시 훌륭한 와인을 생산한다. 시칠리아 섬의 시라쿠스 지역에서 생산되는 네로 다볼라Nero D'Avola보다 더 괜찮은 와인을 찾아보기는 그리 쉽지 않으며, 이탈리아에서는 어린아이들조차 좋은 키안티 리세르바Chianti Riserva는 초콜릿 아이스크림으로 만들어진 수영장보다 더 근사하다는 것을 알고 있을 것이다. 스페인 역시 훌륭한 와인을 가지고 있다. 드라이한 리오하Rioja 와인은 언제나 우리를 실망시키지 않는다. 그리고 심지어는 독일에서도 썩 괜찮은 와인이 생산되는데, 특히 독일의 화이트 와인은 매우 특별하다. 그러나 와인에 대해 이야기를 할 때, 어쨌든 프랑스를 빼놓고서는 제대로 와인을 논할 수 없다. 이것은 마치 피카소나 달리를 빼놓고 추상미술에 대해 논하거나, 전라도를 빼놓고 김치 이야기를 하는 것이나 마찬가지다.

남부 프랑스는 좋은 와인의 고향과도 같다. 이곳의 날씨는 포도를 대규모로 재배하기에 최적의 조건이다. 그리고 오래된 폐허처럼 보이는 낡은 샤토châteaux는 엄청난 양의 최고의 와인을 생산해내는 완벽한 공장으로서의 역할을 한다. 대부분의 사람들은 최고의 프랑스 와인 하면 보르도를 떠올릴 것이다. 프랑스 남서 해안에 위치한 보르도는 54종류의 아펠라시옹appellation(특정 포도가 재배되는 포도원의 위치를 세분화한 명칭)을 가지고 있다. 그중 대부분이 레드와인을 만드는 품종이고, 그 레드와인 중 대부분이 멜롯이다. 사실 보르도 지역을 방문해보는 것은 매우 의미 있는 일이다. 오래된 성과 드넓은 포도밭이 양쪽으로 펼쳐져 아무렇게나 셔터를 눌러도 그림 같은 사진을 건질 수 있다. 그리고 탱탱하게 여문 빨간 포도알과 포도덩굴의 곡선미는 우리를 에로틱한 감상에 젖어들게 한다. 아무리 독실한 사제나 스님일지라도, 매력적인 이성을 옆에 태우고 이 지역을 드라이브한다면 심장의 한구석이 후끈 달아오르는 것을 피할 수 없을 것이다.

그러나 보르도가 프랑스 와인의 시작과 끝은 아니다. 보르도를 포함한 프랑스 남부 전역이 포도를 재배하는 데 있어 훌륭한 조건을 가졌다. 심지어는 니스 근처의 일반 주택가에 사시는 나의 외할머니의 정원에도 포도덩굴이 자라나 차고 위로 뻗어가고 있다. 그 포도나무가 어떻게 거기서 자라게 되었는지는 할머니도 잘 모르실 거라고 짐작한다.

프로방스와 그 주변 지역은 오랜 시간 동안 시인과 화가 그리고 낭만주의자들에게 영감을 불어넣어주었다. 만약 반 고흐가 황금빛 밀밭과 향기로운 보랏빛 라벤더 그리고 노란 해바라기들이 바람에 나부끼는 것을 보

INERVOIS

기 위해 그의 창문을 열지 않았다면, 오늘날 우리가 이토록 열광하는 반 고흐의 작품들은 탄생할 수 없었을 것이다. 남프랑스와 그곳의 자연에는 너무나도 매혹적인 그 무언가가 있다. 비옥한 토양과 눈부신 햇살이 가득한 이 지역은, 불빛을 향해 달려드는 나방처럼 우리를 끌어당긴다.

프로방스 서쪽의 페이 독Pays D'Oc 지역에서 생산되는 와인은 프랑스 와인계에서는 비교적 신참이다. AD 5세기경에 시작된 페이 독 포도밭의 역사는 다른 지역에 비해서는 많이 늦은 편이지만, 이 지역은 매우 빠르고 성공적으로 와인을 받아들였다. 사실 페이 독 와인의 명성은 보르도만큼 국제적으로 유명하지는 않지만, 이 지역은 보르도의 세 배 가량 되는 면적을 자랑하고 있고 또한 이곳에서 생산되는 와인은 프랑스 와인 생산량의 30퍼센트를 넘게 차지하고 있다. 페이 독 지역은 호수, 강 그리고 계곡 그 어느 곳이나 포도밭이 펼쳐져 있고, 레드와인을 주로 생산하는 보르도와는 다르게 좋은 품질의 레드와 화이트 와인 모두를 균형 있게 생산해낸다.

그러나 프랑스의 어떤 지역이 최고의 와인을 생산하는가에 대해 시시콜콜 따지는 것은 모차르트와 베토벤 중 누가 더 위대한 음악가인가에 대해 논쟁하는 것과 같다. 왜냐하면 다양한 품종의 뛰어난 포도들과 수많은 훌륭한 와이너리들이 존재하는 프랑스에서 어떤 와인이 최고인가를 두고 논쟁하는 것은 어리석은 일이기 때문이다. 날카로운 맛의 쉬라를 좋아하든, 후추 맛이 나는 피노를 선호하건 크리스피한 샤도네이의 팬이건 간에, 프랑스에서는 자신이 좋아하는 와인을 원하는 만큼 마실 수 있다. 또한 와인의 빈티지 같은 숫자 따위에 연연하지 않는다면, 좋은 가격의 와인을 얼마든지 구입할 수 있다.

중세 프랑스의 봉건주의는 역사책에 담길 재미있는 이야기를 만들어낸 것 말고는 변변한 것이 없지만, 다행스럽게도 와인을 만들기에 이상적인 거대하고 시원한 와인 저장소와 전통 방식으로 포도를 압착하는 기계를 가진 샤토를 프랑스 시골 지역에 남겼다. 그곳에서는 티끌 한 점 없이 깨끗함을 유지하기는 해도 영혼이 결여되어 있는 공장에서는 결코 만들어내지 못할 맛을 가진 특별한 와인을 만들어낸다. 프랑스 전역에 널리 퍼져 있는 오크 트리Oak tree(참나무)는 그 열매로 돼지나 다람쥐에게 좋은 먹이를 제공할 뿐만 아니라, 와인이 제조되는 전 과정에서 가장 중요한 역할을 하는 포도주통을 만들기에 가장 이상적인 재료이기도 하다. 와인을 제대로 저장하는 것은 와인 제조만큼이나 중요하다. 제대로 저장을 하지 않는 경우에는 와인이 침전물로 가득 차 마실 수 없는 상태가 되어버리기 때문이다.

이러한 거대한 오크통은 단순히 맛이 좋은 와인을 역사적인 와인으로 변화시킨다. 어떤 와인들은 어둡고 서늘한 공간에 놓인 오크통에서 10년 정도 숙성이 되고 나면 맛과 아로마가 놀랍게 향상된다. 그 이유는 인간이 이해할 수 없는 불가사의 같은 또 다른 신비로운 자연현상 중의 하나이다. 사실 많은 와인들은 가장 깊은 맛과 냄새를 이끌어내기 위해서 얼마 동안 반드시 오크통에서 숙성되는 과정을 거친다.

와인이 한 해 한 해 오크통에서 숙성되는 동안(세계에서 가장 오래된 포도주통은 15세기경의 것으로 알사스 지방에서 발견되었다) 매년 2퍼센트 정도의 와인이 그 안에서 증발을 하게 된다. 감당할 수 없을 만큼 낭만적인 프랑스 사람들은 이 현상을 하늘에서 천사가 일 년에 한 번씩 내려와 와인을 마신다고 생각해서, 이것을 '천사의 몫Angel's Share'이라고 부른다. 천사에 대해 이야기를 했으니, 이제 독실한 천주교 국가에서 와인이 얼마나 큰 종교적 상징의 의미를 가지는가 하는 부분도 짚고 넘어가야 할 것이다. 사실 유럽에서 이교도의 신앙들을 몰아내고 가톨릭을 바탕으로 유럽을 하나로 만든 사람은 독실한 이탈리안 교황이나 예지력이 있던 로마 황제가 아닌 현재 프랑스의 모체가 되었던 프랑크 왕국의 샤를마뉴 대제였다. 그리고 와인은 가톨릭의 7가지 성사 중 하나인, 영성체의 핵심 부분 중 하나로 이제 가톨릭과 불가분의 관계가 되었다.

그러나 와인을 프랑스의 식탁에서 중요한 요소로 만드는 것은 사실 이러한 역사, 종교 그리고 로맨스가 아니다. 프랑스에서 와인은 단순한 술이 아니라 거의 음식과 대등한 의미로 사용된다. 레드와인을 사용한 닭요리인 꼬꼬뱅Coq au Vin이나 홍합을 화이트와인에 요리한 물 마르니에Moules Marinières 그리고 드라이한 보르도 레드와인에 골수와 버터를 더해 만드는 보르드레즈 소스를 포함하여 전 세계적으로 널리 알려진 최고의 프랑스 요리에는 와인이 사용되는 것들이 많다. 또한 세계 최고의 비니거들 중 일부는 프랑스 와인을 사용해서 만든 것이기도 하다.

프랑스 사람은 빵, 치즈 그리고 와인만으로 살 수 있다. 사실 내가 아는 프랑스 사람 중에는 실제로 그렇게 먹고사는 사람도 꽤 많다. 거기에 짭조름한 올리브 몇 개와 지중해산 신선한 플럼 토마토를 조금 올려준다면, 우리는 쾌락주의를 주장했던 에피쿠로스조차도 부러워할 만한 라이프 스타일을 가질 수 있게 될 것이다.

와인에 대해 좀 아는 척할 수 있는 12가지 계명

사실 와인을 제대로 배우기 위해서는 수년간의 이론 공부와 와인 글라스에 와인을 따라 빙그르르 돌리고 한 모금 마신 후 뱉어내는 수천 번의 실습 과정을 거쳐야 한다. 그 후에도 골프의 핸디캡처럼 꾸준히 연습하고 최신 트렌드의 머리 꼭대기 끝에 앉아 있지 않으면 그 지식을 지켜낼 수가 없다. 이렇게 힘든 과정을 통해 와인에 대해 정말 알고 싶은 사람은 많지 않을 것이다. 그러나 나를 믿어라, 단 5분만 투자한다면, 와인에 대해 제법 아는 척할 수 있는 가이드가 여기 있다. 사실 전 세계가 가장 사랑해 마지않는 독약인 와인에 대한 식견을 늘어놓는 것보다 더욱 교양 있고 세련되어 보이기는 쉽지 않다.

1

절대로 책 표지로 책을 판단하지 말라는 말이 있지만, 그러나 와인만큼은 마음 놓고 겉모습으로 판단해도 좋다. 일단 와인병의 바닥이 납작하다면 뭔가 의심을 해봐도 좋지만, 만약 와인병의 바닥이 움푹 들어가 있는 경우라면 일단 합격이다. 사실 이 이론을 뒷받침할 만한 과학적인 근거는 없지만, 일단 한번 시도해본다면, 결코 내 말이 거짓이 아님을 알 수 있을 것이다. 코르크로 만들어진 진짜 나무 마개는 일단 안심해도 되겠지만, 플라스틱 코르크 마개라면 뭔가 수상쩍은 냄새가 나는 와인일 가능성이 높다. 진정한 와인 애호가라면 뚜껑을 돌려서 여는 스크류 톱screw-top 와인에는 콧방귀를 뀔 것이다. 지중해 지역에서 생산된 보기 드문 와인을 선택한다면 뭔가 좀 아는 사람처럼 보이는 데 실패할 확률은 거의 없다.

2

인증 스티커가 붙어 있는 키안티와 리오하 와인은 각기 이탈리아와 스페인의 법에 의해 인증을 받은 와인이다. 이 와인들은 대개 코르크 마개 부분을 감싸고 있는 포장 아랫부분이 깨알같이 작은 글씨들이 잔뜩 적혀 있는 조그만 종이 스티커로 둘러싸여 있다. 이 인증 스티커는 좋은 와인이라는 증거이다. 이런 스티커가 붙은 와인을 보았을 때 만족스러운 듯이 고개를 끄덕여라.

3

레드 와인에 대해 아는 척을 하기 위한 기본 룰은 대체로 짝수 연도보다 홀수 연도에 더 좋은 품질의 레드 와인이 생산된다는 것이다. 만약 짝수 연도에 생산된 레드 와인을 마실 것을 단호히 거부한다면 사람들에게 무척 깊은 인상을 줄 수 있을 것이다. 왜 우리가 이런 얄팍한 속임수에 쉽게 넘어가는지 나는 정말 이해할 수가 없다.

4

화이트 와인은 항상 냉장고에 보관해라. 만약 근처에 냉장고가 없으면, 얼음을 가득 채운 통에 담아두어라. 맛없는 맥주와 마찬가지로, 맛없는 화이트 와인을 아주 차갑게 보관한다면, 그 불편한 맛이 절반도 느껴지지 않을 것이다.

5

화이트 와인은 생선이나 닭고기와 함께 곁들여주고, 레드 와인은 어떤 음식과도 무난하게 어울린다. 가장 기본적인 룰로, 이유야 어쨌건 꼭 지켜야만 한다.

6

모든 와인이 오래될수록 맛이 좋아지는 것은 아니므로, 와인 라벨을 보고 "오, 오래되었으니 분명히 좋은 와인일 거야"라는 말은 반드시 삼가도록 한다.

7

만약 레스토랑의 와인 리스트에서 와인을 골라야 한다면 자신 없이 두 번째로 저렴한 와인을 고르는 대신 드라이한 샤도네이를 선택하고, 얼음이 담긴 통을 주문한다. 그 이유는 4번을 참고하면 된다.

8

일단 유럽에서 생산된 와인이 아니라면 절대 구입하지 말아라. 물론 호주, 뉴질랜드, 남아공 그리고 미국에도 여러 가지 좋은 와인들이 그득하다. 그러나 반면 그 나라들의 와인 중에는 매우 허접한 와인이 많은 것도 사실이다. 일단 유럽에서 생산된 '구대륙' 와인만을 고집한다면, 뭘 좀 아는 사람이라는 인상을 남길 수 있을 것이다. 물론 이것은 우리가 노리는 결과다.

9

와인에 대해 좀 아는 것처럼 보이기 위해서, 특정한 와인들을 산소에 접촉시키기 위해 사용해야 하는 커다란 유리 전구처럼 생긴 별 쓸모없는 와인 디캔더를 하나쯤 구입할 필요가 있다. 일단 디캔더를 사서, 모든 손님들의 시선이 닿을 수 있는 거실 선반에다 얹어두고, 절대로 사용하지 말아라. 디캔더를 가지고 있는 것 자체만으로도 이미 우리는 와인광의 반열에 오를 자격이 충분하다. 여기서 중요한 것은 디캔더는 반드시 대화의 소재로만 사용되어야 한다는 것이다. 그 이상, 실제로 디캔더를 사용했다가는 아주 난감한 상황에 처할 수도 있다.

10

뭔가 정확히 알 수 없는 이유로, 열렬한 와인광을 포함한 전 세계의 사람들이 피노 누아에 열광하는 듯하다. 만약 무엇을 사야 할지 모르겠다면 피노 누아를 선택해라. 만약 홀수 연도에 생산된 피노 누아라면 사람들은 당신을 와이너리에 대한 깊은 식견이 있는 전문가쯤으로 여길 것이다.

11

슈퍼마켓에서 와인을 파는 직원에게 절대 말을 걸지 마라. 만약 그들이 다가와 무언가를 설명하려 든다면 마치 똥을 밟은 듯한 얼굴로 스쳐 지나가라.

12

와인을 보관할 때 옆으로 뉘어놓아라. 만약 와인을 세워서 보관했다가는 코르크가 망가져서 제대로 민망한 상황을 연출할 수도 있다. 물론, 이런 문제는 플라스틱 코르크나 돌려서 여는 스크류 톱 와인에서는 결코 발생되지 않을 것이다.

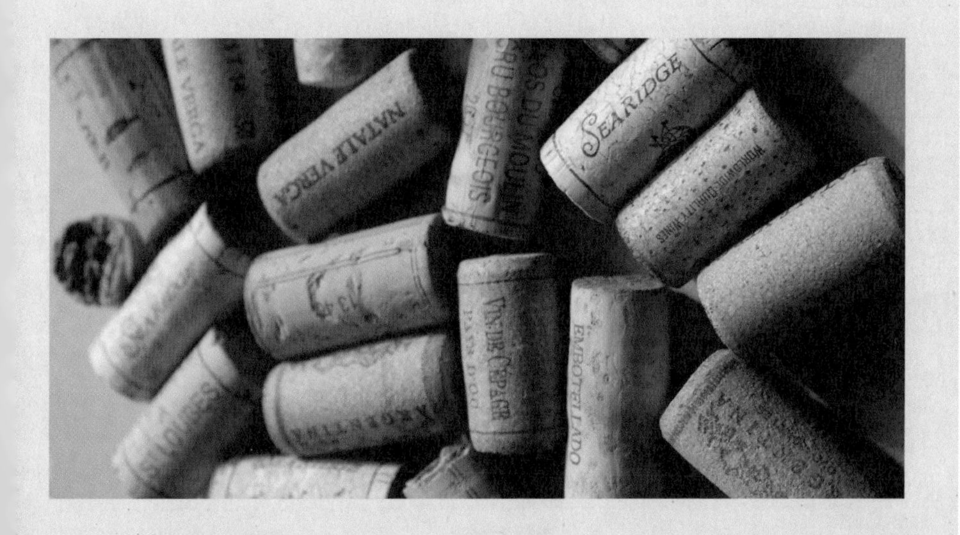

나폴리의 오래된 광장에서만 맛볼 있는

Pizza Margherita 피자 마르게리따

이탈리아보다 더 뛰어난 음식 홍보 대행사를 가진 나라는 아마 지구상에 없을 것 같다. 그다지 힘든 노력을 들이지 않고도 전 세계 사람들로부터 열렬한 사랑을 받는 요리는 이탈리아 음식을 제외하고는 잘 떠오르지 않는다. 심지어 독자적으로 현대식 주방, 레스토랑, 셰프, 레시피 등에 대한 개념을 만들어낸, 음식에 관해서라면 무진장 콧대 높은 프랑스조차 전 세계적인 인기 면에서는 이탈리아 음식을 당해낼 수 없다.

한국도 예외는 아니다. 고깃집을 제외하고는 한국의 거리에서 반드시 마주치는 것이 이탈리안 레스토랑이며, 한국 사람들에게 유별난 사랑을 받는 피자와 파스타 같은 외국 음식이 또 있는지 생각해내기가 어렵다. 이런 상황은 이탈리아 음식의 또 다른 면을 폭로해주던 나의 흥미로운 추억을 떠올리게 한다. 대학을 졸업할 무렵이었다. 나와 같은 아파트에 살던 한 친구가, 이탈리아에서 1년 정도 일해보기로 결심했다는 자신의 계획을 우리에게 털어놓았다. 내 기억에 그 당시 그 집에 함께 살고 있던 모든 친구들의 얼굴이 부러움으로 가득해져서 그 친구에게 이렇게 말했던 것 같다. "일 년 동안 네가 먹게 될 놀라운 음식들을 생각해봐!"

그 친구가 이탈리아로 떠난 처음 한두 달 동안, 그 친구의 이메일은 온통 음식 이야기로 도배가 되어 있었고, 그 친구의 이메일을 열어보는 우리들의 얼굴은 질투심으로 불타올랐다. 그러나 3개월쯤이 지난 후부터 그 친구의 톤은 조금씩 바뀌기 시작했다. 음식에 대한 이야기는 전혀 찾아볼 수 없었고, 왠지 조금 우울한 듯했다. 그리고 9개월이 지난 뒤, 친구는 간절히 애원을 하기 시작했다. "나 좀 여기서 데려가줘, 이탈리아 사람들은 피자, 파스타 그리고 폴렌타밖에 안 먹는 거 같아. 난 이제 더 이상은 그 음식들을

도저히 못 먹겠어." 그리고 1년을 채우자마자 그 친구는 영국으로 곧장 돌아와서 나에게 말했다. "난 이제 이탈리아 음식은 다시는 쳐다보기도 싫어. 평생 동안 먹을 피자랑 파스타를 일 년 동안 다 먹은 것 같아."

이탈리아 음식이 너무나 맛있다는 것은 분명한 사실이다. 그러나 이탈리아 음식은 비슷한 패턴이 반복된다는 약점이 있다. 이탈리아 음식은 전통과 역사 그리고 탄수화물을 사랑하는 사람들을 위한 음식이다. 이탈리아 음식의 가장 독특한 점은, 한국 음식과 마찬가지로 지역마다 도시마다 마을마다 심지어는 거리마다 서로 다른 특색을 자랑한다는 것이다. 이탈리아 사람들이면 누구나 자신이 속해 있는 지역 음식이 최고라고 떠들어 댄다. 몬테바르치Montevarchi 출신이라면, 진짜 먹어볼 가치가 있는 이탈리아 음식은 오직 몬테바르치 음식뿐이라고 굳게 믿을 것이다. 심지어 그들

은 고작 7킬로미터 떨어져 있는 레바네Levane 음식도 배고픈 말조차도 거들떠보지 않을 구정물 같은 음식이라고 떠들어댈 것이다.

이탈리아를 한 번쯤 여행해본 사람이라면, 이탈리아는 로미오와 줄리엣으로 가득한 나라가 아니라 이 지구상에 파스타에 대해 뭔가 좀 아는 사람들은 오직 자신과 자신의 할머니들 뿐이라고 주장하는 논나nonna(이탈리아어로 할머니)들로 가득한 나라라는 것을 알 것이다. 논나들이 음식에 대해 배운 모든 것은 세대를 거치며 그들에게 전해 내려온 것이다. 사실 이탈리아 요리는 마르코 폴로가 중국에서 파스타를 들여온 이래로, 그리고 신대륙 탐험가들이 멕시코에서 토마토를 전해온 이래로 그다지 바뀐 것이 없다. 이탈리아 음식에 대단한 비밀은 없다. 다만 요리할 때 좀 더 시간과 정성을 들여준다면, 더 맛있는 음식을 만들 수 있다. 그리고 가능하다면 피자 도우, 파스타, 소스 등을 손으로 직접 만들어준다면 정말 놀라운 맛을 기대해도 좋을 것이다.

이탈리아 음식의 또 다른 약점은 다양함과 창의성이 부족하다는 것이다. 만약 이탈리아에서 창작 요리를 연구하고자 한다면 이미 첫 단추부터 잘못 끼운 거나 마찬가지다. 15명의, 입심 좋은 대가족이 먹을 어마어마한 분량의 미트볼과 라구 소스ragu(파스타에 주로 이용되는 이탈리아식 고기 소스)가 든, 욕조만큼 커다란 솥을 온종일 저어주는 것 – 이것이 바로 이탈리아 음식이다.

이탈리아 사람들은 매우 보수적이다. 그래서인지 이탈리아 사람들은 사실 그다지 여행을 즐기지 않는다. 만약 이탈리아 밖에서 이탈리아 사람을 만난다면, 그들은 우리와 함께 있는 여자들에게만 관심을 보일 뿐, 우리의 음식에는 손도 대지 않을 것이다. 우리가 생각할 수 있는 최악의 시나리오는 이탈리아에 한식당을 오픈하는 것이다. 한국인 관광객들에게 김치를 팔아보려는 목적이 아닌 이상 포기하는 게 좋을 것이다. 유럽 어디서나 인기몰이를 하는 인도나 중국 식당의 테이크 아웃 음식들조차 이탈리아에서는 힘을 못 쓰고 있다. 김치가 아무리 아삭할지라도, 딤섬이 아무리 촉촉할지라도, 난이 아무리 맛있을지라도, 맘마가 만든 음식과는 비교할 수 없다.

개인적으로, 나는 이탈리아 음식을 매우 좋아한다. 왜냐하면 이탈리아 요리는 기본적으로 내가 가장 좋아하는 식재료인 밀가루와 토마토를 중심축으로 해서 돌아가기 때문이다. 모든 음식에는 파마산 치즈가 듬뿍 들어가 있고, 로마 황제의 망토처럼 어두운 적자색의 와인은 어디서나 물처럼 흔하다. 이탈리아 음식으로 기분 좋게 배가 부른 우리는 이미, 그 옛날 당나귀 몇 마리가 전부인 어느 이탈리아 시골마을 광장의 올리브나무 그늘 아래서 얼큰하게 취해 사랑의 미덕을 논할 준비가 되어 있다.

지구상의 수많은 사람 중에 "나는 피자를 싫어해"라고 말할 수 있는 사람이 과연 얼마나 될까? 만약 그런 사람이 있다면, 아무도 듣지 않을 때 조용하게 말해야 할 것이다. 정상적인 사람이라면 토마토와 치즈를 얹어 갓 구워낸 빵을 어떻게 마다할 수 있을까? 소시지든 앤초비든 버섯이든 피자는 무엇을 얹어도 환상적인 궁합을 자랑한다. 잘 알려지지 않았던 이탈리아 남부지방의 빵이 지난 100년 동안 어떻게 세계인들에게 가장 사랑을 받는 테이크 아웃 음식으로 변모했는지 이해하기는 별로 어렵지 않다.

이탈리아 사람들은 종종 피자의 추측성 유래에 대한 이야기들로 우리를 지루하게 만든다. 이 긴 이야기 보따리는 1880년대 어떤 늙은 나폴리 사람이 사보이 왕가의 마르게리타 여왕을 위해서 바질과 모차렐라 치즈 그리고 토마토를 사용해서 이탈리아 국기를 표현한 색깔로 피자를 만들었다는 뻔한 스토리로 시작될 것이다. 만약 그들이 장황하게 꾸며대는 이야기를 참을성 있게 들어줄 준비가 되어 있지 않다면, 피자의 유래가 무엇인가에 대해서는 절대 묻지 말아야 한다.

분명한 진실은, 나폴리라는 도시가 언제나 이 동그랗고 납작한 길거리 음식으로 유명했다는 것이다. 고대 로마로 거슬러 올라가서, 심지어 그 이전부터 이곳에서는 둥글고 납작한 빵에 다양한 종류의 재료를 얹어 구워 먹었다고 한다. 삼총사로 유명한 알렉산더 뒤마는 그가 방문했던 19세기의 나폴리를 그의 책《더 왜건The Wagon》에서 이렇게 묘사했다. "나폴리 사람들은 거의 수박과 피자로 목숨을 연명하는 것 같다." 그 당시의 나폴리는 심하게 가난했음에도 불구하고, 시장에는 수많은 가판대들이 늘어서서 오일, 치즈, 돼지 비계, 토마토와 생선 등을 얹은 다양한 피자를 팔고 있었다. 여기에 등장하는 피자들은 온통 짜고 기름진 것뿐이다. 뒤마의 묘사를 통해서 왜 요즈음 사람들이 피자를 먹을 때면 탄산음료를 들이키는지 이해할 수 있게 된다. 나 또한 그의 글을 읽는 것만으로도 갑자기 콜라가 생각난다.

뒤마는 나폴리의 늙고 퉁명스러운 가판대 상인들을 두 얼굴을 가진 로마의 신 야누스 같다고 표현했다. 겨울 동안 전문적으로 피자를 만들던 상인들은, 여름이면 일평생 수박 농사에만 헌신한 듯한 수박 장사로 완벽하게 탈바꿈해서 다시 등장했다.

이제는 어린 학생들마저도 남유럽 사람들은 미국에 불이 나도 그쪽으로는 절대 오줌도 누지 않으리라는 것을 안다. 지중해 사람들은 배스킨라빈스와 맥도날드 등의 프렌차이즈를 수출해서 그 지역만의 특별한 음식들을 몰아내버린 미국인들을 비난한다. 이렇게 재미있는 이야기를 많이 담고 있던 소박한 나폴리의 길거리 음식에는 좀 더 추가적인 설명이 필요하다. 왜냐하면 우리 모두가 알고 있듯이 이 넓고 넓은 세상에는 맛있는 길거리 음식들이 끝도 없이 존재하지만 특정한 지역의 길거리 음식이 그 나라 밖으로 전해지기란 쉽지 않기 때문이다. 터키 사람들이 세계 여러 나라의 시내 중심가로 밀수하듯 살금살금 들여온 케밥은 예외적인 존재이다. 모락모락 김 나는 계란빵이 아무리 먹고 싶어도 글래스고에서는 계란빵을 파는 곳을 찾아볼 수 없는 것처럼, 베이징 좌판에서 전갈 튀김이 인기몰이를 할지 모르지만 보스턴에서 튀긴 전갈을 찾기란 하늘의 별따기일 것이다. 피자의 세계화와 지금의 위상은 이탈리아 사람들에게는 크나큰 민망함이기도 하다. 그것은 피자의 본고장이라는 이탈리아와는 전혀 상관없이, 모든 것이 미국에 의해 이루어졌기 때문이다

100여 년 전 이탈리아 출신 이민자들은 뉴욕으로 몰려들었고, 그들은 그 당시 새로운 도시를 건설하던 배고픈 막노동자들에게 길거리에서 쉽게 먹을 수 있는 뜨거운 빵을 판다면 순식간에 큰돈을 벌 수 있을 거라는 사실을 깨달았다. 바로 그곳이 위험천만하게 인도와 차도를 넘나들며 달려온 시끄러운 오토바이에 배달되어 오는 콜레스테롤과 케첩이 범벅된 만 원짜리 현대의 피자가 탄생한 곳이다. 이탈리아계 미국인들은 두툼한 크러스트, 치즈가 들어간 크러스트 그리고 대량생산 체제 등을 개발해서 지역색을 가득 담고 있는 납작한 빵이었던 나폴리 피자를 햄버거의 코를 납작하게 눌러버릴 만한 강력한 패스트푸드의 제왕으로 변모시켰다.

재래시장에서 나폴리 스타일의 피자를 팔던 사람들은 이제 모두 사라져버렸지만, 그러나 이것은 한번쯤 생각해볼 만하다. 만약 우리가 나폴리에서 피자를 먹는 것이 아니라면, 우리는 진정한 정통 피자를 먹고 있는 것이

아니라 오리지널을 대신하는 미국식의 피자를 먹고 있는 것이다. 부푼 마음으로 로마나 밀라노에 도착하자마자 식당으로 달려가 피자를 주문한다 해도, 기대한 만큼 놀라운 맛이 아니라는 사실에 아마 실망하게 될 것이다.

진정한 피자는 오직 나폴리 사람들에 의해서만 만들어질 수 있다. 하지만 나폴리 사람들은 피자에 관한 모든 것에 지나친 우월의식을 가지고 있으며 그 오만방자함이 하늘을 찌른다. 이제 무뚝뚝한 표정의 손가락 마디가 땅에 끌릴 듯한 남자들이 이곳의 피자 만드는 질서를 다스린다. 그들은 자신들이 만들어놓은 독단적인 시험을 통과하지 않은 사람들에게는 '진짜' 피자 장인이라는 호칭을 허락하지 않는다.

세월의 흔적을 얼굴 가득 아로새긴 어느 무뚝뚝한 나폴리 할아버지에게 나폴리 사람들이 정통 피자임을 보장하는 유일한 표시라고 내세우는 "La Vera Pizza"에 대해 물어봤을 때, 할아버지는 내게 모든 것을 설명해주었다. 이 재미없고 퉁명스러운 할아버지에 따르면, 진짜 피자 셰프는 '피자욜로pizzaiolo'라고 불리는데, 그들은 피자 장인 밑에서 3년간 피자 만드는 법을 수련한 후, 나이 든 철학 교수들의 모임처럼 고리타분하게 들리는 '나폴리 피자 협회'에 등록해야 비로소 피자욜로의 자격을 얻을 수 있다고 했다.

나폴리의 피자테리아는 대체로 사람이 아닌 가축들을 먹이기 위해서 만들어진 듯이 엄청 삭막하고 우울해 보이는 곳이다. 메뉴는-만약 이것을 메뉴라고 부를 수 있다면-두세 종류의 피자로 한정되어 있다. 그러나 만약 이런 종류의 식당을 경험해본 적이 없다면, 한 번쯤은 들러볼 만한 가치가 충분히 있는 곳이다. 나는 어린 시절을 보낸 마을 근처에 있었던 나폴리 출신 피자욜로가 운영하던 피제리아pizzeria(피자를 파는 식당)를 기억한다. 그곳은 여느 나폴리 피제리아와 같이 마르게리타와 이탈리안 소시지를 얹은 피자만을 팔았고, 오직 테이크 아웃만 가능했다.

피자욜로가 피자 만드는 것을 잠시 지켜보면, 그가 자신이 무엇을 하고 있는지 완전히 이해하고 있다는 것을 알 수 있다. 머리 위로 피자 반죽을 휘익 던졌다가, 농구선수가 공을 가지고 놀듯이 손가락 끝으로 가볍게 튕겨준 후, 거대한 패들로 반죽을 떠서 벽돌 오븐에 넣기 바로 직전, 재빠른 손놀림으로 토핑들을 피자 도우 위에 던져준다. 이탈리아 사람들의 모든 것이 그러하듯, 어느 곳이나 무대가 되고, 어디에나 과장된 몸짓이 따라온다. 이렇게 우리 눈 바로 앞에서 구워지는 피자는 실제보다 수천 배는 맛있게 느껴진다.

성난 피자 셰프가 그의 견습생을 꾸짖는 소리, 귀가 어두운 할머니들이 며칠 사이 올라버린 가지 값에 대해 큰 소리로 불평하는 소리 그리고 커피 한잔을 앞에 놓고 싸구려 담배를 피우며 기침하는 할아버지들, 이렇게 인간들의 바쁜 일상과 만날 수 있는 나폴리의 낡고 오래된 광장이야말로 진짜 피자를 제대로 경험할 수 있는 곳이다.

친애하는 이탈리아 식당 사장님들께

한국에 이렇게 많은 이탈리아 식당을 오픈해주신 귀하의 노고에 감사드립니다. 한국 땅에서 살고 있는 영국인으로서, 유럽 음식을 맛볼 수 있는 곳이 이렇게나 많다는 사실이 너무나 기쁩니다. 제가 밥과 김치를 엄청 좋아하는 것은 사실이지만, 그래도 때때로 고향의 맛이 너무나 그립답니다.

사장님께서 저의 몇 가지 문의사항에 대해 응답을 해주실 시간이 있으실지 모르겠습니다만, 몇 개 안 되니 거두절미하고 그냥 여쭙겠습니다.

1

왜 언제나 파스타를 재활용 종이박스처럼 힘없이 푹 퍼진 곤죽이 될 때까지 삶기를 고집하시는지요? 모든 이탈리아의 쪼그랑 할머니들이 되뇌이는 주문이 바로 "La pasta si mangia al dente"(파스타는 '알 덴테'로 먹어야 한다. 여기서 알 덴테는 파스타가 속에 약간 딱딱한 심이 씹히는 정도로 익은 상태를 말한다)인데, 왜 '알 덴테'가 먼나라 이야기라고만 생각하시는지요? 파스타가 덜 삶아졌다고 불평할 손님들이 두려우신 것입니까? 만약 불만 있는 손님이 계시다면, 제게 보내주십시오. 제가 친절히 설명해 드리겠습니다. 명심하세요, 사장님은 죽집이 아닌 파스타집을 운영하고 계십니다

2

사장님, 바로 이분이 토마토 씨랍니다. 저는 사장님이 토마토 씨를 직접 만나뵌 적이 있는지 잘 모르겠습니다. 제가 드리고 싶은 강력한 당부의 말씀은 토마토 소스를 만드실 때 제발 진짜 토마토를 좀 사용하시라는 겁니다. 제가 한국에서 여러 군데의 재래 시장과 마트를 다녀봤지만, 모든 곳에서 잘 익고 신선한 토마토를 팔고 있었습니다. 부디 캔 토마토

로만 소스를 만드는 일은 자제해주십시오. 왜냐하면 그 토마토 소스는 사실 정말 맛이 없답니다. 이제부터 토마토 소스는 싱싱한 진짜 토마토로 만들어주시면 감사하겠습니다.

3

그리고 제발 부디 음악을 좀 바꿔주십시오. 왜 한물간 팝송만 줄기차게 틀어주시는지요? 피자를 먹는 동안 제이슨 므라즈가 부르는 팝송은 듣고 싶지 않습니다. 대신에 풍채 좋은 여자 소프라노가 부르는 푸치니를 틀어주십시오. 그렇다고 이탈리아 국민가수라 불리는 에로스 라마조티의 노래를 틀지는 마십시오. 한국에서 들려오는 그의 노래는 대부분 이탈리아어가 아닌 스페인어로 불려지는 노래랍니다. 사장님 식당의 인테리어는 꽤 괜찮습니다. 엽서 속의 평화로운 투스카니의 피아자piazza(광장이라는 이탈리아어)처럼 보일 정도랍니다. 그러니 제발 싼티 나는 미드에서나 나올 법한 음악이 아닌, 그 사진 속 풍경에서 들릴 법한 음악을 들려주십시오.

4

다음은 파스타 소스에 넣어서는 안 될 것들입니다. 당근, 콩, 그리고 특별히 양파입니다. 양파는 자신은 소스와는 아무런 상관없다는 듯이 기름을 잔뜩 흡수하는 재료랍니다. 많은 양의 기름은 소스가 좋은 맛을 내는 것을 방해합니다. 왜냐하면 기름은 토마토 소스 안의 물 분자와 섞이지 않기 때문입니다. 그 기름은 파스타 위에 기름을 쏟아 부은 것처럼 둥둥 떠다닙니다. 두꺼운 기름 층을 두른 파스타는 정말 식욕을 떨어뜨린답니다. 제발 유념하시기를 당부 드립니다.

5

그리고 기름에 대해 말씀드리자면, 경비를 절감하시기 위해 쓰시던 식용유를 그만 쓰시고 이제 올리브 오일을 쓰셨으면 좋겠습니다. 사장님은 저희를 속이실 수 없습니다. 얼마 전 사장님의 식당 옆 쓰레기더미에서 빈 식용유 통을 목격한 적이 있습니다. 설마 사장님이 하시는 일을 저희가 모를 거라고 생각하시지는 않겠지요.

Love and kisses,

팀 알퍼 배상

NOVITA
Saltelli
GOLOSI e FRAGRANTI
AGRIDE
OLIO
EXTRA
VERGINE
DI OLIVA
DA SOLA
POLPA DI OLIVA
LIMITATA

파스타 소스에 담긴 비밀

Pasta con Mozzarella e Pomodoro

파스타 콘 모차렐라 에 포모도로

파스타를 잠깐 떠올려보자. 아마 우리는 파스타 자체에 대해서는 전혀 생각하고 있지 않을 수도 있다. 대신 기름이 둥둥 떠다니는 고기가 잔뜩 들어간 토마토 소스나, 부글대며 끓고 있는 베이컨 조각이 들어간 크림 소스를 먼저 생각하게 될 것이다. 그리고 아마 그 그림 어디쯤에선가 스파게티 면발 몇 가닥이 떠돌아 다니고 있을 것이다. 일반적으로 두툼한 탄수화물 덩어리인 링귀니나 펜네는 파스타의 핵심이 될 수 없다. 왜냐하면 파스타의 모든 것은 소스가 지배하기 때문이다. 우리의 취향이 조개와 올리브 오일 그리고 화이트 와인으로 만든 김이 모락모락 나는 봉골레 소스건, 마늘 향이 진한 녹색의 페스토 소스건, 형체를 알 수 없이 녹은 치즈 소스건 간에 소스야말로 파스타가 열렬한 사랑을 받는 이유이다.

서양인들이 처음으로 멕시코에서 토마토를 발견했을 때는, 아마도 그들이 멕시코 원주민인 아즈텍들을 괴롭히거나 존재하지 않는 황금도시를 찾아 헤매던 중이었을 것이다. 토마토를 처음 보았을 때, 그들은 토마토가 무엇에 쓰이는 열매인지 전혀 짐작조차 할 수 없었다. 잉글랜드의 농부들은 토마토가 매우 예쁜 식물이기는 하지만(빨간 것을 좋아하는 사람 눈에는, 뭐 예쁘게 보일 수도 있을 것이다), 독성이 있을 것이라고 확신했다. 그도 그럴 것이, 잉글랜드 땅에서 자라나는 것 중 빨간색을 띠는 열매의 대부분은 아무 생각 없이 먹었다가는 즉시 목숨을 잃을 수도 있는 위험한 것들이다. 그래서 그 당시에는 그들의 생각이 그리 어처구니 없는 것도 아니었을 것이다. 그러나 결국 유럽인들은 토마토를 먹을 수 있다는 것뿐만 아니라, 그것이 엄청나게 맛이 있다는 사실 또한 알게 된다.

이탈리아에는 두 가지 무한한 자원이 있는데, 그것은 바로 성욕과 햇살이다. 첫 번째 자원은 비키니를 입은 가슴 큰 여인들이 특별한 이유 없이 자주 등장하는 연예 프로그램을 만들기에 좋지만, 다른 자원은 이탈리아 음식과는 떨어질 수 없는 세 가지 식재료인 포도와 올리브 그리고 물론 토마토를 기르기에 더할 나위 없이 좋은 조건을 만들어준다. 토마토와 파스타가 김치와 밥처럼 잘 어울린다는 것을 알게 되면서, 이탈리아 사람들은 토마토와 사랑에 빠지게 되었고, 그리고 이탈리아 음식은 세계적인 주목을 받기 시작했다.

또한 파스타는 한국 사람들에게 부담 없이 만들어줄 수 있는 유일한 서양 음식이다. 내가 뜨거운 불 앞에서 땀 흘리며 몇 시간 동안 준비한 음식을 조금씩 건드리기만 할 뿐 제대로 먹지 않는 한국 사람들은 언제나 나에게 이런저런 예의 바른 변명을 늘어놓는다. 물론, 새로운 음식에 도전해보고자 하는 용감한 영혼을 가진 한국인들도 제법 있지만, 일반적인 한국 사람들은 서양 사람들이 즐겨 먹는 음식들에 도전하기를 그다지 즐기지 않는 것 같다.

한번은 한국에서 8명 정도의 지인들을 집으로 초대해 내가 직접 유럽에서 조심스럽게 공수해 온 값비싼 프랑스 산 푸아그라로 카나페를 만들어 대접한 적이 있다. 그러나 거의 모든 사람이 나의 푸아그라에 손을 대지 않았고, 다소 교양 없어 보이는 한 사람만이 고추장을 듬뿍 발라 간신히 한 조각을 끝냈다.

결국 이런 무례함에 대한 나의 분노는 가라앉았다. 그리고 내가 카나르 알 오랑주Canard à l'Orange(오렌지를 곁들인 오리 요리)나 카렘 브륄레Crème Brûlée(달걀 노른자를 사용한 프랑스 디저트)를 훌륭한 요리라고 생각한다고 해서, 나머지 세계 전부가 거기에 동의할 필요는 없다는 것을 깨닫게

되었다. 그러나 파스타로는 한국 사람들을 만족시키는 데 거의 실패하는 적이 없다.

맛있는 파스타 소스를 만드는 방법은 설명하는 것 자체가 듣는 사람에 대한 모독이 될 수 있을 만큼 어이없이 간단하다. 나는 사실 파스타 소스를 만드는 방법을 과거의 이탈리아 여자친구에게 배웠다. 그녀의 이름은 마틸다였고, 마틸다는 마피아가 들끓는 이탈리아 남부의 염소 몇 마리가 전부인 작은 섬마을 출신이었다. 대부분의 유럽인들에게 남부 이탈리아는 최고의 이탈리아 음식을 맛볼 수 있는 지역으로 손꼽힌다. 영어를 거의 못했던 마틸다는 이탈리아어로 나에게 이야기를 했지만, 다행스럽게도 이탈리아어는 내가 그럭저럭 할 줄 아는 프랑스어와 스페인어와 비슷해서 그녀의 말을 그런대로 이해할 수 있었다. 나는 스페인어와 영어를 섞어서 그녀와 대화를 했는데 아마도 마틸다는 내가 하는 말을 거의 대부분 이해하지 못했을 것이다. 그렇게 우리의 관계는 실패할 수밖에 없었다. 그러나 어쨌든 나는 손짓발짓을 총동원해 어떻게 파스타를 만드는지 알려달라고 마틸다를 설득하는 데 성공했다.

마틸다는 여러 명의 이탈리아 친구들과 런던의 큰 플랫에서 함께 살고 있었다. 그들의 부엌 선반은 이탈리아 음식들과 재료로 가득했다. 그들의 냉장고 역시 이탈리아에서 비행기로 공수된 듯싶은 정도였다. 그들은 언제나 이탈리아어로 떠들어댔고 이탈리아 식당에서 일하며 그저그런 이탈리아 팝 음악 – 이효리 노래를 모차르트의 진혼곡처럼 들리게 할 그런 종류의 음악 – 을 들었다. 나는 그들이 런던에 대해 어떻게 생각하고 있는지는 도통 알 수가 없었다. 그들끼리 이야기를 할 때는 엄청나게 빠른 속도의 심한 이탈리아 사투리를 사용해 나는 그들이 무슨 이야기를 하고 있는지 그저 추측하는 수밖에 없었다. 그러나 그들이 영국과 조금이라도 관련된 것을 이야기할 때는, 그들의 제스처가 평소보다 더 크고 거칠어지는 것을 보아 별로 좋지 않은 감정을 가지고 있음을 짐작할 수 있었다.

마틸다가 파스타를 만드는 과정을 지켜보며 나는 이탈리아 음식에 눈을 떴다. 그녀는 먼저 오일에 마늘 몇 조각과 매운 고추를 볶아서 오일에 마늘과 고추의 풍미가 배도록 했다. 그리고 마늘과 고추가 오일에 익혀지고 나면, 반드시 그것을 제거했다. 어떻게 마늘과 고추를 버릴 수가 있단 말인가. 나는 마늘과 고추 없는 삶은 정말 아무런 의미가 없다라고 생각하는 한 사람이다. 우리가 이탈리아 음식에 관해 진실이라고 생각하는 것들은 사실 거짓인 경우가 많다. 이탈리아 사람들은 사실 마늘을 별로 많이 사용하

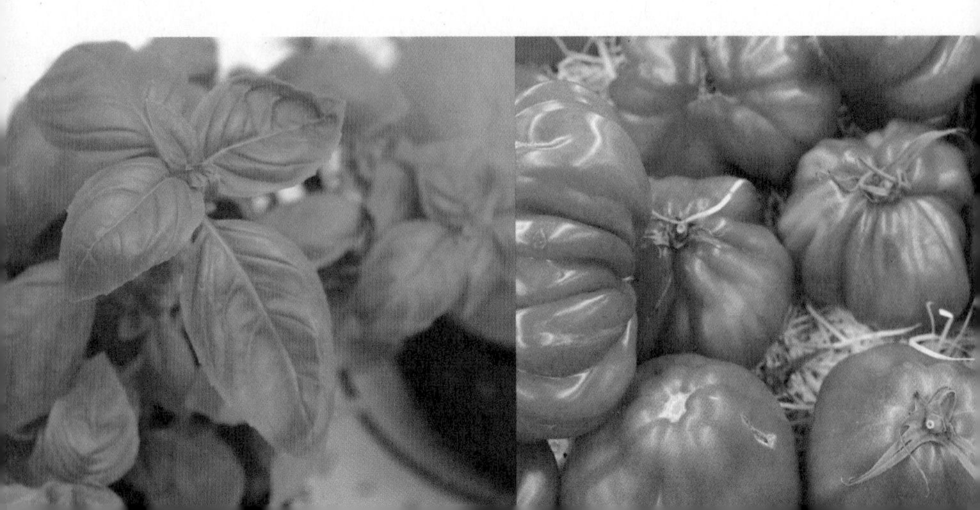

지 않는다. 한국 사람들에 비하면 거의 사용하지 않는다고 해도 과언이 아니다. 우리가 서울에서 먹는 '알리오 올리오 스파게티'에 들어 있는 기름기를 가득 머금은 마늘 조각은 많은 사람들의 이탈리아 요리에 대한 근거 없는 믿음일 뿐이다.

마틸다는 모든 토마토 파스타에서 토마토 소스의 베이스가 되는 파사타passata를 만들었다. 그 조리법은 놀랄 만큼 간단했다. 마늘 향이 배어 있는 오일에 어마어마한 양의 잘게 다진 토마토를 넣고 약불에서 계속 저어주며 천천히 조려주다, 마지막에 큰 주먹만 한 사이즈의 모차렐라 치즈를 손으로 뜯어 넣고 잘 섞이도록 저어준 후, 완성되기 바로 직전에 바질을 몇 잎 넣어주는 것이다. 그러면 그것으로 끝이었다. 파사타를 만드는 데는 신비스러운 마법의 주문도, 보기 드문 진귀한 허브도 필요치 않았다.

기본을 충실하게 지킨 레시피가 결국에는 승리하게 마련이다. 만약 치즈를 넣지 않은 담백한 맛을 즐기고 싶다면 토마토 페이스트(사실 토마토 페이스트는 한국에서 구하기가 쉽지 않아서, 토마토 소스로 가득 채워진 나의 소중한 짐가방을 인천공항의 마약 탐색견이 혹시나 문제삼지나 않을까 늘 마음을 졸이며 해외에서 공수해 온다)를 약간 짜 넣어주고, 비니거를 몇 방울 넣어준다면, 왕자님도 흡족해하실 만한 파사타를 만들 수 있을 것이다. 나는 주말

마다 큰 통으로 한가득 파사타를 만들어놓고 스프부터 스튜까지 다른 요리들의 베이스로 사용한다.

많은 경험과 실패를 통해 내가 스스로 발견한 파사타의 비법이 있다. 왜냐하면 내가 마틸다에게 물었던 파사타에 대한 모든 질문은, 결국에는 그녀의 어리둥절한 얼굴과 공격적인 욕설처럼 들리는 이탈리아 단어들로 마무리되었기 때문이다. 맛있는 파사타의 비밀은 좋은 토마토도 복잡한 요리 방법도 아닌, 바로 끊임없이 저어주는 것이다. 젓고 또 저어준다면, 어떠한 파사타 소스라도 더 깊은 맛을 낼 수 있을 것이다.

뇨끼와 바질 페스토

Gnocchi con Pesto di Basilico

3인분 기준 | 조리 시간 45분

재료 _

감자 5개, 달걀 1개, 밀가루 200g+ 덧가루용 약간, 통후추 간 것 3 작은 술, 바질 잎 12~14장, 잣 150g, 파마산 치즈 간 것 150g, 엑스트라 버진 올리브 오일 250ml, 소금 2 작은 술

조리 방법 _

1 감자의 껍질을 벗기고 4등분 한 후 완전히 익을 때까지 10분 정도 끓는 물에 삶아준다. 다 익은 감자는 찬물에 가볍게 헹구어준 후 물기를 잘 빼내고 손으로 만질 수 있을 정도까지 식혀준다. 포크나 감자 으깨는 도구 등으로 부드럽게 될 때까지 잘 으깨준다.

2 커다란 보울에다 으깬 감자, 밀가루, 달걀, 소금 1작은 술을 넣고 잘 섞어서 약간 진 듯한 수제비 반죽과 비슷한 질감이 될 때까지 잘 치대어준다.

3 넓은 판에 반죽이 들러붙지 않게 밀가루를 뿌리고, 뱀 모양으로 반죽을 길게 늘려준다.

4 도우 커터나 칼 등을 사용해서 길게 늘린 반죽을 1인치 정도의 크기로 잘라준 후 밀가루를 덧뿌려주며 반죽을 굴려서 작은 공 모양의 뇨끼를 만들어준다.

5 이제는 페스토를 만들 차례다. 우선 바질 잎을 손으로 큼직하게 뜯어서 부엌용 절구에다 넣어준다. 다음으로는 기름기 없이 뜨겁게 달군 팬에 잣을 넣고 황갈색이 될 때까지 볶아준 후 올리브 오일과 파마산 치즈, 후추, 남아 있는 소금 등을 절구에 넣고 함께 재료들이 잘 섞일 때까지 찧어준다. 만약 바질을 구하기 힘들다면, 대신 파슬리나 시금치를 써도 가능하다. 이 경우에도 그럭저럭 맛있는 페스토를 만들 수는 있겠지만, 바질로 만든 페스토만큼 훌륭할 수는 없다. 그리고 절대로 말린 허브를 사용해서는 안 된다. 사실 마른 허브에서는 아무런 맛이 느껴지지 않는다.

6 큰 솥에 물을 끓이고, 원형으로 빚은 뇨끼를 넣어 뇨끼가 수면으로 떠오를 때까지 익혀준다. 떠오른 뇨끼를 조심스럽게 건져 체에 받혀 물기를 제거한다.

7 뇨끼를 페스토와 섞어준 후 접시에 담아 낸다. 만약 손님을 초대한 경우라면, 큰 접시를 꺼내 뇨끼를 담고 맨 위에 슬라이스한 토마토를 얹고 그뤼에르gruyere 치즈를 갈아주고 바질 잎을 몇 개 올려준 후, 오븐에서 160도로 10~15분 정도 치즈의 가장자리가 녹아 갈색이 될 정도로만 익혀준다.

파스타

Pasta

이탈리아 사람들은 한국 사람들과 비슷한 점이 아주 많다. 수많은 종류의 김치를 자랑스러워하는 한국 사람들처럼 이탈리아 사람들 또한 수많은 종류의 파스타가 존재하는 것에 대해 끝도 없는 자랑을 늘어놓는다. 이탈리아 사람들이 생각하는 파스타의 종류와 한국 사람들이 생각하는 김치의 가짓수를 더한다면 정말 믿을 수 없이 엄청난 숫자가 만들어질 것이다. 홈 메이드 파스타를 만들기는 그리 어렵지 않다. 우리가 해야 할 것은 단지 밀가루와 달걀에 물을 섞어 반죽한 후 반죽을 잘 밀어서 곱게 썰어주기만 하면 된다. 그러나 파스타 머신이나 모양을 내어 자르는 도구 없이는, 아마도 칼국수와 비슷하게 생긴 결과물을 얻게 될 것이다. 자, 여기에 실패할 염려가 없는 파스타 가이드가 있다.

상점에서 구입한 파스타를 완벽하게 요리하는 이탈리안 세프에게 얻은 팁을 소개한다. '끓는 소금물에 파스타를 삶아준다.' 이것은 파스타가 서로 들러붙는 것을 막아준다. 파스타를 삶는 물에 오일을 넣으라는 말은 무시해도 좋다. 그런 사람들은 기본적인 과학의 원리에도 무지한, 아마 지구가 평평하다고 생각하는 사람일지도 모른다. 또한 파스타 봉지에 쓰여 있는 조리 시간에서 2분 정도를 덜 삶아준다. 왜냐하면 파스타를 삶은 후 소스와 섞어주는 동안에도 파스타는 계속 익혀지기 때문이다. 그리고 파스타를 삶는 동안 조금만 저어준다면 들러붙는 것을 막을 수 있다. 만약 우리가 파스타를 저어주는 것을 보면 이탈리아 사람들은 불같이 화를 내겠지만, 그냥 저어라. 그리고 남들에게는 절대 이야기하지 말아라.

라자냐Lasagna

아마도 가장 오래된 종류의 파스타일 것이다. 우리가 요즘 이탈리아 식당에서 맛보는 라자냐와 비슷한 형태의 파스타는 중세시대부터 존재했다. 또한 집에서 만들기에도 가장 쉬운 파스타이다. 밀가루 반죽을 만들어 밀대로 밀

어 직사각형으로 잘라준 후 층층이 쌓아주고 그 위에 화이트 소스와 고기, 야채를 올려준다. 그러나 귀찮게 느껴진다면, 그냥 마트에 가서 사와라. 진한 소스가 올려진다면, 사실 파스타 자체의 맛을 구분하는 것은 거의 불가능하다.

까넬로니Cannelloni

속을 채우고 소스를 덮어준 후 오븐에 구워야 하는 다소 성가신 긴 튜브 모양의 파스타가 있다. 사실 까넬로니는 요리하기가 무척 까다롭다, 그냥 슈퍼마켓 선반에 놓아두는 편이 나을지도 모른다.

푸실리Fusilli

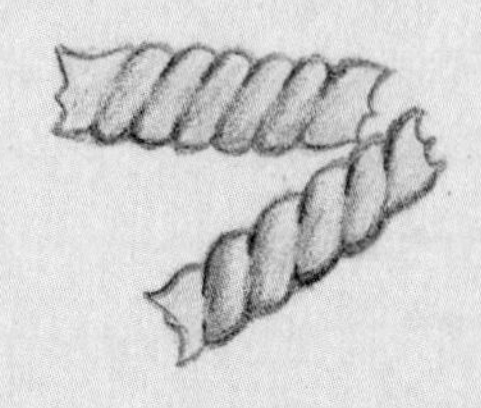

푸실리는 실패할 염려가 전혀 없는 파스타이다. 그래서 우리 집 부엌 선반은 언제나 푸실리로 가득하다. 왜냐하면 나선형으로 말려 있는 푸실리의 홈 부분에 소스가 잘 묻어나서 풍부한 맛을 내기 때문이다. 푸실리의 긴 버전은 푸실리 룽기 부카티fusilli lungki bucati라고 불리는데 신선한 바질, 으깬 마늘과 어우러진 토마토소스와 함께 즉석에서 간 통후추를 뿌려 먹는다면 이탈리아 사람들은 이 음식이 아마 섹스보다 더 낫다고 생각할 것이다.

탈리아뗄레Tagliatelle

이탈리아 밖에서는 거의 사용되지 않는 종류의 파스타이다. 아주 얇게 밀어준 파스타 반죽을 썰어서 긴 가닥을 만들어준 것으로, 말려서 새둥지처럼 보이는 덩어리 형태로 판매된다. 어떤 이탈리아 사람들은 시금치를 갈아서 같이 반죽에 넣어주기도 하는데, 이 경우는 녹색의 파스타가 만들어진다. 녹색의 파스타보다 근사해 보이는 것은 없다. 만약 크리미한 소스를 만들고 싶다면, 탈리아뗄레는 그와 완벽한 짝이 될 것이다. 탈리아뗄레는 비교적 넓은 파스타이므로, 파스타에 묻은 소스가 매우 천천히 흘러내린다. 그래서 소스가 접시로 떨어지는 대신 먹는 사람의 입으로 보다 많이 들어갈 수 있다. 캔 참치, 레몬 그리고 로켓으로 탈리아뗄레를 요리해 먹는다면, 우리는 마침내 베토벤의 교향곡 5번 〈운명〉을 떠올리게 될 것이다.

링귀니Linguine

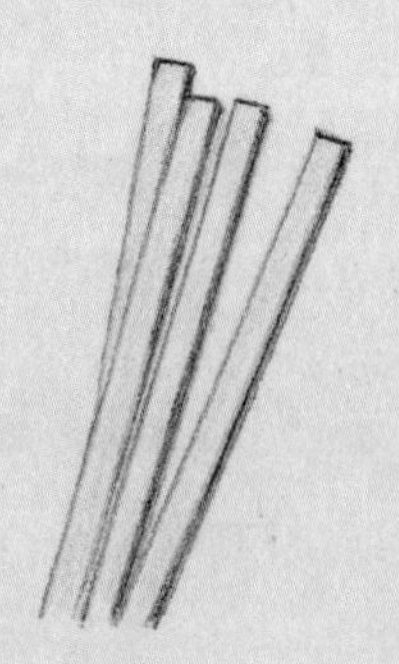

이제 스파게티는 잊어라. 스파게티는 정말 맛있는 파스타 소스와 어울리기에는 너무나 가늘다. 펜네 또한 잊어라, 펜네는 너무 굵다. 펜네를 먹을 때면 언제나 전분의 바다를 헤엄치고 있는 느낌을 받았을 것이다. 야채가 주재료가 아닌 소스를 만들 때는 항상 넓고 얇은 파스타를 사용해라. 물론 나폴리에서 봉골레는 스파게티로 만들어진다. 그리고 그 스파게티는 사실 말문이 막힐 만큼 맛있다. 그러나 우리가 코르동 블루 출신 셰프이거나 이탈리아 할머니가 아닌 이상, 해산물 소스 혹은 고기가 들어있는 라구 소스는 링귀니와 더 잘 어울린다. 게살 링귀니를 만들어서 먹어본다면 내 말을 즉시 이해할 수 있다.

뇨끼Gnocchi

언젠가 한번 집에서 라비올리를 만들어본 적이 있었다. 결과는 참담했다. 만두와 수제비 사이에서 태어난 자식 같은 맛이었다. 제대로 된 라비올리를 만들려면 소방관과 같은 대담함과 외과의사와 같은 섬세한 손길이 필요할 것이다. 까다로운 라비올리 대신 뇨끼를 만들어 보자. 뇨끼 만들기는 아주 쉽다. 만약 원숭이를 키우고 있다면 원숭이를 훈련시켜 뇨끼를 만들게 해도 괜찮을 것 같다. 감자를 삶아 으깨고, 밀가루를 넣어서 작은 볼 모양으로 빚어준 후, 삶아서 소스를 곁들이면 Finito(끝이라는 뜻의 이탈리아어)!

이탈리아

일요일 오후 산책길에 즐기는 특별한 간식

Gelato 젤라또

유럽인들 사이에서 가장 높이 평가되는 유럽 국가는 앞선 사고를 가진 스웨덴이나 네덜란드 같은 나라들이다. 실용적이면서도 자유로운 사고를 가진 그들 국가에서는 평등주의에 입각한 사회 정책이나 환경을 지키려는 노력들이 매우 일반적이다. 그러나 이탈리아는 이런 것들과는 아주 거리가 먼 나라이다. 사실 이탈리아 사람들보다 보수적인 사람들을 상상하기는 힘들다. 반면 이탈리아 사람들은 모든 것, 심지어는 그들의 보수적인 정치성향에 대해서도 너무나 열정적으로 표현을 잘하는 사람들이기 때문에 대부분의 유럽 사람들은 그들의 독특함에 빠져드는 것 같다. 이탈리아 사람들과 어울려보면 그들이 얼마나 재미있는 사람들인지를 알 수 있다.

어떻게 하면 맛있는 폴렌타를 만들 수 있는지를 두고 말다툼을 벌이는 이탈리아 아줌마들, 혹은 그녀들 모두가 관심 있어 하는 남자에 대해 수다 떠는 이탈리아 아가씨들 또는 축구경기를 관람하는 이탈리아 아저씨들을 한번 지켜봐라. 우리는 순식간에 이탈리안들과 사랑에 빠질 수밖에 없다. 절대로 입을 다무는 적이 없고, 매사에 껑충껑충 날뛰는 이탈리아 사람들에게 과장된 제스처와 거의 무언극에 가까운 얼굴표정은 그들의 트레이드 마크처럼 되어버렸다. 그래서 그들의 극도로 보수주의적인 성향에도 불구하고, 유럽 사람들은 자신이 가진 정치적인 신념에 상관없이 이탈리안을 좋아하지 않을 수 없는 듯하다.

그러나 때때로 근대적 사고를 가진 북유럽 사람들이나 젊은 한국 사람의 눈살을 찌푸리게 하는 이탈리안의 보수적 성향은 작은 이점이 될 수 있다. 이탈리아 사람들은 대량생산된 음식과 대형 식당 체인점에 대해 인상을 찌푸린다. 그래서 기름진 빅맥과 심장마비를 일으키기에 충분할 만큼 짜디짠 감자튀김이 너무나 먹고 싶다면, 이탈리아에서는 우리의 목표물을 향해 이곳저곳을 열심히 찾아다녀야 할 것이다. 반면 이 상황은 우리가 이탈리아의 어디를 가더라도, 늘 오래된 담벼락에서 작은 구멍을 발견할 수 있고 수제 젤라또를 파는 삐걱대는 녹슨 손수레를 만날 수 있다는 것을 말해준다.

사실 이탈리아에서 팔리는 반 이상의 젤라또는 매장의 뒤편에 있는 작은 주방에서 만들어진 것이다. 물론 젤라또 공장이 존재하지만, 대부분의 이탈리아 사람들은 홈 메이드 혹은 수제 음식의 열렬한 팬이다.

그들의 이런 고집스러움은 음식 여행을 하는 사람들에게는 더할 나위 없는 좋은 소식이다. 젤라또의 열풍은 지금으로부터 100년 전쯤 차가운 공기를 이용한 냉동고가 상용화되면서부터 시작되었다. 그리고 이제 이탈리아의 거의 모든 마을에는 최소 하나 이상의 젤라또 맛집이 생겨날 정도로 발전하였다. 수많은 작은 젤라또 상점들과 손수레들은 이제 3대를 이어

18
ETAbETA

온 가업이 되었고, 이들은 수십 년 동안 대를 이어가며 같은 가족들에게 젤라또를 팔고 있다.

젤라또를 '이탈리안 아이스크림' 정도로 생각하는 사람이 많겠지만, 만약 이탈리아 사람들의 얼굴이 분노로 빨갛게 달아오르는 것을 보고 싶지 않다면, 그리고 분노의 침 세례를 피하고 싶다면 이탈리아 사람들 앞에서는 절대로 그런 내색을 해서는 안 된다.

해외여행 중에 한국 사람들이 중국인으로 오해받는 것을 싫어하는 것과 마찬가지로, 이탈리아 사람들 역시 그들의 소중한 젤라또가 아이스크림으로 오해받는 것을 큰 모욕으로 받아들인다. 젤라또는 기존의 냉동 시스템이 아닌 팬으로 차가운 공기를 끊임없이 불어넣어주는 방식의 기계에서 만들어지고 보관되는데, 이러한 차이점은 젤라또의 식감을 훨씬 더 가볍고 부드럽게 해준다. 젤라또에 들어 있는 수만 개의 작은 공기 분자들 때문에, 젤라또는 시각적으로도 미각적으로도 아이스크림보다 훨씬 가볍게 느껴진다. 또한 젤라또는 아이스크림보다 훨씬 높은 온도에서 보관되기 때문에 뜨거운 이탈리아의 태양 아래서는 셔츠에 얼룩을 만들고 싶지 않다면 빨리 먹어야 한다.

크림이 전혀 들어가지 않은 젤라또는 아이스크림보다는 조금 묽은 느낌이다. 젤라또가 아이스크림보다 건강에 좋다는 사실에는 논쟁의 여지가 없지만, 생과일이 듬뿍 들어 있는 젤라또라도 건강한 디저트를 찾는 사람들의 콜레스테롤 수치를 안심시켜줄 백기사는 아니다. 젤라또에는 꽤 많은 양의 버터팻(만약 버터팻이 무엇인지 잘 모르는 사람이 있다고 해도, 나는 굳이 여기서 설명하지 않겠다 – 때로는 모르는 게 약일 때도 있다), 우유, 설탕 그리고 종종 아주 소량의 알코올을 함유하고 있다.

이탈리아 사람들의 심장을 담당하는 의사에게는 퍽 다행스러운 일이지만, 젤라또는 이탈리아 사람들이 매일 먹는 디저트는 아니다. 젤라또는 어디서나 흔하게 찾아볼 수 있지만, 굶주린 뱀파이어처럼 밤낮으로 젤라또를 탐닉하는 사람들은 찾아볼 수 없을 것이다.

평범한 이탈리아 사람들이 젤라또라는 특별한 간식을 맛보는 때는 주로 일요일 오후다. 일요일은 이탈리아 사람들에게는 매우 중요한 날이다. 유럽의 모든 가정이 그러하듯, 일요일은 사실상 일종의 가정의 날이다. 지금보다 신앙심이 독실했던 시절에는, 일요일이 되면 모든 식구들은 일명 선데이 베스트Sunday best라고 부르는 나름 가장 괜찮은 옷을 꺼내 입고 그 동네의 교회로 가서 미사를 드리고 성체를 모셨다.

로만 가톨릭의 중심지인 이탈리아 사람들은 아직도 매우 신앙심이 두텁다. 지금도 많은 가정이 일요일에 교회를 나가는 관례를 지키고 있다. 그러나 그렇지 않은 사람들도 일요일을 식구들과 함께 보내는 풍습은 남아 있다. 평범한 이탈리아 주부들에게 일요일은 맘껏 차려 입을 수 있는 유일한 이유이자 기회가 된다. 그리고 그녀들이 이러한 절호의 찬스를 결코 그냥 넘길 리가 없다. 자식들까지도 최대한 말쑥하고 근사하게 차려 입혀서 교회로 데려간다. 그러나 식구들이 교회에서 돌아온 후에는 먹을 것을 기다리는 배고픈 입들을 해결해야 한다.

다른 지중해 지역의 사람들과 마찬가지로 이탈리아 사람들 또한 가족들과 몇 시간에 걸쳐 식사를 한다. 그들은 열심히 배를 채우는 동안, 정치, 철학 그리고 일반적인 가십거리까지 모든 주제에 대해 목소리를 높이고 핏대를 세우며 열띤 논쟁을 벌인다. 사실 수다가 펼쳐지는 식탁에서는 음식을 준비하던 부엌보다 더 뜨거운 열기가 느껴진다. 교회를 다녀온 후, 한자리에 앉아서 기나긴 식사를 마친 식구들은, 그제야 밖으로 나가서 동네 한 바퀴를 돌며 늦은 오후의 부드러운 햇살을 즐기는 것이다.

이 산보는 이탈리아의 중년 주부들에게는 일주일의 하이라이트와도 같은 순간이다. 교회에 다녀왔다는 이유로, 제일 좋은 옷을 걸치고 말쑥하게 차려 입힌 자식들을 데리고 마을의 중심가를 걸으며 느리고 긴 산책에 나서는 이때가 바로 구치, 프라다, 펜디 매장의 선반에만 얹혀 있던 핸드백들이 숨을 쉴 수 있는 시간이기도 하다. 만약 나이 든 이탈리아 여성들이 우아해 보이고 싶을 때 어떤 차림을 하는지 궁금하다면, 일요일 오후 해가 뉘엿뉘엿 저물기 시작할 때 마을 광장으로 나가보라.

이것이 진정한 패션 워크fashion walk이다. 거리로 나온 모든 여성들은 서로의 옷차림에 시선을 고정한다. 누가 어떤 백을 들었는지, 누구의 립스틱 색상이 제일 예쁜지, 누구의 모피코트가 가장 비싸 보이는지, 오직 이런 것들만이 일요일 오후의 패션 워크에서 묻고 대답할 가치가 있는 질문이다.

하지만 이 여인들의 자식과 손자들에게 이 산보는 꽤 지루하고 고통스러운 시간일 것이다. 바로 이때가 젤라또가 등장해야 하는 순간이다. 아이들한테 차갑고 달콤한 것보다 더 큰 뇌물이 없다는 것은 세상의 어느 부모라도 다 아는 사실이다. 만약 이 지루한 산보에 주세페 아저씨가 만든 상큼하고 시원한 젤라또가 보장된다면, 누구에게나 조금쯤 수월한 산보가 될 것이다.

스페인

스페인의 뜨거운 태양열을 식혀주는 냉스프

Gazpacho 가스파초

스페인의 끝도 없는 여름은 길고 무더운 날들로 이어진다. 뜨거운 태양은 온종일 땅으로 내리쬐어 눈에 들어오는 모든 것들을 말려버린다. 이런 날씨에서는 어느 누구도 수분 보충을 마다할 수 없다. 스페인 남부 어디서나 볼 수 있는 좁다란 골목에 걸쳐진 빨랫줄에 널어놓은 침대시트보다 우리의 목구멍은 더 빨리 말라버린다. 더위는 스페인의 모든 것을 멈추게 하며, 우리의 몸은 그늘만을 간절히 바라게 되고 간지러움이 느껴질 정도로 바싹 마른 목을 잠시나마 축여줄 무언가를 갈망하게 된다.

현대를 살아가는 인류는 마치 꿀벌처럼, 화려한 용기에 담긴 달착지근한 미국식 탄산음료들에 이끌린다. 그러나 무자비할 정도로 뜨거운 스페인의 태양 아래서는, 어디엔가 잠깐 멈춰서 콜라를 벌컥벌컥 들이키는 것은 난잡한 회식 끝에 술에 취해서 동료에게 키스를 하는 것만큼이나 부적절한 행동이다. 두 가지 모두 그 당시에는 무척이나 짜릿하고 유혹적일 수 있는 일이겠지만, 결국에는 역겨운 기분을 남기며 자기 자신에 대해 몹시 실망하고 화가 나게 될 것이다. 반면 가스파초를 마시는 것은 자기 부인에게 입맞춤을 하는 것과 같다. 처음에는 조금 어색하고 비위 상하는 이야기로 들릴 수도 있겠지만, 그러나 일단 시도해보고 나면, 놀랍게도 이것은 그리 나쁘지 않을뿐더러, 무언가 굉장히 건강한 일을 했다는 기분 좋은 생각마저 들게 한다.

차가운 스프, 즉 냉국은 한국에서는 혐오스러운 음식이 아니다. 한국 또한 무더운 여름 원기 회복의 수단으로서 냉국에 대한 계시를 받은 땅이기 때문이다. 그렇다, 한국에는 물냉면과 오이냉국이 있고, 뜨거운 여름날 그 시원한 음식들이 우리를 얼마나 행복하게 만드는지 너무나 잘 알고 있다.

그러나 나를 믿어라, 우리는 이 상황에서 절대 소수에 불과하다. 이 세상 사람들의 대부분은 차갑게 식은 스프는 집 없이 떠돌아다니는 사람들이나 먹을 음식이라고 생각한다. 물론 그들조차도 막상 차가운 스프를 마주했을 때는 얼굴을 찌푸리며 따듯하게 데워진 스프를 그리워할 것이다.

극단적인 날씨는 극단적인 생각을 불러일으키기 마련이다. 한국의 무덥고 습한 여름 날씨가 콩국수를 창조해낼 수 있는 영감을 주었듯이, 필요는 발명의 어머니가 되어 스페인에서 가스파초를 탄생시켰다.

가스파초는 샐러드와 스프 그리고 토마토주스의 경계선에 걸쳐 있다. 사실 가스파초는 앞서 말한 세 가지 음식을 한데 섞어놓은 형태에 더 가깝다. 이것은 조리 과정이 필요하기는 하지만, 익히거나 육수를 내야 하는 등의 번거로운 과정이 필요 없는, 솔직히 말해 아주 만들기 쉬운 음식이다.

블렌더라는 현대의 발명품은 가스파초의 조리 과정을 간소화시켰다. 물론 그 옛날 가스파초는 김치를 만드는 것만큼이나 손이 많이 가는 음식이었을 것이다. 스페인의 주부들은 부엌에서 몇 시간 동안 땀을 뻘뻘 흘리면서 토마토, 오이, 파프리카, 양파, 고추와 마늘 등의 재료를 곱게 다져야 했을 것이다. 그러고는 다진 재료들을 빵과 올리브 오일, 약간의 비니거와 함께 물에 담가놓은 후 또 몇 시간을 기다려야 했을 것이다. 그러나 이제는 모든 재료를 그저 블렌더에 던져넣고 버튼을 눌러준 후, 3시간 정도 냉장고에서 차갑게 식혀주면 그걸로 끝이다. 가스파초의 조리 과정은 너무나 간단해서 텔레비전으로 축구 경기를 시청하다 전반전이 끝난 후 만들기 시작한다 해도 설거지를 포함하여 모든 과정을 하프타임 안에 끝낼 수가 있다. 그러고도 집 근처 슈퍼마켓에서 맥주를 사올 수 있을 정도의 시간은 충분히 남을 것이다.

가스파초의 정확한 이름은 '가스파초 안달루스Gazpacho Andaluz' 즉 안달루시아식 가스파초이다. 그리고 바로 이 이름이 우리가 가스파초에 대해 알아야 할 모든 것을 이야기해준다. 스페인에서 가장 남쪽에 위치한 주州인 안달루시아는 북아프리카와 엎어지면 코가 닿을 정도로 가까운 거리에 있다. 만약 지도에서 스페인의 최남단과 북아프리카에 위치한 모로코의 최북단을 찾아 선으로 이어본다면, (직접 실험해서 확인해보라고 하고 싶지는 않지만) 그 거리는 수영을 해서 왔다 갔다 할 수 있을 정도로 무척 가까워 보인다. 대부분의 일반적인 여행자들은 스페인 남부에서 오래 머무르지 않는다. 특히 언제나 바쁜 일정에 쫓기는 한국 여행자들은 가우디가 디자인한 건축물들의 사진을 남기고자 하는 목적으로 바르셀로나에 하루나 이틀을 머무는 경우가 대부분이다. 오직 모험심이 강한 사람들만이 남쪽으로 내려오겠지만, 그들조차도 스페인을 8세기 초부터 15세기 말까지 지배했던 무어인 칼리프들이 지은 아름다운 궁전이자 건축계의 불가사의로 남아 있는 메디나 아자하라Medina Azahara를 잠깐 구경하고 발길을 돌릴 것이다.

메디나 아자하라는 코르도바에 남아 있는 독특한 문화의 일부에 불과하다. 코르도바 더 깊숙한 곳으로 모험을 떠나본다면(이것은 여름에는 너무 힘들다. 한 걸음을 내딛을 때마다 마치 5킬로미터를 걸은 만큼의 에너지가 빠져나가는 듯한 느낌이 들 것이다), 우리는 놀라운 광경들을 볼 수 있을 것이다. 우선 아프리카로 추방당하기 전, 무어인들의 통치 아래 번성했던 수많은 유대인들이 건설한 거대한 시나고그synagogue(유대교 회당)가 눈에 들어온다. 또한 이곳에서 스페인의 다른 어느 지역보다도 어두운 피부색을 가진 사람들을 볼 수 있을 것이다. 이들은 수세기 동안 스페인에서 생활한 후 아

프리카로 돌아가고 싶지 않아서 이슬람교에서 그리스도교로 개종한 무어인들인 모리스코스Moriscos의 후손이다. 이곳의 많은 교회들은 기존 이슬람 모스크로 이용되던 건물들을 개조한 것들이고, 과일이나 야채를 파는 재래시장의 대부분은 여전히 옛날의 아랍 시장 스타일로 운영되고 있다.

이렇게 다채로운 역사는 음식의 다양성에 대해서도 무궁무진한 길을 열어주었다. 만약 스페인 남부를 여행하는 사람이라면 그곳에는 인구 수만큼이나 많은 종류의 가스파초가 존재한다는 사실을 깨닫게 될 것이다. 우리가 친구와 함께 가스파초를 먹으며 기분 좋게 가스파초의 시원함을 칭찬하고 있을 때, 어떤 무례한 동네 사람이 우리 테이블로 다가와서 이렇게 지적을 할지도 모른다. "Mi amigo(나의 친구여), 이것은 가스파초가 아니라 살모레호Salmorejo라네."

아삭한 파프리카와 오이 등의 재료들을 제외하고 토마토와 빵, 올리브 오일, 마늘 그리고 식초로만 만들어지는 살모레호는 가스파초보다는 스프에 조금 더 가깝다. 조금 더 걸쭉하고 더욱 토마토 맛이 나며 그리고 주로 붉은 도자기 볼에 담아 먹는 살모레호는 약간은 투박하고 촌스럽지만 소박한 매력이 있는 시골에 사는, 가스파초의 사촌쯤 된다. 세비야 사람들은 살모레호의 열렬한 팬이다. 그들은 주로 잘게 다진 삶은 달걀이나 그릇에 남은 한 방울까지 닦아 먹을 수 있는 큼직한 빵 조각을 살모레호와 곁들여 먹는다.

만약 살모레호가 사람이었다면, 아마도 산골 어디쯤엔가에 살며 언제나 웅얼거리는 소리로 이야기하는, 저녁 5시쯤이 되면 벌써 수염이 거뭇거뭇하게 자라나기 시작하는 그런 사람이었을 것이다. 반면 섬세한 유리잔에 담겨지는 가스파초는 최첨단 아파트에 살고 있는 도시 사람이었을 것이다. 그리고 이 둘은 집안의 결혼식, 장례식 그리고 세례식이 아니면 거의 얼굴을 볼 기회가 없을 것이다.

하지만 사실 가스파초 또한 그의 사촌과 비슷한 환경에서 출생했다. 그 역시 거친 농부들의 음식이었던 것이다. 사실 초창기의 가스파초에는 이제는 가장 중요한 재료가 되어버린 토마토가 들어 있지 않았다. 토마토가 빠진 스페인 요리는 나무 한 그루 없는 척박한 바위산과도 같듯이, 진정한 스페인의 요리가 시작된 시점은 콜럼버스가 대서양을 항해해서 토마토를 들여온 후부터이다.

토마토가 빠진 가스파초가 무슨 맛일지는 상상조차 하기 싫지만, 감사하게도 이제 우리는 그런 걱정을 할 필요가 없게 되었다. 이제, 스페인의 거의 모든 차가운 스프에는 신대륙의 가장 신선한 채소인 토마토가 들어가 있기 때문이다. 안달루시아 사람들은 토마토를 처음 본 순간부터 사랑에 빠졌고 대부분의 지중해 지역의 토마토가 그러하듯이 이 지역의 토마토는 정말 믿을 수 없을 정도로 맛있다. 안달루시아의 마트에서 파는 토마토들 중에는 살이 통통하게 오른 완벽하게 동그란 모양의 토마토도, 맛없어 보이는 녹색 토마토도 없다. 대신 피처럼 진한 붉은색을 띤 이곳의 토마토들은 마치 잔뜩 매를 맞고 피멍이 든 길쭉한 플럼plum(서양 자두)를 연상시킨다. 또한 그 맛은 천사들이 베토벤 아리아를 합창하는 소리처럼 황홀하다. 솔직히 안달루시아에서는 토마토와 빵만 먹고도 충분히 살아갈 수 있을 것 같다. 심한 경제위기를 겪고 있는 스페인에서는 아마도 많은 사람들이 이미 그렇게 살아가고 있을지도 모른다.

차가운 스프는 다양한 형태로 변형되어 안달루시아 전역에 존재한다. 청포도와 마늘, 견과류를 섞어 차게 식혀준, 독특하지만 너무나 맛있는 아호블랑코ajoblanco(글자 그대로 흰 마늘을 뜻한다)도 그중의 하나이다.

남부 스페인이 북아프리카와 공유하는 또 한 가지는 믿을 수 없을 정도로 맹렬한 더위이다. 북유럽 사람들에게 스페인 사람들은 게으름의 대명사이다. 그들은 시에스타만큼 스페인 사람들을 잘 설명해주는 것도 없다고 생각한다. 스페인 사람들은 한낮의 중간, 더위에 지칠 무렵쯤 되면 모든 일을 멈추고 그늘진 구석으로 들어가 한두 시간 정도 낮잠을 잔다. 이런 시에스타 풍습은 스페인 전역이 똑같다.

11월 중순까지도 더위가 물러가지 않는 이런 기후에서는 가스파초를 찾지 않을 수가 없다. 왜냐하면 가스파초에 들어 있는 비니거의 새콤한 맛은 갈증을 완화시켜주며, 또한 이 차가운 스프가 우리의 위장에 머무르는 얼마 동안 시원함을 주기 때문이다. 이렇게 가스파초는 두세 시간 정도의 시에스타 전후에 먹기에는 가장 이상적인 음식이다.

소파에 축 늘어져 쉬어도 되는 시간이 오직 밤 9시에서 11시라고 생각하는, 꼼꼼하고 치밀한 노르만이나 게르만과 같은 유형의 사람들은 아마도 이러한 행동을 이해하지 못할 것이다. 그러나 햇살이 쨍쨍 내리쬐는 8월, 스페인 남쪽의 카디스Cadiz로 내려가 오후 1시쯤 무언가 생산적인 일을 하려고 시도해보아라. 스티브 잡스마저도 "아, 아이패드고 뭐고 됐어, 이제 그만"을 외치며, 축 늘어져 휴식을 취할 만한 아몬드나무 그늘을 찾아갈 것이다.

가스파초 Gazpacho

6인분 기준 | 조리 시간 30분

재료_

잘 익은 토마토 큰 것 5개, 붉은 파프리카 큰 것 1개, 큰 오이 1개, 작은 양파 1개, 셀러리 2줄기, 마늘 1쪽, 레드 와인 비니거 1 큰 술, 통후추 간 것 1 작은 술, 소금 1/2 작은 술, 레몬즙 1 작은 술, 붉은 고추 반 개(또는 카옌 페퍼 파우더 1 작은 술), 엑스트라 버진 올리브 오일 2 큰 술, 식빵 1 조각, 얼음 5~10개

조리 방법_

1 토마토는 껍질을 벗기고 단단한 속을 파내어 준비해준다. 토마토의 껍질을 제거하기 위한 가장 쉬운 방법은 끓는 물에 미리 살짝 칼집을 내준 토마토를 30초 정도 담가주는 것이다. 토마토의 단단한 속은 작은 과도나 감자 필러로 제거해준다.

2 양파, 파프리카, 셀러리, 마늘 그리고 고추를 굵게 다져준다. 어차피 블렌더 안으로 들어갈 테니 너무 사이즈에 연연할 필요가 없다. 오이도 장식용으로 쓸 1cm x 7cm 정도의 막대 모양을 몇 개 남긴 후 굵게 다져준다.

3 모든 재료를 블렌더에 넣어 붉고 걸쭉한 죽 상태가 될 때까지 갈아주다가 얼음을 넣고 다시 한번 갈아준다. 사실 가스파초를 만드는 전통적인 방법은 얼음 대신 물을 넣어주는 것이지만, 이런 경우라면 냉장고에서 차게 식혀주는 시간이 따로 한두 시간 정도 필요하다.

4 이제 선택은 우리에게 달려 있다. 만약 되직하고 포만감을 주는 가스파초를 선호한다면, 준비가 다 되었으니 바로 먹으면 된다. 그러나 만약 주스와 같은 맑은 느낌의 가스파초를 원한다면, 체를 이용해서 한 번 걸러준다.

5 마지막으로 남겨둔 오이 스틱으로 장식한 후 차가울 때 먹어준다.

스페인

토마토와 마늘로 문질러 황홀해지는 빵맛

Pa amb Tomàquet 빠 암 토마캇

발음하기조차 힘든 스페인 음식 이름인 '빠 암 토마캇'이 스페인어가 아니라는 사실은 아마도 많은 사람들을 놀라게 할 것이다. 오랫동안 스페인에 거주해서 스페인 문화에 친숙한 사람이 아니고서야, 지구상 대부분의 사람들이 '스페인어Spanish'라고 부르는 언어의 실제 이름이 스페인어가 아니라는 사실 또한 무척이나 충격일 것이다. 우리가 스페인어라고 생각하고 있는 라틴아메리카 대부분과 미국의 많은 지역에서 사용되는 언어는 카스티야 지방의 언어라는 의미인 카스테야노Castellano라고 불린다. 카스테야노는 사실 지구상의 가장 많은 국가에서 사용되는 언어임에도 불구하고, 내가 이 단락을 쓰는 동안에도, MS 워드는 카스테야노를 잘못된 단어로 인식해서 계속 빨간 줄을 그어대고 있다.

아마도 출장 또는 배낭여행이나 신혼여행으로 바르셀로나를 방문해본 적이 있는 사람이라면, 내가 하는 이야기를 어렴풋이 이해할 수 있을 것이다. 바르셀로나 사람들이 말하는 소리를 주의 깊게 들어본다면, 그것은 우리가 알고 있던 스페인어와는 매우 다르다는 것을 알아차릴 수 있다. 그것은 이 지역 사람들이 스페인어가 아닌 카탈루냐의 고유언어인 카탈란Catalan을 사용하기 때문이다. 이들의 언어는 마치 뜨거운 두부를 입에 가득 물고 우물거리며 프랑스어를 하는 것처럼 들린다. 이곳에서는 스페인 국기가 휘날리는 법이 없다. 이 지역 사람들은 스스로를 스페인 사람이 아닌 카탈루냐 사람이라고 생각한다. 또한 이곳의 모든 사람들은 마음속으로 카탈루냐가 독립된 공화국이 되기를 희망하고 있을 것이다. 이러한 카탈루냐의 상황이 일반적이지 않은 독특한 상황이라고 생각하기 전에, 우리는 스페인의 다른 지역을 한번 둘러볼 필요가 있다. 왜냐하면 카탈루냐의 상황은 스페인에서 예외적인 일이 아닌, 일종의 불문율과도 같기 때문이다.

스페인 북쪽에 위치한 바스크 지방의 경우는 심지어 카탈루냐보다 훨씬 심각하다. 불과 몇 년 전, ETA라는 이름의 분리주의자 테러리스트 그룹은 바스크 지방의 독립을 강력히 주장하며 사람들이 꽉 들어찬 건물을 폭파시켰다. 비록 그들이 미쳐 날뛰는 소수를 대변했다고는 하지만, 바스크 사람들이 자신의 정체성에 대해 끝도 없는 자부심을 가지고 있다는 것에 대해서는 의심의 여지가 없다. 로마 제국에서 사용되던 라틴어의 먼 손자뻘 되는 언어를 사용하는 스페인의 다른 지역과는 달리, 바스크어는 카스티야어와는 아무런 상관이 없는 하나의 독립적인 언어 그룹으로 존재한다. 또한 바스크어는 로마 제국의 역사를 앞서는 것뿐만 아니라 이베리아 반도에 농업이 시작되기 이전에 만들어졌다.

포르투갈 위에 위치한 지역의 스페인은 갈리시아Galicia라고 불린다.

300만 명 정도 되는 그 지역의 주민들은 완전히 다른 언어인 갈리시안을 구사한다. 그리고 갈리시아 바로 옆에 위치한, 커다란 땅덩어리인 아스투리아Asturia 사람들 또한 그들만의 사투리를 사용한다. 남쪽의 안달루시아 사람들은 또한 이에 뒤질세라 매우 독특한 사투리를 사용하는데, 이것은 카스티야어를 하는 사람들에게는 마치 서울 사람들이 제주 방언을 대하는 것처럼 전혀 알아들을 수 없는 언어이다. 그리고 실제 스페인의 상황은 사실 이것보다 훨씬 더 복잡하다.

심지어 카탈루냐의 일부 지역에서는 카탈란을 사용하지 않고, 라틴어에서 파생된 또 다른 언어인 우씨탕Occitan을 사용한다. 스페인 국기가 가장 많이 휘날리는 지역 중의 하나이자 스페인 북단에 위치한 아라곤Aragon 역시 그들만의 독특한 방언인 아라고네즈Aragonese를 사용한다. 모든 스페인 사람들이 카스티야어를 구사할 수 있기는 하지만, 그들이 카스티야어로 말을 할 때는, (카스티야 사람을 제외하고는) 정말 필요에 의해 마지못해서이다. 논과 밭이 펼쳐진 스페인 북부에서 카스티야어를 써보라. 그것은 초콜릿으로 만든 체온계만큼이나 쓸모가 있을 것이며, 사창가를 수색하는 경찰들만큼이나 우리를 환영받게 해줄 것이다.

우리는 이제껏 스페인을 하나의 단일 국가로 생각해왔을지 모르지만, 실제의 모습은 전혀 그렇지 않다. 스페인은 서로에게서 분리와 독립을 원하는 수많은 작은 나라들이 뒤섞여 있는 하나의 큰 덩어리일 뿐이다. 만약 한국이 지역감정과 지역주의자들의 다툼이 가장 심한 나라라고 생각한다는 사람이 있다면, 미안하게도 그것은 정말 오산이다. 하지만 미식가들에게 이러한 엄청난 문화적인 다양성은 반가운 소식이 아닐 수 없다. 성스러운 주검과 경건한 유적지를 찾아다니던 그 옛날의 순례자들처럼 이 마을

저 마을을 느릿느릿 걸으며 스페인의 여러 도시를 둘러볼 수 있겠지만, 이런 경건한 여정과는 달리 음식을 주제로 한 여정을 만들어갈 수도 있다. 만약 각 지역의 특별한 음식들을 찾아 미식 기행을 떠난다면 우리가 스페인에서 실망할 일은 결코 없을 것이다. 모든 이들이 각자 자기만의 삶의 방식이 있고, 자기 나름대로의 삶의 속도를 즐기고 있다. 마을의 광장은 언제나 여러 가지 행사들로 분주하고, 그곳의 공기에는 수천 가지의 다른 언어들이 녹아 있다. 드넓은 평야에는 옥수수가 빽빽이 심어져 있고, 가파른 바위절벽으로는 말들이 질주하고 있다. 바닷가는 인적 없는 백사장, 관광객이 넘쳐나는 해변, 평화로운 어촌 마을, 이렇게 다양한 풍경의 조각들로 모자이크되어 있는 곳이 스페인이다. 스페인을 여행하는 것이야말로 진정한 여행이다.

스페인의 레스토랑과 식료품점 그리고 특별히 재래시장에 쌓여 있는 수만 가지 종류의 음식과 식재료들은 우리의 입을 벌어지게 한다. 그리고 이런 진풍경을 제대로 볼 수 있는 곳이 바로 카탈루냐이다. 나는 밀레니엄을 전후해서 1년 정도를 카탈루냐에서 보냈다. 그 당시 카탈루냐의 수도인 바르셀로나를 방문할 일이 생길 때마다, 나는 미로와 같이 복잡한 보케리아 Boqueria 시장에 들르곤 했다. 바르셀로나에서 가장 상업적인 거리인 람블라스의 끝자락에 위치한 보케리아 시장은 도저히 풀 수 없는 음식에 관한 수수께끼를 간직한 동굴과도 같았다. 각종 짐승의 내장들, 삐죽삐죽한 아티초크, 윤기가 흐르는 올리브 등이 잔뜩 쌓여 있는 가판대를 따라 걷다 보면, 마치 우리가 탐욕스러운 스핑크스의 망상에 사로잡힌 것이 아닌가 하는 생각이 든다. 병적으로 음식에 집착하는 사람들 또한 남아 있는 모든 분별력을 잃기에 이곳보다 좋은 곳은 없을 것이다.

물론, 카탈루냐의 모든 곳이 음식에 관해 관대하고 요란스러운 것은 아니다. 스페인의 일반적인 펍, 카페, 타파즈 레스토랑들에는 너무나 사실적인 모습을 한 커다란 말린 돼지 다리가 언제라도 얇게 저며질 준비를 마친 듯이 위풍당당하게 놓여 있다. 결코 제대로 끼니를 때울 것 같지 않아 보이는 단골손님들은 주전부리 격으로 얇게 저민 돼지의 뒷다리를 끊임없이 먹어댄다. 그들은 한평생을 바의 같은 자리에 앉아서 밀가루 빵 위에 저민 돼지 다리를 얹은 하몽 세라노jamón serrano와 줄담배와 뜨겁고 진한 에스프레소로 살아가고 있는 듯이 보인다.

카탈루냐의 음식 문화는 매우 독특하다. 사실 패스트푸드 또는 테이크아웃 음식에 대한 개념 자체가 스페인에서는 매우 낯설다. 왜냐하면 삶에 대한 자세가 느긋하고 여유로운 스페인에서는 그럴 필요가 별로 없기 때문이다. 달팽이 같은 속도로 삶을 살아가는 이들에게, 갑자기 편의점에 뛰어들어가 탄수화물과 나트륨 덩어리인 샌드위치를 서둘러 사가지고 나오는 일은 매우 낯선 일일 것이다. 그러나 런던에서도 부지런한 꿀벌처럼 살아왔던 나는 이곳에서도 여러 가지 프리랜서 일을 하느라 내가 살고 있던 작은 마을을 언제나 바쁘게 뛰어다녔지만, 앞서도 말했듯이 슈퍼마켓이나 파리바게트에 들러 샌드위치를 급하게 사 들고 나온다는 생각은 이곳에는 존재하지 않는다. 그러나 카탈루냐에서도 테이크아웃 음식을 만날 수 있는 한 가지 방법이 있다. 그것은 빵집에 들러서 빠 암 토마캇을 주문하는 것이다.

카탈루냐의 동쪽을 감싸고 있는 코스타브라바 해안지역은 연간 일조량이 평균적으로 다른 유럽지역보다 많다. 이것은 토마토를 재배하는 농부들과 토마토의 팬들에게는 최고의 소식이 아닐 수 없다. 카탈루냐 사람들은 약간의 올리브 오일과 천일염과 함께 토마토를 빵 조각에 문질러 빠 암 토마캇을 만든다. 이것이 모든 카탈루냐 사람들이 빵을 먹는 기본적인 방법인데, 만약 이 방법을 따라 해본다면, 그 이유를 충분히 이해할 수 있을 것이다. 빵을 사랑하는 사람들에게는 천국과 같은 프랑스와는 다르게, 스페인의 빵은 사실 좀 별로다. 그러나 이 지구상에서 가장 맛있는 토마토를 손에 쥐고 있다면, 이 불행한 밀가루 덩어리를 얼마든지 변화시킬 수 있다.

맛있는 토마토가 있다면, 그 토마토의 맛으로 충분히 빵 맛을 제압할 수 있다. 그리고 많은 카탈루냐 사람들은 토마토로 빵을 공략하기 전에 먼저 빵에 마늘을 문질러준다. 이것은 토마토와 마늘만 있다면 이 세상에서 더 부러울 게 없을 나와 같은 사람들에게는 크나큰 기쁨이자 행복이다.

빠 암 토마캇에는 대부분 치즈 한 조각이나 돼지고기(스페인 사람들도 한국 사람들과 마찬가지로 돼지에게는 천적이나 다름없다)를 가공한 햄이나 소시지들을 얹어 먹는다. 그러나 나에게 카탈루냐 치즈는 너무나 밍밍하고 맛이 없었다. (나는 냄새가 너무 고약해서 도저히 집 안에서는 보관할 수 없는 치즈를 먹는 프랑스에서 많은 시간을 보낸 사람이다. 사실 치즈에서 고약한 냄새가 진동할수록, 그것은 맛있는 치즈라는 의미다) 카탈루냐 사람들은 역시 나의 의견에 동의하는 것 같다. 그렇지 않다면, 그들이 빠 암 토마캇을 만들어낼 필요가 없었을 것이다.

코스타브라바 해안에서 떨어져 있는 마요르카Majorca는 우리에게는 환락의 섬으로 잘 알려진 곳이다. 마요르카는 햇볕에 데여 빨갛게 익은 랍스터와 같은 몰골로 맥주 냄새를 풀풀 풍기고 다니는 영국 사람들을 찾아보기 가장 쉬운 여름 휴가지이다. 이곳에도 수많은 빠 암 토마캇의 또 다른 변형이 존재하는데, 이 섬에만 유일하게 존재하는 빠 암 올리Pa amb Oli가 바로 그중 하나이다. 이것은 '빵과 오일'이라는 의미로, 본토인 카탈루냐의 빠 암 토마캇보다 수준 낮을 게 뻔하다는 인상을 받을 수도 있겠지만, 그러나 실제로는 전혀 그렇지 않다. 오히려 이것은 빠 암 토마캇의 놀라운 업그레이드 버전이다. 왜냐하면 이 빵은 단순히 토마토를 쓰는 것에 그치지 않고, 우리가 다른 어디에서도 찾을 수 없는 유명한 토마토 품종인 토마티카 데 라메옛Tomàtiga de Ramellet를 사용하기 때문이다. 이 토마토는 일반 토마토보다 맛이 뛰어날 뿐만 아니라 섬유소와 단백질을 더 많이 함유하고 있다. 자, 이 녀석들 중 한 놈을 손에 쥐고 빵에 문질러보자. 세상에서 가장 형편없는 밀가루로 만든 빵일지라도 그것은 전혀 문제가 될 수 없다. 그 빵이 마치 미슐랭 쓰리 스타 급의 빵집 셰프가 구워낸 듯한 특별한 맛이 날 것이라는 것을 나는 장담한다.

온 가족이 둘러앉아 먹는 냄비 요리

Paella 빠에야

이제는 이해가 좀 되었겠지만, 스페인이라는 개념은 풀로 붙여놓은 듯이 불안하다. 대부분의 스페인 사람들은 다른 나라 사람들에게 "스페인 사람"이라고 불리는 것을 몸서리치게 싫어한다. 만약 갈리시아, 카탈루냐, 바스크 또는 그 어떤 지역에서든지 생각 없이 아무나 스페인 사람이라고 불렀다가는 그들에게 자갈길 밖으로 끌려나가 주먹다짐이라도 당할 듯한 느낌을 받게 될지도 모른다. 그러나 우리가 여행 중에 이런 사실을 다 기억하기란 너무나도 혼란스럽다. 내가 경험으로 얻은 교훈은 마드리드에 있을 때나 혹은 누군가가 스페인 국기가 나부끼는 아래 스페인 국가를 부르며 왕에게 거수 경례를 하는 경우가 아니라면, '에스파뇰Español'이라는 단어는 차라리 스페인에서 잊어버리는 것이 좋다는 것이다.

그러나 놀랍게도 스페인 밖에서는 극렬한 분리주의자들조차도 스스로를 스페인 사람이라고 지칭한다. (아마 그들도 그렇게 하는 것이 삶을 좀 더 쉽게 살아가는 방법임을 터득했을 것이다.) 그러나 스페인 안에서는, 이런 모든 지역적인 차이를 이해하는 것은 너무나 큰 혼란이므로, 절대 시도조차 하지 말아라. 스페인에서 카스티야 어는 일종의 공용어이지만 여기에는 큰 정치적인 의미가 담겨 있다. 1930년대에 일어난 스페인 내전 뒤 프랑코의 잔혹한 독재정치 기간 동안 스페인의 많은 지역은 카스티야 어의 사용과 함께 그들의 정체성을 포기하도록 강요를 받았다. 예를 들어 카탈루냐에서 카탈란을 사용하다 발각되면 실형을 선고받아 감옥으로 보내졌다. 카탈루냐 사람들이 카탈루냐 어로 자유롭게 이야기할 수 있는 곳은 오직 FC 바르셀로나의 홈 구장인 '깜프 누' 안뿐이었다. 이런 역사적 배경으로 카탈루냐의 남녀노소 모두는 그들이 얼마나 축구에 대해 아느냐에 상관없이, 열렬한 FC 바르셀로나의 팬이 될 수밖에 없었다.

그러나 다행스럽게도, 이런 스페인을 하나로 결속시켜주는 한 가지가 있으니 그것은 바로 음식이다. 사실 수천 갈래로 쪼개진 나라 안에서, 아마도 진정한 동질성을 가질 수 있는 유일한 대상은 음식뿐일 것이다. 스페인의 음식은 지역에 따라 다양하지만, 음식에 관한 한 지역감정은 존재하지 않는다. 음식은 전쟁이 일어나고 있는 나라들 사이의 국경도 건너가고, 언어적인 장애물도 통과해 나간다. 가스파초는 그라나다와 빌바오에서처럼 마드리드에서도 가스파초로 통한다. 수많은 스페인의 음식은 각기 다른 지역에서 탄생되었지만, 각 지역들이 이웃 혹은 적들과 즐거운 마음으로 공유하는 유일한 한 가지이다.

이런 정신을 가장 잘 보여주는 예는 발렌시아의 가장 유명한 음식인 빠에야이다. 만약 앞부분의 스페인에 관한 다른 글을 꼼꼼히 읽은 사람이라면, 아마도 거듭되는 지역감정 이야기에 지루해져 짜증이 날 수도 있겠지만, 어쩔 수 없다. 발렌시아 역시 스스로가 고유한 문화를 가지고 있는 독립된 나라라고 생각하는 스페인의 또 다른 지역 중 하나이다. 심지어 스페인에서도 공식적으로 발렌시아를 하나의 국적으로 인정하고 있으며, 발렌시아는 최소한 법적으로 독립된 자치주이기도 하다. 그리고 우리가 발렌시아 사람들이 사용하는 언어가 카탈란과 비슷하다고 생각할지언정, 발렌시아 사람들은 그것이 명백한 자신들만의 고유한 언어라고 이마에 힘줄이 튀어나오도록 힘 주어 주장할 것이다. 또한 발렌시아 사람들은 빠에야는 스페인 전역에서 즐겨 먹는 음식이지만, 진짜 정통 빠에야를 맛볼 수 있는 곳은 오직 발렌시아뿐이라고 말할 것이다.

지구상의 모든 사람들이 빠에야에 대해 가장 잘못 알고 있는 사실은 에예야가 주로 해산물을 사용하는 요리라는 것이다. 언제나 따듯하고 햇볕이 풍부한 발렌시아의 항구는 유럽 전체에서 최고의 해산물을 자랑하는 지역임에 불구하고, 빠에야가 (최소한 발렌시아에서 만큼은) 주로 닭고기와 토끼고기를 섞어서 만들어진다는 것은 매우 놀라운 사실이다. 더욱 놀라운 것은 발렌시아 정통 빠에야에는 달팽이도 함께 넣어준다는 것이다. 사실 스페인 동부 해안 지역의 달팽이 소비량은 프랑스 전체의 소비량보다 많다. 내가 스페인 동부지역에 살았을 때도 현지에서 가장 인기가 많고 맛이 있던 음식은 버터, 파슬리와 마늘을 듬뿍 넣어 오븐에 구워낸 달팽이 요리였다. 을지로 어느 골목에서 마늘로 범벅된 골뱅이를 마주할 때마다 나는 스페인에서 먹던 달팽이가 어렴풋이 떠오른다.

한국 사람들과 마찬가지로 발렌시아 사람들 또한 쌀에 대해서 아주 까다롭다. 찰기 없이 흩어지는 인도의 롱 그레인 라이스로 떡을 만든다는 것을 상상할 수 없듯이, 빠에야에 적당한 쌀인 아로즈 봄바arroz Bomba를 구하지 못한다면 정말 맛있는 빠에야를 만드는 것은 불가능하다. 만약 집에서 빠에야를 만들려고 한다면(빠에야의 빛깔과 풍미를 책임지는 좋은 사프란을 구할 수만 있다면, 빠에야를 만드는 것은 사실 그리 어렵지 않다), 우선 아로즈 드 발렌시아arroz de Valencia 즉 발렌시아 쌀을 구해야 한다. 이베리아 반도에 쌀이 소개된 것은 무어인의 지배를 받던 때라는 이야기가 무성하지만, 비록 이 루머가 사실이 아니라고 해도, 꽤나 신빙성 있게 들리는 이야기이다. 유럽 음식 중 쌀로 만든 요리는 매우 드물며, 사실 유럽의 기후는 쌀을 재배하기에 적당하지 않다. 만약 어떤 유럽인 셰프가 지나가다 쌀 한 가마니를 우연히 발견한다 해도, 그들은 그 쌀로 어떤 음식들을 만들어야 할지 좀처럼 생각해낼 수 없을 것이다.

발렌시아의 유서 깊은 전통은 바로 빠에야를 본격적으로 요리하기 전

에 쌀을 기름에 먼저 볶아주는 것이다. 그러나 내가 이 문장을 쓰는 동안, 발렌시아 아줌마들의 미간에 깊은 주름이 잡히는 소리가 들려온다. 여기에 맞서는 역시 유서 깊은 다른 전통은 쌀은 절대로 미리 볶아서는 안 된다는 것이다. 자, 그냥 전통 따위는 무시하고 다시 시작해보자. 첫 번째로 우리에게 필요한 것은 커다란 팬이다. 사실 빠에야라는 이름이 팬을 뜻하는 발렌시아 어에서 유래했듯이 빠에야를 요리하는 데 있어서 팬은 엄청나게 중요한 역할을 한다. 가장 먼저 양파와 토마토를 함께 팬에서 볶아주는데, 이 베이스를 그들은 소프리짓sofregit이라고 부른다. 포르투갈 버전의 빠에야에는 풍미를 높이기 위해 이 단계에서 월계수 잎을 넣어주기도 한다. 그

다음으로 콩이나 육수, 고기 등의 재료를 넣어준 후 많은 분량의 쌀을 넣고 저어준다. 이 후로는 빠에야가 완성되기까지 절대 저어주어서는 안 된다. 그 이유는 밑바닥의 쌀이 팬에 눌러붙게 만들기 위해서이다. 한국인들과 그들의 소중한 누룽지, 이란 사람들과 그들의 타 딕tah-dig처럼, 팬의 바닥에 까맣게 눌러붙어 있는 이 부분은 암을 유발할 수 있는 가능성이 있음에도 불구하고 수많은 사람들을 유혹한다. 발렌시아 사람들에게도 이 누룽지 부분을 부르는 '소카랏socarrat'이라는 특별한 이름이 있을 정도이다. 소카랏 역시 한국과 이란의 사촌들처럼 어두운 색깔이지만, 소카랏은 그들과 다르게 녹은 토피처럼 끈적이는 질감을 가졌다.

많은 사람들이 이쯤에서 아마도 어리둥절하고 있을 것이다. "도대체 해산물은 언제 나오는 거야!"라고 외치는 고함이 내 귓가에 들려오는 듯하다. 나 또한 이에 공감한다. 진짜 발렌시아 사람들에게는 관광객들이나 먹을 음식쯤으로 여겨질 해산물 빠에야는 사실 스페인 전역으로 널리 퍼져나갔는데 거기에는 그럴 만한 마땅한 이유가 있다. 해산물에서 나오는 육즙이 노란 사프란 빛깔로 물든 밥 위에서 김을 내며 후각적으로나 시각적으로 동시에 우리를 만족시키는 빠에야를 만들어주기 때문이다. 발렌시아 토박이들은 이 음식을 인정하지 않겠지만, 나도 사실 해산물 빠에야가 더 맛이 있다고 생각하는 사람이다. 빨갛게 익은 새우와 돌돌 말린 오징어가 바짝 오그라든 닭고기 조각보다는 훨씬 먹음직스러워 보이는 것이 큰 이유 중의 하나이다.

물론, 다양하게 변형된 수많은 종류의 빠에야가 존재한다는 것은 빠에야를 더욱 돋보이게 하는 점이다. 레시피가 다양하지 않은 다른 스페인 요리들과는 다르게, 거의 모든 마을이 각자의 고유한 빠에야 레시피를 가지고 있다. 아마 발렌시아에서는 모든 가정이 각기 다른 빠에야 레시피를 가지고 있을지도 모른다. 어떤 사람들은 가스 불 위에서 요리한 후 팬에서 바로 떠먹고, 어떤 사람들은 팬을 오븐으로 옮겨 몇 분 정도 더 익혀준다. 또 어떤 사람들은 김이 빠져나가지 않도록 베이킹 페이퍼, 호일 또는 신문지 등으로 윗면을 덮어서 더욱 촉촉하고 폭신폭신한 빠에야를 만들기도 한다.

그러나 빠에야에 대한 정말 놀라운 사실은, 발렌시아에 있는 마을을 제외하고는, 아주 극소수의 스페인 사람들만이 집에서 직접 빠에야를 만들어 먹는다는 것이다. 빠에야는 주로 주말에 식당에서 먹는 경우가 대부분이다. 한 주 내내 가족들을 위해 음식을 만들고 설거지를 하느라 지친 많은 주부들은 주말의 한 끼쯤은 가족을 몰고 나가 외식을 한다. 스페인에서 일요일 오후 빠에야 식당을 방문해본다면 아마도 재미있는 풍경을 볼 수 있을 것이다. 쌀과 고기 또는 해산물 요리가 담겨 있는 커다랗고 우묵한 냄비처럼 보이는 팬 주변에 가족들이 모여 앉아 식사하는 장면은, 아마도 한국 밖에서 가장 한국적인 풍경을 떠올리게 하는 모습일 것이다.

진짜 철학이 묻어나는 남유럽의 음식

Χωριάτικη Σαλάτα 호리아티키 샐러드

그리스의 경제는 이제 밑바닥으로 곤두박질쳤지만, 그리스에서 결코 가치를 잃지 않을 한 가지는 바로 그들의 문화이다. 아크로폴리스를 배경으로 붉게 물들어오는 석양, 경외심을 불러일으키기에 충분한 델피 신전의 유적들, 지구상에서 가장 오래된 도시 중의 하나인 크레타 섬의 크노소스 유적들, 리라의 선율 그리고 그리스의 전통 술인 우조ouzo를 잔뜩 마시고 흥에 겨워 바닥에 접시를 깨뜨리는 사람들, 이렇게 그리스는 여행자에게 꿈과 같은 나라이다.

작열하는 태양, 관능적으로 입술을 뾰족하게 내민 여자들, 탄탄한 근육질의 남성미 넘치는 남자들, 그리고 우리가 상상하는 것보다 훨씬 더 다채롭고 신비로운 역사와 신화, 모자이크에 박혀 있는 터키석 조각만큼이나 푸른 바다…… 살아 있는 동안 그리스를 둘러보지 않는 것은 매우 어리석은 선택일지도 모른다.

그러나 아쉽게도 그리스의 음식 문화는 오늘날의 그리스를 닮았다. 그리스는 부유하고 강성하던 과거의 영광에 비해, 현재 그 명성이 현저히 떨어져 있다. 그러나 그러한 사실이 그리스에 가면 먹을 만한 음식이 없다는 것을 의미하지는 않는다. 자비롭고 두둑한 지갑만 있다면, 우리는 여전히 그곳에서 고대의 왕이나 여신처럼 먹을 수 있다. 그러나 만약 남유럽 투어의 맨 마지막 일정으로 그리스를 여행하는 경우라면, 아마도 그리스의 음식 문화가 그다지 인상적이지 않게 느껴질 수도 있다.

스페인이나 프랑스 남부 그리고 이탈리아를 돌아본 후 아드리아 해를 건너 며칠 동안 아테네와 산토리니에 머무르게 된다면, 아마도 그리스 음식에 콧방귀를 뀌게 될지도 모른다. 그리고 올리브 오일, 와인, 빵 – 이제 이런 음식들을 보는 것만으로도 신물이 날 지경일 것이다.

그러나 보르도에서 보르도 와인을 마시고, 이탈리아 지도의 장화 굽에 해당하는 풀리아 지역에서 세계 최고의 올리브 오일을 맛보고, 프랑스의 아티산 불랑제가 만들어낸 최고의 빵을 먹어보았음에도 불구하고, 왜 밀로포타모스Mylopotamos 지역의 재처럼 검은 빛깔을 띤 올리브, 코린트 남쪽의 비옥한 계곡에서 자라는 포도들로 만든 깊은 맛의 레드 와인, 그리고 그리스 어디에서나 찾아볼 수 있는 흔한 피타 빵을 그냥 지나칠 수 없는지, 거기에는 마땅한 이유가 있다. 그 이유는, 오늘날 유럽에서 즐겨먹는 이런 음식들 모두가 바로 그리스에서 본격적으로 시작되었기 때문이다. 그들의 역사는 그 당시에 대한 기록이 남아 있는 책도 존재하지 않을 정도로 아주 오래전으로 거슬러 올라간다.

과거 이탈리아의 일부 지역을 식민 통치했던 그리스는 간접적으로 이탈리아 음식 문화의 탄생을 이끌었다. 실제로, 지하철에서 빈자리를 보고 빛의 속도로 달려드는 아줌마들처럼, 그리스의 셰프들 또한 눈썹이 휘날리게 우리에게 달려와 세계 최초의 요리책이 그리스 인에 의해 써졌다는 사실을 자랑스럽게 늘어놓겠지만, 그러나 그들이 결코 밝히지 않을 한 가지 사실은 최초의 요리책을 썼던 그리스인은 그 당시 이탈리아에 살고 있었다는 것이다. 또한 그들은 인류 역사상 최초로 종이에 기록된 레시피를 남긴 사람이 기원전 5세기경에 살았던 미테쿠스Mithaecus라는 그리스인이었다는 것에 대해서도 자랑스럽게 늘어놓을 것이다. 자, 여기 미테쿠스의 레시피가 있다.

> 타이니아Tainia(고대 그리스에서 갈치와 흡사한 붉은 생선을 부르던 이름)의 내장을 빼내고, 머리를 잘라낸 후, 헹구고, 잘라서 치즈와 올리브

오일을 넣어라.

치즈와 오일을 생선 요리에 사용하는 것은 매우 지중해스러운 요리법이다. 그리고 우리는 이 기록을 통해 남유럽 사람들은 이미 2,500년 전에 요리에 대한 이런 기본적인 개념을 가지고 있었다는 것을 알 수 있다. 만약 잘 모르는 재료가 있다면, 그 어떤 재료라도 상관없이 일단 올리브 오일과 치즈를 듬뿍 넣고 오븐에 구워보라. 실패할 확률은 거의 제로에 가깝다.

그러나 내가 앞서 언급했던 가장 오래된 요리책의 저자인 아르케스트라투스는 잘난 척, 고상한 척하는 성향이 다분한 속물이었다. 그의 유명한 저서인《사치스러운 삶The Life of Luxury》은 마치 다이아몬드가 박힌 시계나 호화로운 요트 크루즈 상품을 파는 회사의 슬로건이라도 되는 것처럼 들린다. 아니나 다를까, 이 책은 역시 그 제목 값을 톡톡히 한다. 이 책 속에서는 시칠리아의 시라쿠스에서 맛본 미테쿠스의 레시피에 대한 맹렬한 비난이 쏟아진다. "왜 생선에 치즈 범벅을 해서 생선의 고유한 맛을 다 망쳐놓는 것인가?" 신문이나 잡지, 블로그를 통해 남이 만든 음식을 헐뜯고 비난하는 전통은 아마 여기서부터 시작된 듯하다.

시칠리아의 아몬드 또한 그리스 사람들에 의해 전해졌을 것이다. 사실, 시칠리아의 시라쿠스 지역은 지구상에서 가장 화려한 아몬드 문화가 발달한 곳 중 하나이다. 매년 2월이 되면, 시라쿠스 일대의 언덕은, 언젠가는 아몬드 열매로 변하게 될, 흰색과 연보라색이 어우러진 아몬드 꽃송이들로 장관을 이룬다. 이곳에서는 아몬드 가루를 설탕과 섞어 만든 마지판을 진짜 과일 모양처럼 빚어 디저트를 만들거나 케이크에 사용하며, 전 세계의 견과류 마니아들이 부러워할 만한 좋은 품질의 아몬드 밀크와 세계적으로

Αρχονταρίκι

유명한 아몬드 와인을 생산해낸다.

시칠리아의 아몬드가 세계적으로 유명한 것은 사실이지만, 그리스 또한 시칠리아 못지않은 맛과 품질의 아몬드를 자랑하며, 그리고 시칠리아보다 더 오랜 아몬드의 역사를 가지고 있다. 한국에서 결혼이나 돌잔치의 답례로 종종 떡을 박스에 담아 주듯이, 감사하는 마음을 음식에 담아 답례품으로 전달하는 전통은 아마 그리스에서 시작된 것 같다. 결혼식에 참석한 하객들에게 아몬드 가루로 만든 아믹달로타amygdalota 비스킷을 포장해 나눠주는 전통은 오늘날까지도 그리스에 전해 내려온다.

실제로 그리스의 빵집에서는 일반 밀가루만큼이나 많은 양의 아몬드 가루를 사용한다. 그러나 그리스 밖의 우리들에게는 그리스의 아몬드 쿠키는 별로 친숙하지 않은 스낵이다.

올리브도 이와 마찬가지다. 만약 어떤 셰프에게 어느 지역의 올리브를 사용하고 있는지를 물어본다면, 그는 1년에 800만 톤 가량의 올리브를 생산해내는 나라인 스페인을 지목할 것이다. 이 엄청난 양은 그리스의 올리브 생산량의 4배에 맞먹는 숫자이다. 그리고 좀더 고급스러운 레스토랑의 셰프라면 아마 이탈리아라고 대답할 것이다. 그러나 유럽의 올리브 이야기는, 올리브를 너무 사랑한 나머지 그것을 숭배하게 된 그리스 인들에 의해 시작되었다.

고대 올림픽 게임에 출전한 벌거벗은 선수들의 몸에는, 그 옛날 그리스 왕과 여왕의 대관식에서처럼 올리브 오일이 부어졌다. 어떤 황당무계한 신화에 따르면, 아테나 여신이 아테네 사람들에게 선물로 올리브나무를 주었고, 아테나 여신이 준 최초의 올리브나무는 서기 2세기경까지 처음 심어진 그곳에서 올리브를 사랑하는 아테네 사람들의 극진한 보살핌을 받으

며 계속 올리브를 생산해냈다고 한다. 저명한 철학자 에피쿠로스마저도 영양실조로 쇠약해지는 것을 피하고자 가끔 큰 덩어리의 치즈를 먹는 것을 제외하고는 거의 물, 빵 그리고 올리브로만 연명했다고 한다.

칼라마타Kalamata의 올리브는 아마도 지구상에서 찾아볼 수 있는 최고의 블랙 올리브일 것이다. 칼라마타 올리브들은 알이 굵고, 새까만 색이라기보다는 어두운 보랏빛에 가까운 색깔을 띤다. 그러나 실제로 그리스 밖에서 그리스 올리브를 구하기란 행운에 가까운 일이다. 다른 그리스 음식들과 마찬가지로, 오랜 역사를 지녔고 맛과 품질은 흠잡을 데가 없지만, 그러나 무슨 이유에서인지 그리스 밖에서는 그 누구도 그리스 음식에 관심을 가지지 않는 것 같다. 그리스는 음식 홍보에 정말 형편없음이 분명하다.

그리고 이 칼라마타 올리브는 그리스 밖에서는 '그릭 샐러드'라는 이름으로 그리스 대표 음식이 되어 사랑을 받고 있는 호리아티키Horiatiki 샐러드의 재료로 사용된다. 하지만 공정하게 말하자면, 전 세계가 그릭 샐러드라는 이름으로 부르고 있는 이 음식은 진짜 그릭 샐러드는 아니다. 누군가가 잘게 썬 한 무더기의 배추에 약간의 다른 채소들과 고춧가루를 넣어 버무려준다고 해서 그것을 김치라고 부를 수 없듯이, 샐러드 볼 안에 아무 재료나 던져 넣고 그것을 '그릭 샐러드'라고 부르는 것은 잘못된 일이다.

일반적으로 샐러드 하면(그릭 샐러드를 포함하여), 아마 양상추를 가장 먼저 떠올릴 사람들이 대부분이겠지만, 그러나 호리아티키 샐러드에 양상추는 초대받지 못한 손님이다. 전통적으로 이 샐러드의 재료에는 잘게 깍

둑썰기를 한 토마토와 오이 그리고 양파와 페타 치즈가 들어간다. 그리고 오레가노, 올리브 오일, 레몬 그리고 레드 와인 비니거로 만들어진 드레싱이 샐러드 위에 뿌려진다. 사실, 일부 그리스의 가정에서는 호리아티키 샐러드를 볼에 담아 내는 대신, 한국에서 감옥을 나올 때 먹는 두부처럼 생긴, 자르지 않은 커다란 페타 치즈 덩어리를 샐러드에 얹어 넓은 접시 위에 담아 내기도 한다.

호리아티키 샐러드에는 '시골 마을' 또는 '여름' 샐러드라는 의미가 담겨 있다. 만약 그리스를 여행해본 사람이라면, '시골 마을'과 '여름' 이 두 단어가 모두 호리아티키 샐러드를 적절히 설명해준다는 나의 의견에 동의할 것이다. 이 음식은 호사스러운 요리가 아니다. 알맞은 재료만 주어진다면, 초등학생들도 근사한 호리아티키 샐러드를 만들어낼 수 있을 것이다.

이 샐러드는 반드시 잘 익은 여름 토마토와 아삭아삭한 여름 오이로 만들어져야 하는 제철음식이기도 하다. 그리스 어디서나 찾아볼 수 있는 소박한 음식인 호리아티키 샐러드는 시골 마을의 타베르나에서 먹을 때 최고로 맛있다.

그리스의 시골 마을에서 숙소의 역할과 함께 그리스 전통 요리와 스낵 그리고 술을 맛볼 수 있는 작은 타베르나taverna는 최고의 그리스 요리를 맛볼 수 있는 곳이다. 마을 광장 부근에서 많이 찾아볼 수 있는 타베르나는 대부분 야외에 테라스를 두고 있다. 타베르나는 우쭐대며 잘난 척하는 프랑스 음식과는 전혀 다른, 오랜 역사를 가진 그리스 음식 문화의 수호자와 같은 역할을 한다. 또한 저속하고 과장된 제스처로 우리에게 부담스럽게 달려드는 이탈리아 음식과도 엄연히 다르다. 타베르나는 복잡하지 않으면서도 맛있고, 조합하기 쉬운 신선한 재료로 만들어지는 그리스 음식의 본질과도 같다.

타베르나는 아마도 고급스런 파리의 식당에 비해 덜 화려해 보일지 모르겠지만, 훨씬 더 정통성이 느껴진다. 또한 자신의 레시피만이 음식을 제대로 만들 수 있는 유일한 방법이라고 주장하는 시끄럽고 부산한 셰프들로 가득한 이탈리안 레스토랑보다 덜 가식적이다. 델피에 있는 신전에는 "nothing in excess(모든 것에 넘침이나 지나침이 없게)"라는 격언이 새겨져 있다. 그리고 이 철학은 그리스의 요리에 잘 반영이 되어 있다. 이탈리아나 프랑스 요리와 사랑에 빠지기란 너무나 쉽다. 왜냐하면 그들은 과도함 그 자체이고, 그 과도함이 우리에게 짜릿하게 느껴지기 때문이다. 그러나 그리스 음식은 순간의 강렬한 즐거움을 추구하기보다는, 진짜 철학이 묻어나는 유일한 남유럽의 음식이다.

여기 타베르나가 있다. 이곳에서는 따뜻한 피타 브레드와 요거트, 오이, 딜과 민트로 만든 딥의 일종인 차지키Tzatziki뿐만 아니라, 네일 리무버를 방불케 할 만큼 독한 냄새가 나는, 아니스anise라는 향신료로 만든 우조를 팔고 있다. 수백 년 동안 조금도 바뀌지 않은 호리아티키 샐러드와 같이 오래된 레시피들은 우리에게 스트레스 없이 평온했던 과거를 이야기해준다. 어느 늦은 봄날 오후 타베르나 테라스 그늘에 앉아보자. 이곳에 앉아 부드러운 산들바람이 테이블 클로스 자락을 어루만지고, 저 멀리 보이는 올리브나무 잎을 흔드는 것을 지켜보자. 여기서 그리스 가지와 요거트가 베이스가 된 딥에 우조 한 잔을 곁들어보자. 어느덧 철학자와 시인이 되어 플라톤과 호메로스의 발걸음을 뒤쫓고 있는 우리 자신을 발견할 것이다. 그리고 우리는 이 순간이 영원히 끝나지 않기만을 바랄 것이다.

중부유럽

CENTRE

벨기에

스위스

독일

중부유럽

맛있는 음식을 위해서라면, 어느 대륙을 불문하고 중부 지역은 그리 좋은 장소가 아닌 것 같다. 바다에서 멀리 떨어진 중부 지역에 있을 때면, 우리는 마치 육지에 고립되어 있는 것 같은 느낌을 받게 된다. 바다는 인류의 기원이자, 지구상 모든 생명체의 근원인 영원한 어머니와도 같은 존재이다. 비록 우리 인류가 바다에서 생존할 수 있는 능력을 잃어버린 지는 오래되었지만, 바다로부터 멀리 떨어져서 사는 것은 여전히 우리에게 고통을 안겨준다. 바다는 생선, 해산물 그리고 해조류 등으로 우리의 육신에 영양분을 공급해줄 뿐만 아니라, 우리의 영혼에도 영양분을 공급해준다. 짭조름한 바다 냄새와 찰싹찰싹 하얗게 부서지는 파도 소리는 긴장과 불안함으로 가득한 광인의 마음마저 평온하게 만들어줄 것이다.

대부분의 중부유럽 사람들에게 바다는 접근하기 힘든 대상이다. 그러나 참으로 신기한 피조물인 인간은 장애물에 가로막히게 되면, 그것을 극복해 이겨낼 뿐만 아니라 장애물을 발판으로 더욱 강해지는 놀라운 능력을 보여준다.

바로 이것이 중부유럽 사람들의 음식 문화를 설명해준다. 현대판 한니발과 같이, 그들은 감히 독수리들만이 날아다닐 듯한 고난의 산 알프스를 넘어서, 그들의 가정과 꿈의 터전을 마련할 작은 땅덩이를 바라다본다. 결국에 그들은 모든 어려움을 이겨내고 충성스러운 개와 두려움을 모르는 양들과 함께 산비탈을 정복하는 데 성공한다.

거친 바람으로부터 연약한 밀을 보호해줄 높은 언덕이 없는 넓은 평야에서도 그들은 역시나 잘 살아간다. 그들은 땅속 깊이 쟁기질을 해서 보물과도 같은 뿌리 식물들을 심고, 그곳의 풀밭과 진흙탕에서 뛰노는 소와 돼지는 중부유럽의 상징적인 존재들이 되었다. 그곳의 음식에는 그 밍밍한 맛을 감출 만큼 강력한 딜dill이 듬뿍 들어 있다. 손가락의 감각이 둔해지고, 바다로부터 멀리 떨어진 곳에서 단지 흙만으로 이 놀라운 왕국을 건설했다는 자부심과 자기애로 가슴속이 뿌듯해질 때까지 그들은 지상 최고의 맥주를 마신다.

벨기에를 대표하는 3가지 맛

Pralines, Beer and Waffles

프랄린 초콜릿·맥주·와플

서유럽의 지도를 들여다보고 있자면, 벨기에는 지도를 다 만들고 나서 나중에 불현듯 생각나서 급히 찍어놓은 점처럼 보인다. 그곳에 사는 벨기에 사람들은 오랜 세월 동안 프랑스인들의 농담거리가 되어왔다. 이제껏 프랑스에서 만들어진 거의 모든 코미디 영화에는 반드시 멍청한 캐릭터의 벨기에 사람이 등장한다. 벨기에는 서쪽으로 매우 짧게 뻗어 있는 해안선을 제외하고는, 완전히 육지에 둘러싸인 나라이다. 그것도 과거 한때 전 세계를 통치했다는 사실을 여전히 거들먹거리는 콧대 높은 열강국들에게 둘러싸여 있다.

하지만 놀랍게도 벨기에는 그 강대국들의 틈바구니에서 살아남았다. 그러나 외부 사람들 눈에 벨기에는 좋게 말하자면 다중인격장애를 앓고 있는 듯하고, 나쁘게 말하자면 아직도 혼자서 전쟁을 치르고 있는 듯이 보인다. 벨기에 국민은 크게 네덜란드어를 하는 사람과 프랑스어를 하는 사람으로 구분되는데, 그들 사이의 관계는 서로에게 아주 깊은 상처를 주고 평생 다시는 얼굴을 보지 않기로 결심한 가족들 같다. 프랑스어를 사용하는 사람들은 그들의 거주지역에 함께 모여 보이지 않는 국경 너머에 살고 있는 네덜란드어 사용자들의 거주지역을 심각한 얼굴로 쏘아보고 있고, 네덜란드어를 하는 사람들 또한 상대편을 향해 성난 표정으로 으르렁댄다.

음식에 대해 이야기를 해보자면, 벨기에는 어디에도 속하지 않는 중립지대다. 벨기에의 북쪽에서는 네덜란드 사람들이 랜드로버 타이어만 한 크기의 치즈를 바퀴처럼 굴리고 다닌다. 서쪽에서는 독일 사람들이 다소 망측하게 생긴 브라트부르스트bratwurst(독일식 소시지)가 잔뜩 담긴 접시와 맥주가 넘칠 듯한 술잔을 양손에 들고 상남자의 포스를 풍기며 수탉처럼 잔뜩 거만을 떨고 있다. 그리고 남쪽으로는 오랜 세월 벨기에를 조롱하며 괴롭히는 나라, 프랑스가 위치하고 있다. 프랑스는 미슐랭 스타를 받은 고급 레스토랑에서 값비싼 와인과 육즙-버터-밀가루-와인으로 만들어지는 소스를 부은 고기 요리를 먹으며 오랫동안 고통을 받고 있는 이웃을 보며 낄낄대왔다. 이러한 주변 환경은 끔찍한 악몽처럼 들린다. 그러나 이런 역경을 딛고, 벨기에 사람들은 어떤 음식으로도 그럭저럭 견뎌낼 수 있는 놀라운 능력을 갖게 되었다.

그리고 더욱 놀라운 것은, 벨기에 음식이 꽤 맛있을 뿐만 아니라, 맥주와 초콜릿, 이 두 가지 부문에 있어서는 전 세계적으로 선두를 달리고 있다는 사실이다.

만약 독일인이나, 체코 혹은 헝가리 사람이 내 글을 읽는다면, 아마 당장이라도 그들의 맥주를 모독한 내 주소를 인터넷에서 찾아내 우리 집으로 폭탄을 보낼지도 모른다. 그러나 그들의 맥주가 훌륭한 것은 사실이지만,

벨기에에서 생산되는 맥주와는 비교될 수 없다.

2010 월드컵 기간 동안, 영국의 한 신문은 그들의 웹사이트에 “맥주 월드컵”이라는 제목의 기사를 실었고, 이에 수많은 영국의 네티즌들은 전 세계 맥주들 간에 결투를 벌인다면 과연 어떤 맥주가 살아남을까를 두고 자신의 의견을 포스팅했다. 물론 월드컵 기간에도 평소와 다름없이 출근해서 근무를 해야만 했던 영국의 네티즌들은 업무시간의 대부분을 투자해 복잡한 숫자들을 분석하고 예측해서 결국에는 벨기에 맥주가 우승 트로피를 들어올리는 가상의 대회를 만들어냈다. 만약 맥주에 대해 알고 맥주를 사랑하는 사람이라면, 나를 믿어도 좋다. 따분한 일상에 지친 영국의 네티즌들이야말로 진정한 맥주 애호가들이다.

엄청난 규모의 이웃나라 맥주 회사들에 비하면 아주 조그만 가내 수공업 규모의 맥주 양조장을 모아놓은 것과 같지만, 벨기에 맥주는 놀라울 정

도의 다양함을 가지고 있다. 벨기에 맥주들은 섬세한 도자기나 유리 공예 작품처럼 장인정신이 깃든 제품들이다.

프랑스인들이 그들의 자랑스러운 와인에 대해 끝없이 떠벌리는 것을 좋아하듯이, 벨기에 사람들 또한 자신들의 맥주에 대해 일장연설을 늘어놓는 것을 즐긴다. 벨기에 맥주병들은 유난스러울 만큼 장식적이다. 대개 인형의 집에서나 볼 수 있을 만한 화려한 장식들로 꾸며져 있거나 빅토리아 시크릿의 브라보다 더 정교해 보이는 와이어가 코르크 마개 주위를 감싸고 있다.

이웃나라 독일의 강하고 거친 맛을 지닌 맥주들과는 달리, 벨기에 맥주는 커다란 나무 통이 아니라 병에서 숙성되는데, 경우에 따라서는 10년에 가깝게 숙성이 되거나 과일과 같이 섬세한 맛을 가진 재료들이 더해지기도 한다.

물론 '과일 맥주'라는 것이 그 이름만큼이나 실제 맛 또한 불량식품 같다는 것에는 나도 동의하는 바이다. 왜냐하면 과일맥주는 대량생산 과정에서 과일의 맛과 향을 대신해 설탕이나 과일 시럽이 첨가되기 때문이다. 그러나 이러한 대규모 맥주 양조장들과는 달리, 벨기에의 작은 양조장에서는 진한 맛의 다크 체리나 솜털이 보송보송하고 과즙이 가득한 복숭아 그리고 우리가 상상할 수 있는 가장 깊은 맛을 지닌 산열매들을 직접 사용해서 맥주를 만든다.

또한 맥주가 담겨서 판매되는 병들은 그 자체가 하나의 예술작품이다. 아기자기한 병의 형태와 병에 붙은 라벨은 중세시대 수도사들이 성서의 이야기를 담아 그려낸 고풍스러운 삽화를 닮았다. 도수가 높은 벨기에 맥주의 라벨에는 무서운 도깨비가 장난스럽게 등장하거나, 신약 성서에 등장하는 어둡고 사악한 인물인 유다와 같은 이름이 붙기도 한다. 아마도 이 맥주들을 지나치게 많이 마시면, 언젠가 도로 위에 얼굴을 대고 누워 있는 자신을 발견할지도 모른다는 경고를 담고 있는 것 같다.

벨기에와 초콜릿의 특별한 관계는 더욱더 놀랍다. 만약 벨기에 정부가 발표한 벨기에의 초콜릿 생산 현황에 대한 자료가 사실이라면, 벨기에 국민의 2,000명 중 한 명이 초콜릿을 만드는 쇼콜라티에chocolatier이고, 연간 17만 2,000톤의 초콜릿이 벨기에서 생산되고 있으며, 2,000개의 초콜릿 전문점이 벨기에에 존재한다. 벨기에가 경상북도와 경상남도를 합쳐놓은 크기의 작은 나라라는 사실을 고려해본다면, 초콜릿 분야에서 세계를 이끌고 있는 벨기에의 위상에 다시 한 번 놀라지 않을 수 없다.

그러나 초콜릿이 벨기에의 국가적인 자산이 된 지는 아직 2세기 정도밖에 되지 않았다. 1800년대 말 벨기에의 국왕이었던 레오폴드 2세가 중앙아프리카의 콩고를 잔혹한 식민통치로 다스렸던 이유 중 하나는 품질 좋은 코코아 빈을 끊임없이 공수해 오고자 했던 그의 열망에서 비롯되었다. 그러나 프랄린praline을 개발함으로써, 사실상 벨기에를 초콜릿 지도에 올려놓은 사람은, 브뤼셀로 이민 와서 보잘것없는 작은 제과점을 운영하던 스위스 출신의 장 누이하우스Jean Neuhaus였다.

만약 프랄린에 대해 들어본 적이 있는 사람이라면, 아마도 프랄린이 아이스크림의 맛 중 하나라고 생각할 것이다. 사실 벨기에를 제대로 둘러보기 전까지는, 나 또한 그렇게 생각했었다.

그러나 정확히 말하자면 프랄린은 부드러운 필링이나 견과류, 토피, 단맛 나는 술 등 맛있는 재료들로 속을 채운 낱개 초콜릿을 의미한다. 사실 늙은 장 누이하우스보다 더 중요한 인물은 그의 부인인 루이스 아고스티니였다. 아고스티니의 남편은 너무나도 근사한 창작품을 만들어냈지만, 그것들을 판매하는 방법에 대해서는 별다른 노력을 기울이지 않았다. 그래서 그녀는 스스로 리본이 달린 예쁜 선물 상자에 프랄린을 담아서 판매하기 시작했고, 그것은 대성공을 거두게 된다. 영국에서는 오래전부터 하트 모양의 상자에 낱개 초콜릿을 담아 판매하고 있지만, 그것은 결코 아고스티니가 고안한 초콜릿 상자의 섬세함과 화려함에 비교될 수 없으며, 또한 누이하우스에서 선보였던 획기적인 프랄린 상자만큼 다양하게 구성되어 있지도 않다. 이렇게 초콜릿 산업은 시작되었다.

근대로 접어들자 벨기에는 초콜릿으로 엄청난 수익을 올리기 시작했고, 벨기에의 초콜릿 산업은 정부에 의해 규제를 받게 되었다. 프랑스인들이 그들의 와인에 까다롭게 허세를 부리듯이 이제 벨기에의 쇼콜라티에들 또

한 그들의 전문 분야에 대해 매우 격식을 차리기 시작했다.

그러나 이 작은 벨기에는 정말 신기한 나라이다. 그리고 그곳에는 초콜릿과 맥주 그리고 이제는 브뤼셀만큼이나 서울에서도 흔히 볼 수 있는 와플을 제외하고도 제법 괜찮은 음식들을 많이 만나볼 수 있다. 이 조그만 나라는 네덜란드와 룩셈부르크와 함께 유럽 사람들이 저지대국Low Countries이라고 부르는 지역을 형성한다. 이 지역은 독일의 라인 강, 프랑스의 셸트 강과 뫼즈 강, 이 거대한 3개의 물줄기가 만나 이루어지는 삼각주로 대부분의 국토가 해수면과 같거나 낮다. 벨기에 서쪽의 대부분은 바닷물이 범람하지 못하도록 거대한 둑으로 가로막혀 있다. 반면 동쪽은 바위로 이루어진 울창한 산림이며, 그 중간 지대는 벨기에의 평야지대로 많은 수로들을 이용하여 물 공급이 원활한 녹색 들판이 펼쳐져 있다.

벨기에의 큰 도시들은 대개 이렇다 할 만한 특색 없이 비슷하지만, 아름다운 바위 절벽으로 둘러싸여 그림 형제의 동화책 삽화 속에서 바로 튀어나온 듯한 아름다운 교회 탑이 있는 디낭Dinant과 같은 작은 도시는 방문해볼 만하다. 달콤한 간식을 손에서 억지로라도 떼어놓을 수만 있다면, 아름다운 풍경에 걸맞은 맛있는 음식도 먹어볼 수 있을 것이다.

벨기에 음식은 프랑스 음식과는 전혀 다르다. 그래서 '장식적'이라는 단어는 벨기에 음식을 설명하기에는 적합하지 않다. 기름지고 걸쭉한 독일 음식과도 다르다. 대신에 벨기에 음식은 여리여리한 꽃미남들로 구성된 한국의 보이밴드만큼이나 여성적이고 섬세한 매력을 뽐내는 프랑스 음식이나, 클린트 이스트우드가 미간을 찌푸리며 시가 연기를 뿜어대는 것 같이 마초적인 느낌으로 무장된 독일 음식을 선호하지 않는 사람들을 만족시킬 만하다. 아마도 벨기에 음식은 이 두 나라 음식 가운데 어디쯤엔가 위치해 있을 것이다.

으깬 감자에 양배추, 당근 그리고 여기에 풍미를 더해주는 파, 양파, 월계수잎, 타임 등을 함께 볶은 후 모든 재료를 섞어준 스툼프Stoemp는 어떤 것과도 잘 어울리는 음식이다. 언뜻 보기에 스툼프는 마치 어린아이가 손으로 한참을 조물락거려놓은 곤죽처럼 보일지도 모르지만, 플레이팅에 조금만 신경을 써서, 소스에 잘 재워 오븐에 구운 먹음직스러운 생선 한 토막과 곁들여준다면 매우 근사한 요리처럼 보일 것이다.

닭 육수를 졸여 크림, 달걀 노른자와 함께 조리한 닭고기 요리, 바테르조이Waterzooi 또한 벨기에의 대표적인 메인 요리 중 하나이다. 별난 식성을 가진 일부 벨기에 사람들은 말고기를 즐겨 먹는 프랑스 사람들과 독특한 취향을 공유한다. 네덜란드 말을 사용하는 벨기에 북부 해안가 근처에 사는 사람들은 오레가노, 처빌, 네틀, 워터크레스 등의 녹색 허브가 잔뜩 들어간 페스토에 장어가 둥둥 떠다니는 것처럼 보이는 허브의 풍미로 가득한 장어 스프에 탐닉할 것이다. 굵게 다진 양파와 버터를 사용하여 고소하면서도 깊은 맛을 내는 이 장어 스프를 보는 순간 우리는 자연스럽게 보글거리는 추어탕을 연상하게 될 것이다.

감자와 홍합의 이중주

Moules Frites 물 프리트

우리가 만약 브뤼셀을 여행하게 된다면, 벨기에 사람들이 즐겨 하는 취미 활동이 다음과 같다는 인상을 받게 될 것이다. (순위가 낮은 것부터 역순으로 나열돼 있다.) 프랑스 사람 뒷담화하기, 초콜릿에 대해 끊임없이 수다 떨기, 맥주에 대해 장황하게 썰 풀기, 와플에 대해 끝없이 이야기하기, 그리고 마늘이 잔뜩 들어간 홍합찜이 수북하게 담긴 통을 들고 관광객들을 쫓아다니다 식당으로 몰고 들어가 바가지 씌우기 등이다. 물론 한국에서 온 관광객들의 경우라면, 아마 "어머, 완전 맛있겠는데"라며 입맛을 다실지도 모른다. 그러나 푹 끓인 고기와 감자를 주식으로 먹는 독일 사람들이나, 자신들이 주로 먹는 허연 치즈와 허연 고기만큼 창백한 얼굴을 한 체코 사람들에게 딱딱한 껍데기 안에 들어 있는 조개를 먹는다는 것은 그 생각만으로도 충분히 두렵다. 만약 여기에 마늘이 잔뜩 들어 있는 기름을 쏟아붓는다면, 우리는 북유럽이나 중부유럽 지역에 사는 사람들을 줄행랑치게 만들기 충분한 음식을 만들 수 있을 것이다.

70킬로미터 정도로 짤막한 벨기에의 서쪽 해안선은 험준한 바위들로 들쭉날쭉하다. 수백 년 동안 벨기에가 바깥세상으로 나갈 수 있는 해상통로로서의 역할을 해왔던 이 바다는 포르투갈과 스페인의 북서쪽을 감싸고 있는 풍요롭고 따뜻한 대서양의 바다와는 매우 다르다. 또한 이 바다는 온몸을 움츠렸다 펼치며 바닷속을 기어다니는 문어나 바다 위로 힘차게 튀어오르는 오징어와 같이 신비로운 바다 생명체가 살고 있는, 터키석처럼 푸르른 지중해와도 너무나 다르다. 대신, 영국과 스칸디나비아를 둘러싸고 있는 북해에 속하는 이 바다에는 잔인할 정도로 차가운 바닷물이 흐르며 강인하고 현실적인 흰살 생선들이 주로 서식한다.

벨기에의 바위투성이 해안선을 사랑하고, 그곳의 차가운 물에 전혀 개의치 않는 또 다른 생명체는 바로 홍합이다. 만약 벨기에 앞바다의 차가운 파도를 이겨낼 만큼 강인한 사람이라면, 바위가 울퉁불퉁한 그곳의 바닷가로 걸어 들어가 서로 달라붙어 있는 신선하고 살이 오른 홍합을 한아름 안고 돌아오는 풍요로움을 한껏 맛볼 수 있다.

같은 위도상에 있는 다른 유럽 국가와 마찬가지로, 벨기에의 기후는 그다지 좋지 않다. 물론 이런 날씨는 감자를 기르는 농부들에게는 아주 반가운 소식이다. 그들에게 햇살은 환영받지 못하는 손님이며, 어두운 회색빛 하늘과 비는 절친한 벗이다. 역사적인 기록에 의하면, 벨기에 사람들은 1600년경부터 감자를 난도질해서 기름에 튀기기 시작했다고 한다. 물론, 지금 읽고 있는 내용은 의심할 여지가 없는 분명한 사실이다. 프렌치 프라이는 맥도날드 매장을 지키고 있는 삐에로 '로날드 맥도날드'가 만들어낸 것이 아니라, 슬라이스 햄에 토마토를 뭉개놓은 듯한 연분홍빛 얼굴과 붉은 빰을 가진 호빵같이 둥근 체구의 벨기에 아줌마들에 의해 탄생되었다.

역사책에 따르면, 과거 벨기에 사람들은 시장에서 생선을 구할 수 없으면, 감자를 작은 생선 모양으로 잘라 튀겨 먹었다고 한다. 이것이 감자튀김에 대한 세계 최초의 기록이고, 여기서 추측할 수 있는 한 가지 사실은 현재 전 세계인이 햄버거와 함께 즐겨 먹는 감자튀김이, 가난한 사람들이 생선 튀김을 대신해서 만들어 먹던 음식에서 비롯되었다는 것이다.

벨기에 사람들이 가장 사랑하는 두 가지 식재료, 감자와 홍합의 조합은 말 그대로 '홍합 감자튀김'을 뜻하는 물 프리트Moules Frites를 탄생시켰다. 벨기에 사람들은 그들의 '홍합 감자튀김'을 그저 좋아하는 수준이 아니라, 조금 속된 말로 거의 환장하는 수준이다. 벨기에 사람들은 물 프리트에 관해서라면 아마 교향곡이나 오페라도 어렵지 않게 만들어낼 것이다. 그도 그럴 것이, 김이 모락모락 나는 뜨거운 홍합과 바삭한 감자튀김은, 그들에게 어렵고 고된 삶을 이겨낼 만한 충분한 이유가 되었을 것이다.

그러나 컴퓨터 앞으로 조르르 달려가 네이버에서 물 프리트의 조리법을 검색하기 전에, 한 가지 주의할 점이 있다. 물 프리트를 음악에 비유하자면 이것은 곡 이름이 아니라 음악의 한 장르에 가깝다. 그래서 인터넷에서 '물 프리트'라는 단어로 레시피를 찾는 것은, 마치 검색엔진에 '탕'이나 '볶음'을 입력하고, 그 레시피를 찾는 것이나 마찬가지다. 물 프리트의 레시피는 밤하늘의 별만큼이나 많은 다양한 버전이 존재한다. 아마도 우리에게 가장 친숙한 버전은 프랑스 노르망디 지역에서 많은 사랑을 받고 있는, 화이트 와인과 양파, 버터를 사용해 만든 물 마리니에르Moules Marinières일 것이다. 그러나 아니스 리큐어나 맥주(물론, 또다시 맥주가 등장한다. 그렇다, 우리는 지금 벨기에 이야기를 하고 있다), 그리고 우리를 바짝 긴장시킬 만큼

어마어마한 양의 크림이 들어가는 훨씬 더 복잡한 조리법들도 있다.

그러나 내가 가장 좋아하는 버전은 아마도 물 마리니에르 나뚜르Moules Marinières Nature일 것이다. 때로는 물 나뚜르Moules Nature라고 불리기도 하는 이 요리는 이름처럼 홍합 외에는 다른 재료들을 거의 넣지 않아 매우 담백한 맛을 낸다. 물 나뚜르를 만들기 위해서는 잘 문질러서 수염을 제거한 살이 통통하게 오른 홍합 1킬로와 셀러리 두 줄기, 버터 한 큰 술 그리고 양파 반 개가 필요하다. 부드러운 맛과 식감을 가진 크림에 의존하는 대신, 홍합 자체의 맛을 살리는 것에 중점을 두는 이 조리법은 매우 간단하다. 사실 너무나 쉬운 조리법이라, 이 음식을 위해 미슐랭 쓰리 스타로 빛나는 셰프 미셸 루Michel Roux나 거칠고 강인한 하위스프라우huisvrouw(벨기에 북부에서 사용되는 네덜란드어로 '주부'라는 뜻)가 될 필요는 없다. 그저 셀러리와 양파를 다져 큰 팬에서 버터로 볶아주다가, 물을 약간 넣고 홍합을 투척

해준 후, 홍합의 입이 벌어질 때까지 익혀주면 그만이다. 그리고 식탁에 올리기 바로 직전에 검은 통후추를 갈아 살짝 뿌려준다. 짜잔, 이제 물 나뚜르가 완성되었다.

요즈음 벨기에에서 프리트는 대개 튀김기에서 튀겨지고, 온갖 종류의 감자가 프리트를 만드는 데 사용되지만, 전통을 중요시하는 벨기에 사람이라면 보라색보다는 흰색 감자 꽃을 피우는, 이웃나라 네덜란드에서 전해진 빈춰Bintje라는 품종의 감자를 고집할 것이다. 이 빈춰 감자는 크고 단단하며 노란색을 띤다. 이 감자를 자르는 순간, 우리는 이 감자가 튀겨질 운명을 가지고 태어난 감자임을 깨닫게 될 것이다. 감자의 노란 속살은 갓 튀겨진 먹음직스러운 감자 칩의 색깔을 연상시킨다.

아마 여기까지는 아주 맛있게 들렸을 것이다. 그러나 이제부터 다소 속이 거북할지도 모르는 이야기가 시작된다. 프렌치 스타일의 근사한 소스들에 곁들여 먹는 대신, 벨기에 사람들은 아무것도 들어가지 않은 플레인 마요네즈를 감자튀김에 범벅해서 먹는 것을 고수한다. 사실 이것은 거의 마요네즈에 감자튀김을 말아먹는 수준이다. 이 장면은 영국 사람들이 바삭하게 튀겨진 감자에 싸구려 비니거를 아낌없이 쏟아부어 먹는 것만큼이나 우리의 눈살을 찡그리게 할지도 모른다.

자, 로마에서는 로마의 법을 따르라는 말처럼, 벨기에에서는 벨기에 사람들이 하는 대로 따라 하는 것이 좋을 것이다. 만약 프리트를 케첩과 함께 먹겠다고 계속 고집을 부린다면, 한 무리의 성난 늑대처럼 우리를 향해 달려드는 옆 테이블의 불편하고 못마땅한 시선들에 시달려야 할지도 모른다. 이렇게 뻔뻔하고 무례한 행동은 이곳 벨기에에서는 그다지 환영받지 못할 것이다.

물 프리트 Moules Frites

5인분 기준 | 조리 시간 45분

재료_

[물] 홍합 1kg, 드라이 화이트 와인 작은 1컵, 큰 양파 1개, 월계수 잎 3장, 통후추 간 것 2 작은 술, 버터 1 작은 술, 다진 파슬리 2 작은 술 **[프리트]** 큰 감자 7개, 식용유 350g

조리 방법_

1 차가운 온도의 흐르는 물에서 홍합을 잘 씻어주며 껍질에 붙은 것들과 수염을 깨끗이 제거해준다.

2 양파는 1cm 정도로 잘게 썰어준다. 커다란 팬에 버터를 녹인 뒤, 준비된 양파를 10분 정도 천천히 약불로 볶아주다가, 월계수 잎과 후추를 넣고 몇 분 정도 볶아준다. 그리고 거기에 와인을 붓고 와인이 끓기 시작할 때까지 2분 정도를 더 끓여준다.

3 이제 홍합을 팬에 넣고 뚜껑을 닫아준다. 최고의 풍미를 살려주기 위해서는 홍합을 끓이는 것이 아니라 와인에서 나오는 김으로 쪄주어야 한다. 2~3분 후, 모든 홍합은 입을 벌리게 될 것이다. 만약 여전히 입을 굳게 다물고 있는 놈들이 있다면 과감히 추방한다.

4 감자의 껍질을 벗기고 1~2cm 두께의 기다란 막대 모양으로 썰어준다. 감자의 전분기를 제거하기 위해 감자를 10분 가량 물에 담가준 후 물기를 잘 제거한다. 팬에 기름을 붓고 기름이 뜨겁게 끓기 시작하면, 감자를 넣고 튀겨준다. 이때 모든 감자가 기름에 잠길 수 있어야 맛있는 감자 튀김이 만들어진다. 만약 기름의 양이 충분하지 않다면, 감자가 골고루 익을 수 있도록 감자를 계속 뒤집어 주어야 한다. 5~6분 후, 감자들이 먹음직스러운 황갈색으로 변하기 시작하면, 감자를 체로 건져서 기름기를 빼내준 후 키친타월로 한 번 더 기름기를 제거해준다.

5 홍합과 감자를 각각 다른 접시에 담아준다. 이때 마요네즈는 선택 사항이다. 그러나 만약 벨기에 사람의 경우라면, 이것은 선택이 아닌 필수가 될 것이다.

치즈를 위한, 치즈에 의한, 치즈로만 만들어진 음식

Raclette 라클렛

유럽 출신인 나에게, 한국 사람들이 유럽 여행에 대한 조언을 구하는 경우는 드물지 않다. 사실, 이런 일은 거의 주 단위로 반복될 만큼 자주 있다. 런던과 파리에 대한 질문을 어느 정도 마치고 나면, 그들은 언제나 그 다음 목적지에 대한 똑같은 질문으로 어김없이 나를 깜짝 놀라게 만든다. "스위스는 어때요?" 이 질문은 나를 깊은 사색에 잠기게 한다. '알프스 소녀 하이디'가 한국에서 엄청나게 인기가 있는 걸까? 아니면 등산복에 집착하는 만큼 한국 사람들은 산에 대해서도 집착을 하는 것일까? 왜 한국 사람들은 과거 해가 지지 않는 나라로 불리던, 제국주의의 심장부와도 같은 역사를 가진 영국과 전 세계적으로 예술과 미식의 중심지로 알려진 프랑스를 여행하다가 갑자기 아주 작은 스위스를 가보고 싶어 하는 것일까?

언젠가 나는 지인에게 이해할 수 없는 수수께기와 같은 이 상황에 대해 질문을 던졌고, 그는 한국 사람들은 달력에 자주 등장하는 뾰족한 지붕과

눈 덮인 알프스 풍경에 대한 로망이 있다는 모호한 대답을 했다. 이런 추상적인 대답이 불만족스러웠던 나는 다른 지인에게도 같은 질문을 해보았다. 그 역시 스위스의 평화로운 전원 풍경이 자신 내면의 평화를 일깨운다는 더욱 애매한 답변으로 일관했다. 사실 나는 그 답변을 듣는 둥 마는 둥하고 내 귀를 얼른 막아버렸다. 왜냐하면 그 대답이 혼자 횡설수설대는 서툰 최면술사의 중얼거림처럼 도통 알아들을 수 없었기 때문이다. 이 점은 분명히 짚고 넘어가보자. 한국인들이 유럽에서 가장 가보고 싶은 나라 순위 중에서 3위를 차지하고 있는 곳은 고대 유적이 가득한 로마, 피오르드가 장엄하게 펼쳐진 노르웨이, 구불구불한 자갈길로 유명한 부다페스트, 보랏빛 라벤더가 가득 피어 있는 프로방스, 그림엽서에서 튀어나온 것같이 아름다운 아드리아 해의 절경을 볼 수 있는 크로아티아의 흐바르 섬이 아닌 바로 스위스라는 사실이다.

물론 이 작고 요상한 나라를 동경하는 한국 사람들에 대해 깜짝 놀라고 있는 내가 한국 사람들에게는 더욱 놀랍게 느껴질 수도 있겠지만, 그러나 유럽 사람들에게 스위스는 여행지로서는 드물게 손꼽히는 곳이다. 스위스에 갈 생각을 하는 사람들은 생모리츠St. Moritz나 체르마트Zermatt에 있는 스키 리조트의 고급 샬레chalet(지붕이 뾰족한 스위스 전통 목조 주택)에서 묵으며 고급 샴페인과 값비싼 요리를 즐기는 데 돈을 물 쓰듯이 쓸 수 있는 정말 돈이 많은 사람들뿐이다. 그들을 제외한 나머지 사람들에게 스위스는 자신들과 전혀 상관없는 그저 지도 위의 작은 점 같은 존재일 뿐이다. 만약 알프스나 눈과 같은 것들이 보고 싶다면, 유럽 사람들은 프랑스 남부나 북부 이탈리아를 떠올릴 것이다. 그곳에서 우리는 최소한 맛있는 음식을 즐기며, 그 지역 사람들이 무슨 말로 이야기를 하고 있는지는 알 수 있을 것이다.

물론, 스위스의 실체는 콧대 높은 유럽 사람들의 생각처럼 작은 땅덩어리도, 또한 한국 사람들이 생각하는 환상적인 동화의 나라도 아니다. 사실 스위스는 이 두 가지 극단적인 오류들보다 훨씬 더 이상하고, 갈피를 잡을 수 없는 나라다.

만약 스위스의 서쪽 끝에 위치한 제네바Geneva에서 기차를 탈 예정이라면, 프랑스의 연장선상에 있는 나라쯤에서 기차를 탔다는 느낌을 받게 될 것이다. 이 지역의 문화는 프랑스와 매우 흡사하고, 이 지역에서 사용되는 프랑스어 또한 프랑스 본토 사람들이 사용하는 프랑스어와 거의 구분할 수 없을 만큼 흡사하다. 그러나 산을 가로질러 약 한 시간쯤 이동하다 보면 우리는 완전히 다른 세계에 도착해 있음을 느끼게 될 것이다. 갑자기 모든 사람들이 버터처럼 느끼하게 들리는 이탈리아어를 구사하고 있고, 그들의 풍부한 얼굴 표정과 과장된 몸짓은 우리에게 다른 나라로 국경을 넘었나 하는 착각이 들게 한다. 그들의 말에서는 스파게티와 올리브 오일이 흠뻑 묻어난다. 여기서 만약 동쪽 방향으로 계속 움직이게 된다면, 순식간에 남성 호르몬이 물씬 묻어나는 거칠고 강한 독일어 대신, 상상의 나라에서나 들어볼 수 있을 듯한 나긋나긋한 독일어를 듣고 있는 우리 자신을 발견하게 될 것이다. 마치 무언가를 뱉어내거나 가글을 하는 소리처럼 다소 불편하게 들리는 원조 독일어와는 다르게, 독일계 스위스 사람들은 무언가를 속삭이듯이, 혹은 휘파람을 불듯이 부드럽고 감미로운 버전의 독일어를 구사한다. 그러나 스위스의 혼란스러움은 여기서 끝나지 않는다. 인구 수가 고작 800만 명이 넘는 아주 작은 나라지만 일부 지역은 로망슈어Romansh라는 또 다른 언어를 사용한다. 서울보다도 더 적은 인구가 살고 있는 나라에서 이렇게 총 네 가지의 공식 언어가 사용되고 있다.

그리고 상황은 점점 악화된다. 창문 밖의 아름다운 바깥 풍경을 즐기며 기차로 이 작은 나라를 둘러보는 동안, 우리는 정차하는 모든 역에서 스위스의 인구학적인 변화를 느끼게 될 것이다. 서쪽의 제네바에서 동쪽의 취리히로 이동하는 동안, 우리는 너무나 많은 문화적인 충격에 휩싸이게 될지도 모른다. 언젠가 내가 제네바에서 기차를 탑승할 때였다. 프랑스어를 자유롭게 구사할 수 있었던 나는 자신감이 충만했다. 큰 소리로 역무원들에게 내가 어떤 플랫폼으로 가야 하는지 물어보았고, 옆에 앉은 사람들의 대화를 엿들으며 미소를 지었고, 당당하게 식당 칸에서 음식을 주문했다. 그러나 기차가 취리히에 가까워올 때 쯤에는, 나는 거의 정신줄을 놓을 지경이 되었다. 출발 역에서는 모든 사람들이 프랑스말로 떠들어대던 기차 안이 이제 내가 전혀 알아들을 수 없는 독일어로 떠들썩해져 있었다. 제네바에서 자신감에 불타오르던 여행자였던 나는, 취리히에 도착하자 심지어는 화장실이 어디냐고 제대로 물어보지도 못할 정도로 잔뜩 주눅이 든 상태가 되어 있었다.

알다시피 독일계 스위스 사람들은 학교에서 프랑스어를 배우지만, 실생활에서 그들은 프랑스어를 전혀 사용하지 않는다. 물론 거꾸로 프랑스계 스위스 사람들에게도 이 상황은 마찬가지일 것이다. 스위스에서 이탈리아어를 할 줄 아는 사람을 찾는 것 또한 이탈리아계 스위스 사람들을 제외하고는 정말 행운에 가깝다. 그리고 로망슈어 역시 똑같은 상황이다.

이렇게 온갖 언어들이 뒤섞여 있다는 것은, 각각의 음식 문화들 또한 커다란 냄비에 한데 녹아 있음을 잘 말해주는 표시이기도 있다. 그리고, 우리가 냄비에 뭔가가 녹아 있는 것에 대해 이야기를 한다면, 결코 퐁듀와 라클렛를 빼놓을 수 없을 것이다.

아마 지금까지 충분히 이해했겠지만, 유럽 사람들은 치즈에 상당히 집착하는 편이다. 그러나 스위스 사람들의 치즈 사랑은 그중에서도 유별나다. 치즈에 대한 각별한 애정을 가지고 있는 스위스 사람들은, 심지어 치즈가 자신의 국가를 대표하는 음식이라고 이야기할 정도다. 그러나 스위스 사람들이 라클렛을 먹는 광경을 보게 된다면, 스위스 음식에 대해 아마 고개를 돌리게 될지도 모른다.

레스토랑에서 라클렛을 주문하게 되면, 일단 웨이터가 커다란 바퀴처럼 생긴, 소젖으로 만든 치즈를 들고 나타나, 매우 위험해 보이는 버너를 사용해 커다란 덩어리의 치즈를 녹이기 시작할 것이다. 그러고는 쿠토 아 라클렛couteau raclette이라고 불리는 〈반지에 제왕〉에 나오는 오크나 들고 다닐 법한, 고기를 자르는 큰 식칼처럼 생긴 도구를 가져올 것이다. 이 무시무시한 칼을 사용해 녹아서 형체가 없어져가는 치즈를 긁어, 심장 전문의조차 심장마비를 일으키게 하기 충분할 정도로 엄청난 양을 우리의 접시 위에 얹어줄 것이다. 또한, 그는 누군가가 먹다 남긴 음식처럼 보이는 쭈글쭈글해진 삶은 감자와, 오이나 양파 피클 같은 것들을 함께 가져다 줄 것이다. 자, 그럼 이제 우리는 이 만찬을 즐길 준비가 된 것이다. 100유로를 지불하고 얻을 수 있는 것이라고는 고작 이것이 전부다. 아마도 사기를 당한 것 같은 기분으로 바짝바짝 속은 타 들어가고, 식사를 마칠 즈음 배는 완전히 더부룩해져 있을 것이다. 하지만 이런 기분을 느껴보지 못했다면, 진짜 라

클렛을 경험해보았다고 할 수 없다.

스위스 사람들에게 라클렛은 사교적인 목적이 강한 음식이다. 또는 누군가를 초대해 침대로 끌어들이고자 할 때 준비하는 음식이기도 하다. 세상 대부분의 사람들에게는 이 음식이 고약한 냄새가 나는 치즈보다도 비사교적이고 섹시하지 않은 음식이겠지만, 그러나 고린내가 진동하는 값비싼 치즈가 친밀함의 가장 중요한 열쇠라고 생각하는 스위스 사람들에게는 예외인 듯하다.

만약 사교적인 목적을 위한 이 요상한 윤활제 겸 최음제가 다소 거북스럽게 느껴진다면, 스위스에는 얼마든지 다른 선택의 여지가 많이 있다. 그러나 이곳 스위스에서는 언제나 치즈가 형태를 바꾸어가며 거의 모든 메뉴에 등장한다는 점을 미리 경고해둔다.

이러한 치즈의 악몽(실제로 유럽에서는 밤 늦게 치즈를 먹으면, 악몽을 꾼다고 믿기도 한다)에서 벗어날 수 있는 한 가지 방법은 이탈리아가 있는 남쪽으로 내려가서 마치 우리가 이탈리아에 있다고 생각하고 파스타로 배를 채우는 것이다. 그러나 이 방법은 사실 그리 추천하고 싶지는 않다. 왜냐하면 스위스에 있는 이탈리아 식당들의 터무니없이 비싼 가격은 순식간에 여행의 단꿈을 깨워 우리의 얇은 지갑을 걱정하게 만들 것이기 때문이다. 그래서 가장 합리적인 방법은 독일과 오스트리아의 경계가 되는 북쪽으로 가능한 높이 올라가보는 것이다. 스위스 북부의 음식은 다분히 독일스럽고, 특히 디저트에 강하다.

마겐브로트Magenbrot는 시골 마을에서 가장 인기가 많은 길거리 음식으로, 작은 마을에서는 종종 가판대에서도 판매한다. 소화를 돕는다고 알려져 있는 이 음식은 클로브, 생강, 계피를 넣어 만든, 둥글거나 다이아몬드 형태를 한 작은 케이크로, 종종 코코아 파우더를 넣어 굽기도 한다. 녹아서 끈적해진 치즈를 한 접시 그득하게 먹고 난 다음이라면, 소화에 좋다는 것은 그 무엇이든 시도해볼 가치가 있을 것이다.

눈여겨볼 만한 또 다른 디저트는 프랑스와 독일의 국경에 바로 인접해 있는, 스위스의 북단에 위치한 도시인 바젤Basel에서 찾아볼 수 있다. 사실 바젤의 중심부를 벗어난 변두리 지역의 일부는 실제로 프랑스나 독일에 속해 있기도 하다. 각기 다른 세 나라의 음식 문화가 한데 섞여 있는 이곳의 음식은 다소 황당한 면이 있지만 매우 감탄스럽기도 하다. 바젤에서 가장 유명한 먹거리는 여러 종류의 향신료와 체리 브랜디의 일종인 키르쉬kirsch 그리고 고소한 견과류와 새콤한 시트러스의 풍미가 가득한 비스킷, 바젤러 레컬리basler läckerli이다. 녹인 설탕으로 코팅이 되어 있는 이 비스킷은 이빨로 깨물어 먹기도 힘들 정도로 딱딱하지만, 입안 가득 환상적인 맛의 향연을 느끼게 해주며, 이국적인 풍미로 긴 여운을 남겨줄 것이다.

사실 스위스에는 수많은 종류의 음식이 존재한다. 그중 어떤 음식들은 맛이 있지만 그렇지 않은 음식도 있다. 스위스 국민들 간에 서로 소통하는 데에도 이렇게 큰 어려움을 겪고 있는 상황에서, 스위스 음식에 대한 올바른 정의나 개념을 찾는 것은 무의미해 보인다. 그래서 이런 이유로, 스위스를 여행하는 목적은 뾰족한 지붕과 내면의 평화를 가져다주는 아름다운 전원 풍경과 같은 쓸데없는 것들이기보다는, 내가 가장 좋아하는 아주 현실적인 종류의 모험인 '포크와 함께 떠나는 여행'이 더 적절할 듯하다.

독일

모든 음식에 곁들여지는 독일의 맛

Sauerkraut 사우어크라우트

남유럽을 가로질러 춥고 어두운 북쪽으로 이동하다 보면 우리는 갑작스런 분위기의 변화를 느낄 수 있다. 나풀나풀 가볍게 날아다니는 듯한 감상적인 고음으로 가득한 베르디의 소프라노 곡은 엄숙하고 진중한 베토벤 피아노곡과 슈트라우스의 바이올린 곡들에게 길을 내어준다. 이곳의 하늘은 온통 회색이며 날씨 또한 바그너의 오페라와 같이 유쾌하지 않은 분위기로 가득하다. 그리고 모든 사람들은 마치 복잡한 수학 문제를 풀어야 하는 사람들처럼 시무룩한 표정들을 하고 있다.

황금빛 햇살이 가득한 북부 이탈리아 또는 그리스, 터키, 불가리아를 지나 유럽의 북쪽으로 올라가본다면, 식탁에 놓여진 접시 위에서도 또한 커다란 변화를 느낄 수 있을 것이다. 싱싱한 재료들이 지천인 남유럽에서는 맛있는 음식을 만들기 위해 특별히 요란법석을 떨 필요가 없다. 세상에서 가장 맛있다고 평가되는 샐러드들이 프랑스의 남부지역이나 이탈리아에서 만들어지는 이유는 그 지역 셰프들의 솜씨가 뛰어나기 때문이기보다는, 재료 자체의 맛이 놀라울 정도로 뛰어나기 때문이다. 사르디니아 토마토 몇 개와 약간의 아티초크, 역시 그 지역에서 생산된 오레가노와 올리브 오일을 볼에다 던져 넣고 섞어주기만 한다면 여태까지 먹어본 최고의 샐러드를 만들어낼 수 있는 것이다.

거칠고 메마른 유럽 중부지역의 토양은 그곳의 하늘과 마찬가지로 회색빛을 띠고 있다. 그리고 일 년 중 몇 달 동안 그곳의 들판은 두꺼운 얼음과 눈으로 한 층이 덮여 있다. 여름에도 긴소매와 플리스 소재의 두꺼운 겉옷을 입어야 하는 이 지역의 농부들은 무거운 발걸음을 옮기며, 잠깐이라도 햇살이 만년 구름층을 뚫고 나오기만을 기도한다. 그 어떤 생물도 축축하고 햇살이 비치지 않는 이런 기후에서는 잘 자라날 수가 없다. 햇볕이 쨍쨍 내리쬐는 무더운 멕시코에서 전해진 토마토는 이런 날씨를 비웃는다. 오크라, 파프리카 그리고 주키니 등의 섬세한 채소들 또한 유럽 북쪽의 나라들과는 관계 맺고 싶어 하지 않는다. 이곳의 거친 들판에서 자라고 싶어 하는 독특한 놈들은 오직 감자와 양배추와 같이 강인하고 현실적인 식물들뿐이다.

만일 감자와 양배추가 사람이었다면, 아마 나이트클럽 기도 또는 마피아의 꽁무니를 따라다니는 불량배였을 것이다. 실제로 실험을 해본 적은 없지만, 5층 건물 옥상에서 감자를 떨어뜨리고 그 감자를 다시 주워 삶아 먹는다고 해서 문제가 될 것은 없다. 그러나 프리마돈나같이 섬세한 토마토로 같은 실험을 했다가는, 터진 토마토로 길거리를 온통 뒤덮어 엉망으로 만들 것이다.

쏟아지는 비는 진흙을 만들기에는 더할 나위 없이 좋은 조건이 된다. 유럽의 북쪽 지역으로 퍼져나가 아직도 그곳의 산림지대에 살고 있는 야생 멧돼지들의 후손 격인 돼지들은 이곳의 진흙탕 안에서 마냥 행복해한다. 이런 이유들로 독일과 같은 기후를 가진 나라에서는 돼지고기, 양배추 그리고 감자가 쉽게 구할 수 있는 식재료의 전부처럼 되어버렸다. 그리고 이 사실은 독일에 도착하자마자 온몸으로 느낄 수 있을 것이다. 독일 사람들은 남유럽 사람보다 엄청나게 체구가 크다. 그리고 불룩 튀어나온 배를 내밀고 다니는 사람들이 너무 많아서, 이것이 일종의 패션 트렌드가 아닌가 착각할 정도이다. 어마어마한 양의 탄수화물과 단백질을 먹어댄다면 우리 또한 그런 체형으로 변해갈 것이다. 바깥이 영하 25도이고 마지막으로 눈부신 햇살을 본 것이 작년 스페인의 마벨라Marbella에서 보낸 여름 휴가였다면, 아마 우리 역시 행복해지기 위해 배가 불룩해질 때까지 엄청난 양의

브라트부르스트 소시지와 감자를 먹고 싶을지도 모른다.

영국 사람들은 독일인들을 조롱할 때 그들을 '크라우트kraut'라고 부른다. 크라우트는 양배추를 뜻하는 독일어이지만, 그러나 이 말은 양배추 자체를 의미하는 것이 아니라 독일인들에게 가장 사랑을 받는, 양배추로 만든 음식인 사우어크라우트에서 유래된 것이다. 사우어크라우트는 독일어로 시큼한 양배추를 뜻한다. 그리고 소금에 절인 양배추에 진의 원료가 되는 주니퍼베리와 통후추를 넣어 풍미를 더한 사우어크라우트가 한국 음식을 대표하는 김치와 가장 가까운 친척뻘 되는 유럽 음식이라는 점은 전혀 의심할 여지가 없다.

로마의 역사가들이 유럽의 많은 지역에서 야채를 소금에 절여 먹었다는 기록을 남겼음에도 불구하고, 일부 진취적인 음식 역사가들은 칭기즈 칸이 이끄는 몽골 군대가 유럽의 북쪽과 동쪽을 휩쓸던 당시 그들에 의해 이 음식이 전해졌다고 주장해왔다. 소금에 절인 배추는 아이스박스 같은 편리한 발명품이 없던 시절, 말 안장에 매달린 보따리 안에서 오래 보관될 수 있는 유일한 음식이었을 것이다. 칭기즈 칸은 우연히 중국인들이 건설현장 인부들에게 절인 배추를 먹이는 것을 보고 그 음식을 자신의 군사들에게 먹이게 되었다고 한다. 아마도 독특한 견해를 가진 학자들은 그 당시 고춧가루 없이 만들어졌을 김치와 식초 대신 소금에 절여지는 예외적인 유럽 음식 중 하나인 사우어크라우트를 직접적으로 연관 지으려 할 수도 있을 것이다.

이것이 진실이든 꾸며낸 이야기든 간에, 독일인들이 사우어크라우트를 그들의 음식으로 받아들였다는 사실만은 변함이 없다. 김치와 마찬가지로, 사우어크라우트는 맛이 뛰어날 뿐 아니라 건강에도 아주 유익한 음식이다. 소금에 절인 야채들은 항산화 성분이 있어 일부 과학자들은 조류독감을 막아낼 수 있는 음식이라고 말하기도 한다. 실제로 2005년 이 내용을 과학적으로 증명하는 많은 보고서들이 발표되기도 했다. 또한 비쩍 마른 모델들 역시 사우어크라우트의 열렬한 팬이다. 수퍼모델 출신 하이디 클룸도 자신이 날씬한 몸매를 유지하는 비결은 할머니에게서 전수받은 레시피로 만든 사우어크라우트 스프를 맘껏 먹는 것이라고 했다.

김치와 마찬가지로, 사우어크라우트 또한 흙으로 빚은 두껍고 무거운 항아리에서 만들어진다. 잘게 채 썬 양배추에 소금을 겹겹이 뿌리고, 소금에 절여진 양배추가 항아리 안에서 발효되는 동안, 양배추에서는 수분이 빠져나와 짭짤한 국물이 생기게 된다. 사우어크라우트를 잘 모르는 사람들에게 종종 이 짭짤한 국물은 비니거로 오해되기도 한다. 크락crock이라고 불리는 이 항아리는 한국의 장독에는 없는 특별한 기능이 첨가되어 있다. 하얀 거품과 양배추 조각이 둥둥 떠다녀 지저분해지지 않을 수 있도록 항아리 안에 잔뜩 들어 있는 양배추를 소금물 아래로 눌러주는 기능이 바로 그것이다.

한 번이라도 김장을 경험해본 사람에게는 사우어크라우트를 만드는 전통적인 방법이 아마도 아이들 장난쯤으로 여겨질 것이다. 그러나 여기서 가장 중요한 비법은, 김치와 마찬가지로, 어떻게 저장하느냐 하는 것이다. 인내심이 없는 현대인들은 소금에 절인 양배추를 고작 24시간 정도 항아리에 보관했다가 냉장고로 곧장 옮겨 넣을 것이다. 그러나 제대로 된 정통 사우어크라우트를 만들 줄 아는 구세대들은 어두운 곳에 항아리를 보관하면서 매일같이 누르는 압력을 조절하고 위에 떠다니는 거품들을 걷어내주며, 며칠마다 맛을 확인해줄 것이다. 마침내 사우어크라우트를 냉장고로

옮겨도 되는 때는 신 맛과 짠 맛이 적절한 조화를 이루며 완벽한 맛을 낼 때이다. 물론 소금물에 발효된 양배추에서 장미와 라벤더와 같은 냄새가 나지는 않는다. 그래서 전통적인 독일인들의 창고에서는, 우리 모두가 상상하는 대로 매우 고약스런 냄새가 난다.

한국 사람들이 김치를 대하듯이, 독일인들은 사우어크라우트를 거의 모든 음식에 곁들여 먹는다. 감자와 함께 으깨서 먹기도 하고, 고기 요리의 사이드 디시로도 먹는다. 오븐에 굽거나 찜요리로 만들기도 하고, 치즈, 사과, 와인과 함께 오븐에 구워 셰익스피어 시대의 마녀들도 어리둥절해할 만한 기이한 혼합물을 만들어내기도 한다. 이처럼 독일인들의 열렬한 사랑을 받는 사우어크라우트가 조금만 더 예쁘게 생겼더라면, 아마 우리는 여기저기에서 사우어크라우트에 관한 조각과 그림을 볼 수 있었을 것이다.

저렴한 비용으로 만들 수 있고, 오랫동안 저장할 수 있다는 장점을 가진 사우어크라우트는 세계 여러 곳으로 퍼져나가게 되었다. 그리고 이것은 독일의 자동차만큼이나 성공적인 수출이 되었다. 배를 타고 세계 곳곳을 누비며 노예 교역을 시작하고 차와 향신료에 기반을 둔 무역의 제국을 만들었던 17세기와 18세기의 네덜란드 사람들의 사우어크라우트에 대한 사랑은 각별했다. 배에 냉장시설을 갖추기 이전의 시대에는, 머나먼 인도양의 외딴 섬으로 항해를 하려면, 부패되지 않는 음식을 잔뜩 싣고 가야만 했다. 그래서 독일인들의 사우어크라우트는 네덜란드의 탐험가들에게 가장 이상적인 음식이었을 것이다.

믿기 어렵겠지만 동유럽계의 유대인들 또한 독일 음식을 알리는 일종의 민간대사와 같은 역할을 했다. 유럽을 탈출하여 미국으로 이주하던 19세기 후반, 그들은 독일 사람들에게 배운 사우어크라우트 같은 음식들의 레시피를 함께 가져갔다. 사우어크라우트는 유대인들에게 금기시되는 돼지고기나 돼지비계 또는 돼지족발 등의 재료를 사용하지 않은 거의 유일한 독일 음식이었다. 이 짤막한 역사의 결과로 현재 미국인들은 사우어크라우트에 엄청나게 중독이 되어, 그들의 핫도그 위에 양파와 함께 언제나 사우어크라우트를 올리게 되었다.

독일은 음식에 관해서는 상당히 분열된 모습을 보여준다. 독일은 각 주州마다 가장 가까운 이웃 나라들의 대표 음식들로부터 많은 영향을 받았다. 폴란드 국경과 인접한 지역의 음식은 동유럽 국가들과 거의 구별되지 않는다. 엄청난 양의 딜과 주먹만 한 크기의 사우어크림 덩어리가 들어간 기름진 양배추 스프인 솔얀카Solyanka 그리고 소위 '모스크바 스타일'이라고 불리는 오이피클이 이곳에서 큰 사랑을 받고 있는 음식들이다.

프랑스와 가까운 곳에 위치한 주에서는 프랑스의 영향이 강하게 느껴진다. 바덴Baden에서는 달팽이로 만든 스프를 즐겨 먹으며, 세계적으로 유명한 블랙 포레스트 갸또Black Forest gâteau는 프랑스 파티셰리를 곁눈질해 탄생했음이 분명하게 느껴지는 독일의 대표 케이크이다. 물론 독일의 체리 브랜디인 키르시와써kirshwasser를 사용했지만, 초콜릿과 크림에서만은 뚜렷한 프랑스의 터치가 느껴진다.

슐레스비히 홀슈타인Schleswig-Holstein과 같이 덴마크와 가까운 지역에서는 덴마크의 음식에 많은 영향을 받은 음식들을 주로 먹는다. 국경 건너 덴마크에서는 로트그로드라고 불리는, 로테 그뤼체Rote Grütze는 깜짝 놀랄 만큼 맛있는 씨리얼에 레드 베리를 곁들인 음식으로, 독일 사람들은 레드 베리 대신 구즈베리를 넣어 그들만의 버전인 그룬 그뤼체Grüne Grütze를 만들기도 한다.

그러나 우리가 독일 어느 지역에 있든, 사우어크라우트가 담긴 커다란 볼을 결코 벗어날 수 없을 것이다. 오븐에 구운 야채부터 이탈리아 스타일의 마른 소시지까지 모든 음식에 곁들여지고, 쿠민부터 월계수잎까지 온갖 종류의 향신료들과 함께 요리되는 사우어크라우트는 독일의 음식 문화에 깊숙하게 뿌리를 내렸다. 사우어크라우트는 비닐봉지에 넣어 팔리기도 하고, 금속 캔, 유리병 등의 다양한 용기에 담겨 판매되는데, 재래시장에 가면 무게로 달아서 파는 할머니들도 만날 수 있다. 몸에도 좋고 맛도 좋은 음식이라는 점은 내세울 만한 특색 없이 기름기로 가득한 독일 음식에서는 매우 이례적이다.

독일

질 나쁜 물이 만들어낸 기적의 결과물

Weissbier 바이스비어

독일에 대한 나의 첫인상은, 솔직히 고백하자면, 별로 호감을 가질 수 없었다. 한창 감수성 예민한 젊은 여행자였던 나는 독일에 그다지 흥미를 느끼지 못했다. 나의 여행 계획은 영국에서 시작해서 그 당시 존재하던 철의 장막-비록 벌써 조금씩 녹슬어가고 있었지만-을 훨씬 지나, 약간은 무질서한 미지의 세계인 동유럽과 구 소련 지역까지를 탐사하는 것이었다.

하지만 아쉽게도 예산은 나의 야심만만한 계획에 전혀 걸맞지 않았다. 1990년대 비행기를 타고 유럽을 누비던 재클린 오나시스가 아니었던 나는 장거리 버스와 기차를 번갈아 타면서 이동을 해야만 했다. 1990년대 동유럽 지역의 버스와 기차역 주변을 돌이켜 생각해보면 마치 러시안 룰렛 게임을 하는 것 같았다. 바르샤바에서는 나를 향해 다가오는 칼날을 경험했고, 부다페스트에서는 한 무리의 건달들에게 둘러싸여 위협을 당했으며, 나와 함께 여행하던 친구는 한밤중에 차로 납치되어 크라쿠프Kraków

로 실려갔다가 기적적으로 탈출하기도 했다. 그리고 폴란드와 우크라이나의 국경에서는 험악한 인상의 경찰견에 거의 물어뜯길 뻔했다. 지금에 와서 생각해보면, 정말 아직까지 살아 있는 게 다행이라는 생각이 든다.

그러나 이러한 모든 여정 안에는 한 가지 피할 수 없는 것이 있었다. 유럽의 북쪽이나 서쪽에서 동쪽으로 이동하기 위해서는, 반드시 독일을 거쳐야만 한다는 사실이다. 그리고 독일은 엄청나게 큰 나라이다. 공식적인 속도 제한이 없는 지구상의 유일한 도로로 유명한 독일의 아우토반은 (실망시켜서 미안하지만) 실제로는 노인분들이 즐겨 두는 바둑만큼이나 느긋하고 여유롭다. 만약 등골이 오싹할 만한 속도를 제대로 경험하고 싶다면, 서울에서 평일 새벽 3시쯤 택시를 타보는 편이 나을 것이다. 이것이야말로 우리에게 마치 포뮬라 1 카에 탑승한 승객이 된 듯한 기분을 만끽하게 해줄 것이다. 아우토반에서는 속도 제한이 없어도 모든 사람들이 매우 신중하게 운전을 한다. 몇 마일을 달려도 회색빛 하늘과 진흙탕인 녹색 들판 그리고 하늘보다 더 어두워 보이는 마을만 끝없이 펼쳐지는 아우토반의 주변 경관은 지루하기 짝이 없다.

독일이 엄청나게 넓은 나라여서, 동쪽에서 서쪽으로 횡단을 하려면 오랜 시간이 소요된다. 만약 비행기로 이동하는 경우라면, 주위 경관을 무시한 채, 앞 좌석에 달려 있는 모니터로 시시한 TV 프로그램을 보거나 휴대전화에 담긴 야한 사진들을 은밀하게 들여다볼 수 있을 것이다. 그러나 만약 그 당시의 나처럼 호텔 주방에서 파트타임으로 일하는 학생이라면 육로를 이용하는 것 외에는 선택의 여지가 별로 없다. 기차를 갈아타기 위해 공장들로 빼곡한 도시에 잠시 내렸을 때와, 소변을 보러 고속도로 휴게실의 화장실에 들른 경험이 독일과 독일 음식에 대한 나의 첫인상이었다. 이

제서야 인정하지만, 이것은 한 나라와 그 나라의 음식 문화를 판단하기에는 공정하지 않은 방법이었다. 한국과 한국의 음식을 어느 지방의 지저분한 고속도로 휴게소에서 먹는 어설픈 비빔밥과 딱딱하게 식은 호두과자를 기준으로 판단한다고 상상해보라. 내가 독일에서 처음으로 본 독일 사람 또한 키가 건장하고 앞머리는 짧게 치고 뒷머리는 기른 촌스러운 머리스타일을 하고 술배가 불룩하게 튀어나온 트럭 운전기사였다. 그리고 음식은 차마 입에 담기도 힘든 수준이었다. 몇 번 독일을 거쳐간 후부터 나는 삶은 달걀이 잔뜩 담긴 비닐봉지를 가지고 다니기 시작했다. 고기로 추정되는 회색빛 덩어리와 물기가 질척이는 매시 포테이토라니…… 아마도 감옥에서 주는 음식도 이보다는 나을 것이다.

그래서, 아마 독일에 대한 이런 끔찍한 첫인상, 그리고 특별히 음식에 대한 불쾌한 기억들 때문에 나는 독일을 다시 방문하고 싶지 않았다. 그러나

가끔, 운명은 우리를 조정해서 우리의 방법이 옳지 않았음을 보여준다. 몇 년 전, 나는 회사 일로 독일에 꽤 오랫동안 머물러야 하는 상황이 생겼다. 도저히 먹을 수 없는 음식들, 우중충한 날씨, 지루한 경관-출발 전 나는 두려움에 잠도 이룰 수 없을 지경이었다. 그러나 나는 몇 가지 이유로 독일에 대한 나의 생각을 바꿀 수 있었다.

만약 독일을 여유를 가지고 제대로 둘러본다면, 생각처럼 나쁘지만은 않다는 것을 알게 된다. 독일의 시골로 발걸음을 옮겨본다면, 매우 고풍스러운 풍경을 볼 수 있을 것이다. 동화책의 그림에서나 보던 아름다운 성, 깨끗한 길, 자갈길 위로 구불구불 얽혀 있는 트램, 모든 음식점과 상점의 문밖으로는 아름다운 아코디언 연주가 흘러나오고, 어느 누구도 급해서 허둥대지 않는, 디즈니의 만화영화에서나 등장할 법한 아름다운 마을을 발견할 수 있다.

그리고 이곳은 유럽을 방문하는 사람이라면 반드시 한 번쯤은 들러봐야 하는 장소이다. 늦은 봄날, 구불구불한 자갈길 골목 중 하나를 골라, 햇살이 잘 드는 어느 터번(밥도 팔고 술도 팔고, 때로는 숙소도 제공하는 곳)의 야외 테이블에 앉아보자. 그곳에서 디즈니 성을 바라보며 바이스비어 weissbier와 독일 소시지 그리고 프레첼을 먹어본다면 내가 정말 독일에 왔구나 하는 느낌이 들 것이다. 물론 서울에도 수많은 호프집에서 비슷한 메뉴를 제공한다. 그러나 한국의 500cc 생맥주 한 잔과 지나치게 구워 뻣뻣한 기름덩어리 소시지는 결코 비교의 대상이 될 수 없다. 식당에서 사먹는 김치찌개가 할머니의 손맛이 듬뿍 밴 김치찌개를 당해낼 수 없는 것처럼, 괴팍해 보이는 독일 하우스프라우hausfrau(주부를 뜻하는 독일어)가 직접 만든, 오븐에서 갓 구워낸 신선한 프레첼을 상대할 수 있는 것은 없다. 그녀들은 일평생 자신 있는 것이라고는 프레첼을 만드는 것과, 엉덩이를 한 대 찰싹 얻어맞은 듯한 우울한 얼굴을 하고 걸어다니는 것뿐인 듯하다. 어쨌거나 여기서 가장 중요한 것은, 제대로 된 맥주다.

다행스럽게도, 대부분의 터번에서 직접 만든 맥주나 혹은 몇 대째 내려오는 그 지역의 양조장에서 만든 맥주를 판매하는 독일의 시골 동네에서라면 문제가 생길 일은 거의 없다. 그리고 와인과는 달리, 맥주는 특별한 브랜드에 연연하며 쫓아다닐 필요가 없다. 한 지역에서 작은 규모로 만들어진 경우라면, 독일 맥주의 맛은 대부분 훌륭하다.

어떤 음식을 맥주와 곁들일지 선택하는 것은 전적으로 개인의 취향에 달려 있지만, 평야지대를 여행한다면 오븐에 구운 고기나 야채를 추천하고 싶다. 독일의 평야지대는 구릉지대보다 농지가 특화되어 있어서 이 지역에서 생산되는 농산물은 뛰어난 품질을 자랑한다. 만약 별다른 추가적인 재료 없이 조리되는 경우라면 아마도 소량의 어두운 빛깔을 띤 머스터드가 곁들여질 것이다.

스위스나 오스트리아와 국경을 맞대고 있는 남쪽의 산악지대라면, 가파른 산비탈에서 염소들이 뛰어다니고, 완만한 경사가 진 언덕에서 소들이 풀을 뜯을 것이다. 이런 풍경은 이 지역의 치즈가 꽤 괜찮을 것이라는 의미이다. 이 지역은 사실 알프케제Alpkäse와 같은 딱딱한 경성치즈로 유명하다. 알프케제는 스위스와의 국경지대 쪽에서 생산되는 치즈로, 종이처럼 얇게 썬 후 작은 튜브 모양으로 돌돌 말아 테이블에 올려진다. 목동의 치즈라는 뜻을 가진 히르텐케제Hirtenkäse 역시 그 이름에서 느낄 수 있듯이, 알프스 산의 언덕에서 양떼를 모는 활력이 넘치는 목동들처럼 단단하다. 히르텐케제는 농부들이 가을맞이 준비를 하면서 자신들의 소를 알프스 산에서 따뜻한 농장으로 데리고 오는 9월경에 만들어진다. 고소한 맛이 나는 이 치즈는 같은 지역에서 만들어진 맥주와 어우러져 환상적인 궁합을 만들어낸다. 만약 독일의 깊숙한 시골로 여행을 하게 된다면, 나무가 우거진 언덕에 있는 작은 펍에 앉아 눈 덮인 산 꼭대기를 바라다보며, 마치 우리가 맥주를 마셔도 법적으로 아무 문제 없는 성년의 알프스의 소녀 하이디가 된 듯한 상상을 해볼 수 있을 것이다.

유럽의 맥주 문화는 오랜 역사를 가지고 있다. 많은 한국 사람들이 '맥주' 하면 운동 경기를 관람하며 갈증을 달래거나 혹은 코가 삐뚤어질 때까지 진탕 마시는 것을 떠올릴지도 모르겠지만 이는 맥주의 탄생 유래와는 전혀 상관이 없다. 사실 맥주는 고대 메소포타미아 지역에서 최초로 만들어진 후 이집트로 전해졌다. 당시 이집트에서 피라미드를 쌓던 가엾은 노동자들은 플랫 브레드와 맥주와 같이 탄수화물이 집중된 다소 이상한 식단으로 연명하고 있었다. 기자에서 피라미드를 쌓아 올리던 인부들은 노역의 대가로 매일 대략 맥주 4리터 정도를 받았다. 그러나 인디애나 존스처럼 고고학적으로 심도 있게 맥주에 대해 접근을 해본다면, 오늘날 우리가 마시는 맥주는 중세 유럽에서 기원했다.

지금 우리가 생각하고 있는 것과는 대조적으로, 당시의 맥주는 취하기 위한 수단이 아니라 생존의 수단이었다. 깨끗한 수원지와 멀리 떨어져 살았던 가난한 사람들은 어떻게 해서라도 마실 수 있는 물이 떨어지지 않게 해야 했고, 그 최고의 방법은 빵을 만들고 남은 곡물들을 넣어 물이 썩지 않도록 발효시키는 것이었다. 큰 마을에서는 푸줏간을 하는 사람들이 썩은 내장을 강에다 내다버리고, 가죽을 가공하는 태너리들도 유독성 폐기물을 강에다 던졌다. 이렇게 썩어가는 오염된 물을 마신다는 것은 생각할 수조차 없는 일이었다. 강과 멀리 떨어져 있는 마을 사람들은 우물에서 펌프로 퍼 올리는 지하수로 살았고, 이런 경우 물은 더욱 귀해졌다. 우물이 무너지거나, 날씨가 나빠 우물에 가기 힘들어지는 경우에도 마실 물은 필요했다.

그들의 해결책은 바로 맥주였다. 심지어는 연못과 호수의 고여 있는 물도, 대장균과 같은 위험한 박테리아를 포함한 물도, 맥주를 만드는 데 사용할 수 있었다. 이 물을 끓인 후 보리를 넣어 발효를 시키는 과정을 거치고 나면 물은 정화되고 또한 오랜 기간 저장이 가능해졌다.

당시 맥주는 아이들까지 포함해서 소작농들의 가족에게 할당량만큼 배급되었다. 그러나 이런 과거를 가진 유럽 사람들이 엄청난 술고래라고 생각하기 전에 중세시대의 맥주에는 매우 적은 양의 알코올이 포함되어 있었다는 사실을 기억할 필요가 있다. 심지어 내가 어렸을 때만 해도, 술을 잘 못하는 사람들도 기분 좋게 마실 수 있는, 알코올 도수가 2도를 넘지 않는 맥주를 어렵지 않게 찾아볼 수 있었다.

그러나 맥주 생산을 발전시켜 오늘날 우리가 마시는 맥주의 기틀을 만든 사람들은 독일인이다. 11세기, 부유한 독일 수도원의 수도승들은 맥주를 만드는 데 종교적인 일보다도 더 많은 시간을 할애하며 제대로 된 맥주를 만들어내기 시작했다. 세계에서 가장 오래된 상업적인 목적의 맥주 양조장은 독일 바이에른 지역의 바이엔슈테판 사원에 기거하던 베네딕트회 수도승들에 의해 세워졌다.

독일인들이 맥주를 접수하기 이전의 맥주는 아직 김 빠진 듯한 상태였다. 그러나 1200년대에 보헤미아의 많은 맥주 제조자들이 비로소 맥주에 홉을 첨가하기 시작했고 오늘날 우리가 편의점에서 살 수 있는 톡 쏘는 라이트 맥주를 탄생시켰다. 독일의 맥주 생산은 많은 법령에 의해 통제를 받고 있는데, 1400년대에 생겨난 독일맥주순수령(맥주를 만들 때 오직 보리, 홉과 물만을 사용할 것을 규정한 법령)의 일부는 아직도 남아 있다.

이제 유럽에서 종교는 희미한 추억으로 사라져가고 있지만, 사원에서 맥주를 만드는 전통만큼은 한 번도 독일을 떠난 적이 없다. 과거 사원들로 사용되던 성스러운 유적은 허물어져가고 있지만, 그 안에서 최신식 설비로 운영되고 있는 맥주 양조장은 너무나 인상적이다. 독일인들은 아침식사와 함께 맥주를 마시는 사람이 있을 정도로 맥주를 사랑한다. 물론 나 또한 그런 사람들을 실제 내 눈으로 목격한 적이 있다.

독일의 음식들은 그리 대단하지는 않다. 아마 독일 사람들도 이 사실을 인정할 것이다. 소시지, 사우어크라우트, 시큼한 검은 빵과 딱딱한 치즈를 제외하면, 딱히 내세울 만한 것이 없다. 그러나 맥주에 관해서라면, 완전히 이야기가 달라진다. 만약 가장 좋아하는 맥주가 나와 마찬가지로 위에서 거품이 나게 상면 발효시켜 밀의 풍미가 가득한, 바이에른 지방의 바이스비어든 혹은 아래로 가라앉는 효모로 발효시켜 과일 향이 가득하고 부드러운, 라인 강 북쪽에서 생산되는 켈러비어Kellerbier든, 독일에서는 우리가 좋아하는 그 어떤 맛의 맥주라도 찾을 수 있다는 것만은 확실하다.

다만 여기서 우리를 힘들게 할 것은, 독일이 엄청나게 넓은 나라라는 사실이다. 그리고 독일의 맥주 지도는 심지어 독일 사람들조차 이해하지 못할 정도로 복잡하고 난해하다. 그래서, 만약 독일 최고의 맥주 양조장을 찾아보고 싶은 사람이라면, 유감스럽게도 선택의 여지가 없다. 최고의 맥주를 찾기 위해서는 기나긴 회색의 아우토반을 지나 삭막한 고속버스 휴게소들을 거치며 독일을 샅샅이 뒤져봐야 할 것이다.

동부유럽

EAST

불가리아

러시아

O.O.O. GRAND

동부유럽

"저기 창문에서 새어나오는 것은 무슨 빛이지? 저기가 동쪽이니까, 그럼 줄리엣이 바로 태양인 셈이로군." 셰익스피어의 〈로미오와 줄리엣〉에 등장하는 문구다. 이렇게 동쪽은 필연적으로 인간의 시작점이자 또한 출발점이기도 하다.

그러나 파리에서 크루아상과 커피로 아침식사를 하고, 기울어져가는 피사의 탑 옆에서 점심을 먹고, 가우디의 탑 그늘 밑에서 저녁을 먹고, 런던의 공원에서 티를 마셨던 대부분의 사람들에게 동유럽은 단지 차선책에 불과하다. 그들은 급하게 프라하로 달려가 인상적으로 생긴 다리 근처에서 사진을 한 장 찍고는 스스로에게 '나는 동유럽을 다녀왔노라'고 이야기할 것이다.

사실, 프라하만을 둘러본 경우라면, 결코 동유럽을 여행했다고 할 수 없다. 지리적으로 따져본다면, 유럽의 중심은 앙상한 유기견들과 불도저만 한 여자들이 가득한 우크라이나 트란스카르파티아Transcarpathia 지역의 어떤 언덕이나 거리쯤이 될 것이다.

사실 여행자들에게 동유럽만 한 곳은 없다. 아직까지 사람들의 발길이 많이 닿지 않은 동유럽에서는 사진을 찍기에 여념이 없는 중국 관광객들 (이들은 항상 관광버스 몇 대는 족히 채우고도 남을 만한 인원으로 뭉쳐 다닌다), 한껏 멋을 부린 일본 여행자들, 그리고 부모의 퇴직 연금이나 탕진하며 도도한 척은 혼자 다하는 프랑스의 이십대 젊은이들과 부딪힐 염려가 전혀 없다. 동유럽으로의 여행은 진정한 혼자만의 자유로움과 그리고 우리가 이제껏 결코 상상할 수 없었던 것을 발견하는 즐거움을 만끽할 수 있게 해줄 것이다.

동유럽의 음식이 그럭저럭 나쁘지 않았다면, 동유럽은 전 세계 사람들로부터 주목받는 관광명소가 되었을 것이다. 그러나 아쉽게도, 이곳의 음식은 회색빛 고깃덩어리, 기름이 둥둥 떠다니는 수프, 그리고 끝없이 쏟아져 나오는 감자 요리들 위주로 이루어진다.

그러나 만약 스스로 동유럽을 구석구석 뒤져볼 준비가 되어 있다면, 우리의 노력에 대한 크고도 많은 보상을 받을 수 있다. 어느 추운 날 루마니아의 어느 길거리 노점상에서 맛보는 입천장을 델 정도로 뜨거운, 갓 구워진 루마니아식 프레첼인, 코브리기covrigi 혹은 러시아의 소나무 숲에서 우리 손으로 직접 따 모은 야생버섯과 야생마늘로 차려진 저녁 테이블처럼 근사한 음식들을 만나볼 수 있을 것이다.

흑해 연안의 발코니에서 먹는 생선 튀김

Пържен Цаца 플젠 트사트사

불가리아의 역사는 그다지 유쾌한 편이 아니다. 불가리아는 그리스인과 슬라브인 그리고 터키인이 마주치는 교차로의 한복판과 같은 곳에 위치해 있는 나라다. 그래서 그들이 호시탐탐 서로의 영토를 침략하고자 할 때면, 반드시 불가리아를 통과해야만 했다. 불가리아의 역사를 공부하는 것은 유혈이 낭자한 전쟁터의 본질을 알아가는 것과 같다. 초기의 불가리아는, 나라가 세워짐과 거의 동시에 비잔틴 제국과 현재의 헝가리를 이루는 주축이 된 마자르족 그리고 세르비아인들의 침략에 시달려야만 했다. 그러나 불가리아가 진짜 심각한 혼란에 빠지기 시작한 것은 비잔틴 제국이 불가리아의 영토를 침략한 중세시대 이후부터였다.

그러나 그 후 비잔틴 제국의 수도였던 콘스탄티노플이 오스만에게 함락되자, 불가리아에도 터키로부터 새로운 위협이 다가오기 시작한다. 터키의 오스만 제국은 불가리아를 거의 500년 동안이나 집어삼켰다. 그리고 오스만이 물러난 뒤로는, 1877년부터 러시아가 바통을 이어받아 1980년대 후반까지 불가리아를 간섭했다.

민망할 정도로 간단하고 짤막하게 요약된 불가리아의 역사지만, 나는 이런 과정을 통해서나마 나 자신의 머릿속에 '과연 불가리아 사람이 누구인가?' 하는 애매하고 까다로운 개념을 스스로 정리해보고 싶었다. 아직도 불가리아 인구의 10퍼센트는 터키인이고, 최소 5퍼센트 정도는 집시들로 구성되어 있다. 토착 문화에 강렬한 슬라브, 소비에트 시절의 러시아, 터키와 로마에게 영향을 받은 여러 문화들이 한데 뒤섞여 만들어진 불가리아의 문화는 매우 난해하면서도 너무나 매혹적이다. 만약 짧게라도 불가리아 문화를 경험해보고 싶다면, 그것은 별로 어렵지 않다. 인터넷으로 찰가chalga라는 단어를 검색해서 네이버든 구글이든, 검색엔진이 제공하는 결

과를 들어본다면, 마치 한국의 전통가요인 트로트를 듣는 듯한 기분이 될 것이다. 단 한 가지 찰가가 트로트와 구별되는 점은, 찰가에서는 집시나 그리스인 혹은 터키인들로 구성된 밴드가 러시아어에서 파생된 듯한 언어로 노래를 부르고 있다는 것이다. 이렇게 다양한 스타일이 섞여 있는 음악은 아마 지구상 어디에도 존재하지 않을 것이다. 그리고 미식가들의 귀가 번쩍 뜨일 만한 소식은 이렇게 다양한 문화가 혼재되어 있는 모습은 결코 음악에만 해당되는 게 아니라는 사실이다. 불가리아의 음식 문화 또한 그들의 음악과 마찬가지로 이슬람 문화부터 비잔틴, 그리스와 동유럽에 이르기까지 여러 가지 문화들의 영향이 골고루 섞여 있다.

이웃 나라인 그리스와 마찬가지로 불가리아는 요거트로 매우 유명하다. 불가리아 요거트는 한국의 슈퍼마켓에서 살 수 있는, 콧물처럼 주르륵 흐르는 질감의 요거트가 아니라 매우 걸쭉하고, 약간은 새콤하면서도 깊고 진한 맛을 가졌다. 아마도 이것은 불가리아 요거트가 소젖이 아니라 양젖으로 만들어졌기 때문일 것이다. 또한 불가리아의 유제품에는 놀라울 정도로 많은 유산균이 들어 있는데, 그 이유는 대부분의 유제품들이 살균 과정을 거치지 않아, 유산균이 아무런 방해를 받지 않고 증식할 수 있기 때문이다.

건강식에 유독 관심을 가지는 사람들은, 요즈음 과학계에서 자주 다루어지고 있는, 불가리아 요거트가 건강에 상당히 유익하다는 것을 증명하는 수많은 지루한 연구들에 흠뻑 빠져들고 있다. 그러나 우리가 실제로 불가리아에 있다면, 이런 쓰잘데기 없는 얘기들은 순식간에 잊어버리고, 불가리아의 위대한 요거트 디시인 타라토르Tarator에 홀딱 반하게 될 것이다. 타라토르는 동유럽 버전의 가스파초라고 할 수 있는 음식으로, 요거트에 마늘, 오이, 견과류와 신선한 딜을 넣어 만든, 뜨거운 여름날 지친 몸과 마음에 청량감을 불어넣어줄 수 있는 차가운 스프의 일종이다. 우리의 아침을 깨우는 요거트에 마늘을 듬뿍 넣어 먹는다는 것이 다소 혐오스럽게 여겨질 수도 있지만, 그러나 그렇게 느껴지는 이유는 우리가 아직 마늘이 들어간 요거트를 한 번도 맛본 적이 없기 때문이다. 소피아와 같은 도시 지역에서는 신선한 불가리아 요거트에 달콤한 천연 꿀을 한 스푼 듬뿍 넣어 먹기도 하지만, 단맛이 첨가되지 않은 약간 새콤한 맛이 느껴지는 되직한 불가리아 요거트는 사실 달콤한 음식보다는 짭조름한 음식을 만드는 데 더 많이 사용된다.

눈과 입을 동시에 만족시키는 불가리아 빵의 종류는 다양하다 못해 좀 과하게 느껴질 정도로 많다. 사실 불가리아에서 베이커리를 구경하는 것은 터키의 시장과 그리스의 식당 그리고 소비에트 시절의 러시아 빵집을 한꺼번에 둘러보는 것 같은 기분이 든다. 그리스 스타일의 피타 브레드 옆에는 미국 사람들이 터키시 베이글이라고 부르는 게브렉gevrek이 놓여 있다. 겉은 바삭하고 속은 쫄깃한 이 둥근 빵은 이스라엘과 터키에서도 즐겨 먹는다. 주변의 아랍 국가들에서 인기가 많은, 불가리아에서는 유프카yufka라는 이름으로 불리는 플랫 브레드도 찾아볼 수 있다. 또한 코주낙kozunak이라고 불리는 케이크는 이웃나라인 루마니아 사람들에게 영향을 받은 빵이다. 이렇게 외국의 영향을 받은 빵들 옆에는 다소 불가리아적인 느낌의 빵, 포아차pogača가 나란히 놓여 있다. 포아차는 이탈리아의 포카치아와 이름뿐만이 아니라 그 생김새도 매우 비슷한데, 개인적인 생각으로는 이탈리아의 포카치아에서 영향을 받지 않았을까 싶다. 불가리아 사람들은 대개 폭신폭신한 포아차에 페타 치즈를 가득 채워 넣고 굽는다. 그리고 활짝 핀 꽃 한 송이를 연상시킬 정도로 화려한 모양을 한 콜레드나 피카koledna pitka의 맛은 예상외로 너무도 담백한데, 이 빵은 특히 크리스마스 시즌에 즐겨 먹는다.

실제로 불가리아의 시장을 돌아다녀본다면, 마치 누군가가 온갖 색깔의 물감이 가득 들어 있는 폭탄을 터뜨린 듯한 느낌을 받을 것이다. 그곳에 쌓여 있는 각양각색인 음식들의 종류는 정말 끝이 없어 보인다. 한쪽에서는 베이루트의 뒷골목에 있는 식당보다 더 아랍스러운 냄새가 우리를 공격해 올 것이며, 또 다른 쪽에서는 이탈리아 시장에서 풍겨오는 듯한 냄새가 우리의 코를 자극할 것이다. 농담으로 하는 얘기가 아니라, 불가리아 사람들조차도 불가리아 음식의 다양성에 대해서만큼은 놀라지 않을 수 없을 것이다.

내가 개인적으로 경험한 불가리아는 거의 대부분이 불가리아의 동쪽을 감싸고 있는 아름다운 흑해 연안에서 보낸 시간들이다. 아름다운 수도 소피아를 필두로 한 불가리아의 서쪽지역은 아기자기한 매력을 자랑하며, 불가리아의 동쪽은 실제로 지중해에 가지 않고도 지중해의 정취를 가장 가깝게 느낄 수 있는 곳이다. 그러나 지중해와 다른 점이라면 불가리아의 흑해 연안은 별로 개발이 되지 않았다는 것이다. 그렇다, 이곳에서는 크기만 하고 멋대가리라고는 없는 리조트들을 곳곳에서 발견할 수 있다. 실제로 불가리아에서 규모가 좀 큰 도시를 방문해본다면, 어디를 둘러보아도 수많은 건설현장을 볼 수 있다. 그중 일부 건물들은 좋은 디자인이나 고객의 취향 따위는 조금도 고려하지 않고, 그저 두둑한 돈다발이나 챙기려는 불순한 목적으로 지어진 것처럼 보인다. 이들은 프랑스의 리비에라나 스페인의 코스타 델 솔과 같은 지중해 지역에서 꾸준하게 여행자들을 끌어들이고 있는 아름다운 리조트들을 흉내낸 경박하고 조악한 카피일 뿐이다. 이런 리조트들은 대개 Sunny Beach나 Golden Sands와 같은 저렴한 냄새가 풍기는 이름을 가지고 있으므로, 지도에서 금방 구별해낼 수 있다. (이런 싼티 나는 이름들을 내가 급조한 것이면 좋겠지만, 이 이름들은 유감스럽게도 실제 존재하는 이름들이다.) 그러나 관광객들이 몰려드는 이러한 저렴한 숙소들에서 벗어나면, 기암괴석이 병풍처럼 펼쳐져 있는 바위 절벽, 모래로 뒤덮인 황량한 벌판 그리고 평화로운 마을이 미로와 같이 숨어 있는 아름답고 한적한 해안선을 만날 수 있다. 오랜 역사의 흔적들로 가득한 이곳은 어쩌다 실수로 천편일률적인 여행자들의 루트에서 벗어나 이곳에 오게 되었거나, 또는 붐비는 관광객들을 피해 일부러 이곳을 선택한 여행자들로 아주 가끔씩만 시끄러워진다.

불가리아의 흑해 연안을 여행하는 최고의 방법은 이 지역 일대를 이동하면서 둘러보는 것이다. 2001년 늦여름, 나는 러시아 친구들과 함께 한 달 가량을 최대한 해안선과 가깝게 이동하면서 이 지역을 여행했다. 그리고 이 여행은 아직까지도 가장 알차고 성취감을 느끼게 해주었던 여행 중 하나로 남아 있다. 흑해 연안의 바르나Varna, 부르가스Burgas, 네세바르Nesebar와 같은 도시들은 문화와 역사 같은 것들로 유명하지만, 사실 그것보다 훨씬 더 중요한 것은 그들의 놀라운 '음식' 문화이다. 또한 이 지역에서 페리를 타고 몇 시간만 이동한다면 중세시대 동방정교회의 수도사들이 스스로를 고립시켰던, 한국의 외딴 산중에 있는 암자만큼이나 고요한 수도원이 있는 훼손되지 않은 섬에 도착할 수 있다. 오늘날까지도 이곳으로의 여정은 우리에게 군중으로부터 멀리 떨어진 고요함을 느끼게 해줄 것이다.

대부분의 여행자들은 일반적인 숙소를 선택하지만, 러시아의 여행자들은 독특한 민박 체험을 선호한다. 이런 민박은 과거 소련의 그늘 아래 있어서 러시아어를 자유롭게 구사할 수 있는 대부분의 동유럽 국가 사람들에게는 여전히 매우 흔한 일이다. 여행자들이 묵어갈 수 있는 여유 있는 방을 가진 현지 사람들은 기차가 역에 도착하기를 기다렸다가 러시아 사람처럼 생긴 여행자들에게 다가가 머물 곳이 필요한지를 물어본다. 만약 기차역 앞에서 이렇게 호객 행위를 하는 사람들을 만나지 못했다면, 길거리에서 과일 좌판을 지키고 있는 나이 든 할머니들에게 물어보아라. 학창 시절 러시아어 배우기를 강요당했을 불가리아의 구세대들은 대부분 러시아말을 할 수 있다. 그리고 사실 불가리아어는 러시아어와 매우 비슷하기도 하다. 만약 과일을 파는 친절한 쪼그랑 노파들에게 여유 있는 방이 없다면, 그녀들은 틀림없이 누군가 방을 빌려줄 수 있는 다른 사람을 가르쳐줄 것이다.

다음 단계는 가격 흥정을 하는 것이다. 서로 합의가 되면 이제 모든 절차가 끝난 것이다. 비록 이런 민박이 아무런 통제를 받지 않는 완전한 불법이기는 하지만, 짧은 시간이나마 우리가 여행하고 있는 지역의 토박이들처럼 그곳의 문화를 직접 경험하며 생활해본다는 것은 너무나 큰 즐거움이다. 그곳에는 우리가 지금 어느 나라에 있는 것인지 구분이 되지 않을 정도로 전혀 지역색이 반영되지 않은 천편일률적인 체인 호텔들의 무미건조함이 존재하지 않는다.

바르나에 머무는 동안, 우리 일행은 이런 종류의 민박에서 묵었다. 해변에서 걸어서 불과 5분 거리에 있던 그 집의 주인은 어린 아이들을 둔 사십대 중반의 부부였다. 그리고 내가 플젠 트사트사라는 음식을 처음으로 맛본 곳도 바로 그 집의 발코니였다. 플젠 트사트사는 화이트베이트라고 부르는 작은 물고기를 튀긴 음식으로, 아마도 세상에서 가장 만들기 쉬운 생선 요리일 것이다. 또한 이 음식은 아마 가장 저렴한 생선 요리 중의 하나일 것이다. 유럽의 어디를 가더라도 화이트베이트는 거의 공짜에 가까울 정도로 싸다. 사실 이 생선의 영어 이름인 '화이트베이트whitebait'가 모든 것을 설명해준다. 'bait'는 낚시를 할 때 미끼로 사용하는 작은 물고기를 말한다. 어부나 셰프조차도 별로 관심을 두지 않는 이런 작은 물고기들을 먹는 사람들은 더 좋은 생선을 살 수 있는 형편이 되지 않는 사람들뿐이다.

여기 플젠 트사트사의 레시피가 있다. (만약 꼬르동 블루나 미슐랭 스타가 있는 레스토랑과 관련이 있는 분이라면, 눈을 버릴 수도 있으니 눈을 질끈 감아주시기 바란다.) 우선 1킬로그램 정도 되는 화이트베이트를 씻어준 후, 일반 밀가루를 뿌려준다. 준비가 되면 기름이 끓고 있는 팬에서 3분 가량 튀겨준다. 기름기를 제거한 후 레몬 즙을 생선 위에 가볍게 뿌려준다. 그리고 포크를 들고 달려들어라.

그러나 플젠 트사트사를 맛보고자 불가리아로 먼 길을 떠날 필요는 없다. 만약 말리지 않은 큰 사이즈의 생멸치를 구할 수 있다면, 집에서도 얼마든지 이 요리를 만들어볼 수 있다. 솔직히 말하자면, 플젠 트사트사가 그렇게 맛있는 요리는 아니다. 만약 아주 많은 양의 플젠 트사트사를 먹는다면, 밀가루와 기름이 뱃속에서 뒤섞여 메스꺼운 느낌이 들지도 모른다. 사실, 플젠 트사트사를 한번 먹어봤다면, 아마 다시는 먹고 싶지 않다는 생각이 들 확률이 높다. 그리고 집에서 이 음식을 만들었다가는 온 집안을 생선 튀긴 냄새로 가득 채우게 될지도 모른다. 플젠 트사트사는 사실 불가리아에서만 맛볼 수 있는 특별한 음식은 아니다. 남유럽의 어떤 나라를 가더라도 이와 비슷한 음식을 메뉴판에서 발견할 수 있을 것이다. 젠장, 그러고 보니 이 음식은 유럽 고유의 음식이라고조차 할 수가 없다. 중국 사람들 또한 작은 생선들을 튀겨 먹기는 마찬가지일 것이다.

그러나 플젠 트사트사는 불가리아의 흑해 연안의 발코니와는 떼려야 뗄 수 없는 관계이다. 이 지역의 노천 카페 대부분이 플젠 트사트사를 팔고 있는데 맥주 한 병과 곁들여준다면 많은 비용을 들이지 않고도 아주 손쉽게, 이 지역 사람들의 삶의 한 부분을 경험해볼 수 있는 방법이다. 또한 플젠 트사트사는 그곳에 살고 있는 너무나도 다양한 사람들을 모두 만족시킬 만한 유일한 음식이기도 하다. 할랄Halal의 율법을 따르는 무슬림들이 크리스천들이 즐겨먹는 돼지고기나 쇠고기를 사용한 음식을 엄격히 배제하는 반면, 아직도 많은 크리스천들은 무슬림이 만드는 음식을 무시하곤 한다. 종교적인 불일치로 피비린내 나는 종교 전쟁이 일상이 되어온 지 오래인 나라에서 플젠 트사트사는 언제나 변함없이 부자들에게는 간식, 그리고 가난한 사람들에게는 한 끼의 식사가 되어왔다. 그렇다, 이 음식은 다소 느끼한 것이 사실이지만, 그러나 바삭하게 튀겨진 생선과 상큼한 레몬의 맛은 밝은 햇살이 가득한 바르나의 발코니에 앉아 웃고 떠드는 가족들의 삶을 이야기해주는 듯하다. 플젠 트사트사를 몇 입 먹어본 후, 앞으로 평생 동안 다시는 이 음식을 가까이 하고 싶지 않다는 생각이 들었지만, 나는 아직도 가끔씩 알 수 없는 감상에 젖어 플젠 트사트사를 간절히 그리워하는 자신을 발견하곤 한다.

불가리아식 타라토르 Таратор

4인 기준 | 조리 시간 40분(냉장고에 식히는 시간 30분 포함)

재료_

달지 않은 그릭 요거트 400g, 오이 2개, 호두 한 줌, 마늘 3쪽, 엑스트라 버진 올리브 오일 2 작은 술, 다진 딜dill 1 작은 술, 소금 1/2 작은 술

조리 방법_

1 오이를 사방 1cm 크기로 잘게 썰고 마늘은 곱게 다져서 준비한다. 기름 없이 뜨겁게 달군 팬에 호두를 타지 않게 계속 저어주며 1분 정도 가볍게 볶아준 후, 블렌더로 몇 초 정도 갈아준다. 호두는 곱게 갈아줄 필요 없이, 작은 조각으로 부서질 정도면 충분하다.

2 요거트와 올리브 오일을 빠른 동작으로 충분히 섞어준다. 이때 요거트와 기름 층이 따로 분리되지 않도록 잘 섞어주는 것이 중요하다. 그러고 나서 딜과 마늘, 호두, 오이 그리고 소금을 넣고 다시 골고루 섞어준다.

3 만약 완성된 상태가 너무 되직하다면 물을 몇 방울 넣어 잘 저어준다. 먹기 전 최소 30분에서 1시간 정도를 냉장고에 넣어둔다. 불가리아 사람들은 주로 신선한 토마토 샐러드와 갓 구운 빵을 타라토르에 곁들여 먹는다.

러시아

러시아 아줌마들의 손맛이 담긴 여름 음료

Компот и Квас 캄폿 그리고 크바스

지난밤 나는 키예프Kiev에 관한 꿈을 꾸었다. 사실 나는 키예프에 관한 꿈을 꽤 자주 꾸는 편이다. 적어도 일주일에 한 번씩은 꾸는 거 같다. 키예프에서 4년이라는 꽤 오랜 시간을 보냈지만, 그곳을 떠난 후 15년이 되어가는 지금까지 단 한 번도 다시 찾은 적이 없다. 그래서 이제 키예프에 대한 나의 기억은 안개처럼 희미해져버렸다. 내가 알고 있던 그 키예프의 모습에는 무수히 작은 구멍들이 생겨버렸지만, 그러나 나는 개의치 않고 나의 상상력을 동원하여 잊혀져가는 도시에 대한 퍼즐을 맞춰나간다.

이제 내가 기억하고 있는 키예프의 모습은 연배가 좀 있는 키예프의 주민들이나 내 꿈속에서나 존재할 것이다. 가끔씩 뉴스나 오랜 친구들의 페이스북을 통해 키예프의 모습을 볼 때마다, 나는 키예프가 이제 완전히 딴 세상이 되었음을 실감하곤 한다. 소비에트 시절의 영화로움을 상징하는 듯한 레닌 통치기에 지어진 침울한 분위기의 거대한 기념물들과 오래된 박물관만큼이나 퀘퀘한 냄새로 가득했던 허름한 구닥다리 백화점들은 사라져가고 있다. 그 대신 그것들이 있던 자리에는 눈부신 조명의 쇼핑센터와 화려한 카페, 고급스러워 보이는 레스토랑들이 속속 들어서고 있다.

우크라이나의 수도인 키예프는 나의 구 소련 지역 답사를 위한 일종의 베이스 캠프가 되었다. 나의 여정은 들판에서 귀가 뾰족한 요정 픽시pixie처럼 생긴 농부들이 농사를 짓고 있는 서쪽 끝의 에스토니아부터 시작되었다. 에스토니아에는 실제 인간 대신 〈반지의 제왕〉에 나오는 엘프와 같이 수려한 용모와 나긋나긋한 목소리를 가진 사람들이 살고 있는 듯했다. 그리고 나는 마치 악령들에게 기도를 하고 있는 듯한, 금속으로 만든 거대한 오우거ogre처럼 생긴 유전지대의 흉물스런 석유 펌프들을 지나, 회색빛 알제리 사막이 있는 아제르바이잔을 향해 남쪽으로 깊숙이 내려갔다. 그러는 동안 나는 두 지점 사이 대부분의 지역을 둘러보았다.

1980년대 초반의 영국에서 자란 그 누군가가 '소비에트 연방'과 '음식'이라는 두 단어를 한 문장 안에 함께 사용하는 것을 듣게 된다면, 그것은 두 가지 모두를 조롱하려는 저의가 깔려 있다고 생각해도 좋다. 빵과 감자를 배급받기 위해 긴 줄을 서 있던 사람들, 스탈린의 공산화 정책에 의해 조작된 처참한 기근들. 그 당시 내가 러시아에 대해 가지고 있던 이미지는 만약 러시아에 먹을 것들로 가득 무장된 트렁크를 챙겨 가지 않으면, 그곳에서 굶어죽게 될지도 모른다는 생각이었다.

그러나 처음으로 러시아를 방문한 뒤로, 그 암울한 이미지는 조금씩 바뀌기 시작했다. 내가 러시아 땅을 처음 밟았을 무렵은 고르바초프에 의한 글라스노스트glasnost, 즉 개방의 물결을 뒤따라 옐친이 탱크 위에 올라서서 개혁을 저지하려는 쿠데타 세력을 강렬하게 비난하던 바로 직후였다.

우리가 머문 호텔은 오페라 공연장만큼이나 크고 웅장했지만, 마침 우리 일행이 호텔에 도착했을 때, 공교롭게도 그곳에는 음식이 똑 떨어진 상황이었다. 한참 동안의 기다림 끝에, 마침내 호텔 측에서는 삶은 달걀과 통조림 고기를 준비해 우리에게 나누어주었다. 나는 너무나 허기가 진 나머지, 내용물 따위를 고려해볼 겨를도 없이 스팸의 러시아 버전 같은 통조림을 급히 열다가 손가락의 살점이 떨어져 나갔다. 그리고, 그 상처는 아직까지 내 손에 선명하게 남아 있다. 그렇다, 나의 러시아 음식에 대한 첫 번째 경험은 배고픔과 상처, 그리고 그로 인한 영구적인 흉터와 함께한 그다지 유쾌한 시작은 아니었다. 그러나 다행스럽게도 실제 러시아 음식은 이 괴로운 시작보다는 좀 나았다. 하지만 솔직하게 말해, 이보다 더 나쁘기도 쉽지는 않을 것이다.

사실 대부분의 러시아, 우크라이나, 벨라루스의 음식들은 우리가 예상하는 대로 잡다한 부위를 포함한 질기고 뻣뻣한 싸구려 고기들과 걸쭉한 전분 기로 버무려진 회색 콘크리트 덩어리 같다. 버터를 녹인 고기 육수 안에는 너무 오래 익힌 고기와 지나치게 푹 삶은 감자가 잠겨 있다. 그 옆에 놓인 고기 기름이 둥둥 떠다니는 스프에는 액체와 고체 두 층으로 분리된 오래된 사우어크림이 올려져 있다. 러시아 사람들에게 샐러드라는 음식은 생 야채나 삶은 야채를 잘게 썬 후 마요네즈를 잔뜩 부어주는 것을 의미한다. 러시아 사람들이 먹는 빵은 매우 무거운 느낌이어서, 먹은 후 최소 사흘 정도는 위에 머물 것 같은 기분이 든다. 그러나, 잘 설명하기는 쉽지 않지만, 러시아 음식에도 분명히 좋은 점은 있다. 러시아 음식을 먹는 것은 러시아 사람들과 그들의 문화에 좀 더 가까이 다가가는 방법이다. 러시아 사람들과 함께 그들의 음식을 먹어보면 대화를 통해 그들을 이해하는 것보다, 속세의 언어를 초월한 어떤 텔레파시적인 교감을 느낄 수 있다는 걸 알게 될 것이다.

글의 편의상, 구 소련의 모든 음식을 그냥 '러시아 음식'이라 부르겠다. 실제로 러시아 사람, 우크라이나 사람 그리고 벨라루스 사람 모두가 자신들의 음식을 그렇게 부르기도 하므로, 나는 이 호칭 때문에 기분이 상할 사람은 없을 거라고 생각한다. 러시아 음식에서 우리가 첫 번째로 주목할 점은 지구상에서 가장 큰 땅덩어리를 가진 나라의 음식치고는 그 종류가 별로 다양하지 않다는 것이다. 물론, 러시아에도 분명히 지역마다 별미가 존재한다. 시베리아 동쪽 끝에 위치한 캄차카Kamchatka 반도가 아니라면 진짜 킹 크랩을 맛보기란 거의 행운에 가까울 것이며, 이와 마찬가지로 북쪽의 얼어붙은 강을 지나 남쪽의 햇살 가득한 크라스노다르Kransnodar 근처로 내려가지 않으면 군침을 돌게 하는 그루지야 스타일의 샤슬릭 케밥Shashlyk kebab을 찾아보는 것은 불가능하다.

많은 사람들이 러시아라는 나라에 대해 가지고 있는 이미지는 '얼어붙은 황무지'일 것이다. 그리고 그 이미지처럼 실제로 러시아의 많은 지역이 눈과 얼음으로 뒤덮여 있다. 러시아의 최북단과 시베리아와 같은 지역에서 어떻게 사람들이 생존해 나가고 있는지는 정말 미스터리다. 그곳 사람들이 감자와 보드카로 연명해 나갈 것이라는 우리의 상상이 그렇게 많이 빗나간 것은 아니다. 본인의 엄청난 주량을 자랑하는 사람들도 결코 러시아 사람들을 술로 이길 수 있을 거라는 위험한 생각은 하지 않는 편이 좋을 것이다. 언젠가 나는 알고 지내던 부유한 러시아인이 데리고 다니던 건장한 체구의 보디가드에게 주량을 넌지시 물어보았다. 그는 손을 들어 자신의 목 근처를 가르치며 바리톤의 떨리는 중저음으로 이렇게 말했다. "여기서 샐러드가 둥둥 떠다니게 되면, 거기까지가 내 한계야." 그 어느 누가 이런 이야기를 했어도, 나는 허풍이라 생각하고 콧방귀를 뀌었을 것이다. 그러나 이 러시아 곰의 이야기만은 진실처럼 느껴졌다.

러시아 사람들은 63빌딩의 모든 창문을 닦고도 남을 정도로 많은 양의 보드카를 마시고, 과음 후 숙취를 해소하기 위해 오이 피클을 절인 짭짤한 국물을 마신다. (무척 이상하게 들리겠지만, 절대로 내가 지어낸 이야기가 아니다.) 그러나 보드카나 오이피클 절인 물 외에도, 그들 또한 우리와 마찬가지로 일반적인 방법으로 수분을 보충할 필요가 있다. 물론 지구상의 많은 사람들이 수돗물만으로 갈증을 해소할 수 있는 행운을 누리고 있지만, 누런 수돗물이나 급성 장염의 팬이 아닌 이상 러시아에서는 절대로 수돗물

을 그냥 마실 생각을 해서는 안 된다. 대신 러시아 사람들은 끊임없이 연한 홍차를 마시거나, 그들의 오랜 친구인 캄폿kompot에 의지한다.

캄폿은 아마 러시아의 수돗물만큼이나 누렇고 뿌옇게 보일 수도 있지만, 사실 캄폿은 우리가 상상할 수 있는 가장 상쾌한 음료다. 캄폿을 만드는 방법은 매우 간단하다. 우선 과일을 물에 넣고 천천히 끓여주다가 과일의 시큼한 맛을 줄여주기 위해 약간의 설탕을 넣어주면 끝이다. 키예프를 처음으로 방문했을 때, 나는 우크라이나 가족이 살고 있는 집의 방을 하나 빌려서 몇 달 동안을 그곳에서 지냈다. 그 집의 어머니는 항상 5리터쯤은 되어 보이는 커다란 물병 여러 개에 캄폿을 담아 냉장고에 보관했다. 아마 과일을 끓여 만든다는 설명에, 캄폿에서 과일 주스와 같이 풍부한 과일 맛이 날 거라고 기대할지도 모르겠지만, 캄폿은 대개 말린 과일을 사용해서 아주 천천히 끓여주기 때문에 과일의 맛이 매우 부드럽게 느껴지며, 전혀 신맛이 나지 않는다.

캄폿의 재료로는 거의 모든 종류의 과일이 사용될 수 있다. 그리고 손맛을 자랑하는 한국의 아줌마들이 자신만의 김치 레시피를 가지고 있듯이, 러시아의 바부슈카babushka(러시아어로 아줌마 혹은 할머니라는 뜻)들 또한 자신만의 고유한 방법으로 캄폿을 만들기 때문에, 캄폿의 레시피는 실로 엄청나게 다양하다. 잔뜩 쌓아놓은 배추, 무, 파, 마늘의 무게로 신음하고 있는 한국의 시장이 김치의 성지이듯이, 러시아 시장 또한 캄폿 재료를 위한 사원을 방불케 한다. 늦여름이 되면 한국 사람들이 도로변이나 지붕에 방수포를 깔고 고추를 말리듯이, 러시아에서도 잘게 썬 사과와 배, 자두, 포도 그리고 앵두 등을 널어 말리는 비슷한 광경을 흔히 볼 수 있다.

내가 처음 머물렀던 집의 안주인은 많은 양의 사과에 최소한의 설탕을 넣어 건강하고 담백한 풍미가 느껴지는 캄폿을 만들었던 반면, 이웃의 아줌마는 베리류에 꿀을 듬뿍 넣어 재료의 맛이 생생히 살아 있는 캄폿을 만들었다. 구 소련에 머물던 동안, 나는 수많은 캄폿을 접해봤지만, 단 한 번도 같은 맛의 캄폿을 마셔본 적이 없다.

오늘날의 러시아는 내가 기억하고 있는 글라스노스트 직후의 러시아의 모습과는 전혀 다르다. 그 당시 콜라는 구경하기도 쉽지 않았고, 어쩌다 눈에 띈다 해도 일주일치 월급을 다 주어도 살 수 없을 정도로 비쌌다. 그리고 심지어는 병에 담아 판매하는 생수조차 매우 드물었다. 우물 근처에 살지 않는 한, 갈증을 해소할 수 있는 마실거리를 구하기란 쉽지 않은 일이었다. 그리고, 러시아가 만년설에 뒤덮여 일 년 내내 펭귄과 북극곰이 돌아다니는 나라라고 상상할지도 모르겠지만, 사실 러시아의 여름은 폭염에 가까울 정도로 더운 날들이 계속된다. 어디를 가나 땀에 흠뻑 젖어, 갈증을 호소하는 사람들로 가득하다.

그 시절의 러시아 사람들은 오로지 캄폿에 의지하여 살았다. 그러나 쨍쨍 내리쬐는 햇볕이 지표면을 바싹 말리고, 기온이 40도 가까이 올라갈 때면, 바쁘게 이동하는 도시 사람들에게는 길거리에서 신속하게 갈증을 해결할 수 있는 그 무언가가 필요했다. 그러나 김치와 마찬가지로, 제대로 만든 캄폿은 일반 가정집 또는 믿을 만한 식당이 아니면 찾아보기 힘든 종류의 음식이다. 일반적으로 캄폿은 동네상점에서는 팔지 않으며, 설령 판다 하더라도 아무도 사고 싶어 하지 않을 것이다. 왜냐하면 캄폿에 관해서는 엄마가 최고라는 사실을 모두가 잘 알고 있기 때문이다.

그리고 바로 이것이 거리에 크바스kvas를 파는 아줌마들이 존재하는 이유다. 크바스는 캄폿과 쌍벽을 이루는, 한국의 식혜에 견줄 만한 러시아의 마실거리다. 크바스는 호밀빵을 발효시켜 만드는데, 사실 그 결과물은 들리는 것만큼 그렇게 역겹지는 않다. 그리고 이 발효 과정으로 인해 크바스는 아주 적은 양의 알코올을 함유하게 된다. 하지만 취할 목적으로 크바스를 마시는 사람이라면, 아마 몇 리터는 족히 마셔야 할 것이다. 말린 호밀빵과 이스트 그리고 설탕만 있다면, 집에서도 크바스를 충분히 만들 수가 있다. 그러나 이런 위험한 화학물질은 대개 이런 종류의 음료수를 전문적으로 대량생산하는 프로들에게 맡기는 것이 진리다. 길거리에 세워져 있는 크바스가 담긴 튼튼해 보이는 금속 물탱크들은 한 무리의 코끼리들보다 더욱 무거워 보인다. 그리고 이 거대한 물탱크들이 힘 센 트랙터 뒤에 매달려 끌려다니는 것은 그곳에서 매우 일상적인 일이었다. 크바스가 담긴 물탱크의 뒷부분에는 꼭지가 달려 있다. 보자기를 뒤집어 쓴 바부슈카들은 나무토막처럼 두꺼운 그녀의 팔로 이 꼭지를 조작해 물탱크가 거대한 자동판매기의 역할을 하도록 만들어준다. 만약 종이컵을 추가로 구입하는 데 필요한 50코펙kopek(러시아의 동전으로 50코펙은 한국 돈으로 20원 정도 한다)이 없어서, 이미 50명은 족히 사용했을 듯한 이 빠진 유리 머그잔에 담긴 크바스를 마시기 위해 뜨거운 태양 아래 5분 동안 줄 서본 적이 없는 사람이라면, 진정한 러시아를 경험했다고 할 수 없다.

나는 2003년 이후로 한 번도 키예프를 방문하지 않았고, 10년 가까이 구 소련의 어느 지역에도 발을 들여놓은 적이 없다. 키예프는 이미 내가 그곳을 떠날 무렵에도, 하루하루가 다르게 모든 것들이 변해가고 있었다. 그들의 생활은 점점 서구화되어가고 있었고, 우리가 생각하는 일반적인 생각과 행동들이 그곳에도 나타나기 시작했다. 아마 소비에트 시절의 크바스 트레일러는 이제 조금은 찾아보기 힘들어졌을지도 모른다. 또한 이제 청량음료를 파는 편의점들이 너무나 많아져서 그 옛날처럼 바부슈카들이 매주 일요일마다 땀을 뻘뻘 흘리며 엄청난 양의 캄폿을 끓여댈 필요도 없을 것이다.

그리고 두꺼운 유리잔이 금속으로 만든 크바스 탱크 꼭지에 부딪치며 만들어내던 소리는 이제 엿장수의 짤랑대는 가위 소리와 같이 되어버렸을 것이다. 이제 이런 가위 소리는 인위적인 느낌이 드는 한옥 마을에서나 들을 수 있을 존재가 되어버렸지만, 만약 우리가 엿장수 아저씨를 기억하기 충분한 나이라면, 그의 구성진 가위 소리는 우리의 꿈속에 남아 있을 것이다. 만약 우리의 기억을 더듬어 엿장수 아저씨를 끝까지 좇아본다면, 크바스 트레일러에 소리를 내며 유리잔을 부딪히는 바부슈카처럼, 어디에선가 그를 찾을 수 있을 것이다. 스타카토 연주법처럼 느껴지는 신명 나는 엿장수 아저씨의 가위 소리가 한국인들의 가슴속에 남아 있듯이, 유리잔과 금속꼭지가 부딪치는 경쾌한 소리는 영원히 나의 마음 한구석에 남아 있을 것이다.

새해 첫날 먹는 고층빌딩 샐러드

Сельдь под Шубой 세르드 포드 슈보이

러시아의 주방이 바쁜 경우는 매우 드물다. 튼튼해 보이는 금속 냄비 가득 무엇인가가 끓고 있는 그곳은 언제나 김으로 자욱하지만, 그러나 좀처럼 분주한 적은 없다. 대부분의 러시아 음식들은 다음 세 가지 중 한 가지 방법으로 만들어진다.

1. 감자를 삶고, 고기를 튀긴 후 접시에 담는다.
2. 항아리에다 재료를 넣고 소금물을 잔뜩 부은 후 베란다에 6개월 정도 놔둔다.
3. 재료를 썬 후, 빵 조각에 올려 먹는다.

사실 이런 간단한 음식들을 만들기 위해서는 노련한 바부슈카가 등장할 필요도 없다. 정말 쓸모 없어 보이는 러시아 아저씨들도 최소 3번만은 무리 없이 해낼 수 있을 것이다.

그러나 일 년에 단 한 번 러시아의 주방은 기대 반 두려움 반으로 그들을 떨리게 하는 요리의 향연을 위해 바빠질 채비를 갖춘다. 그 두려움에 관한 부분은 한국의 김장 베테랑들이라면 아마 쉽게 이해할 것이다. 엄청난 양의 재료를 씻고, 다듬고, 써는 일들은 끝도 없이 계속된다. 요리에 관여하지 않아도 되는 사람들까지도, 이 행사가 두렵기는 마찬가지다. 러시아 사람들은 이 모든 준비 과정을 '테이블 만들기'라고 부른다. 식탁 위는 음식이 가득 담긴 접시들로 빈틈을 찾아볼 수가 없지만, 거기에는 무시무시한 40도짜리 보드카와 러시아 사람들이 샴페인이라고 부르기는 하지만 실제로는 기포가 있는 싸구려 와인이 놓일 공간이 언제나 남아 있다. 이런 행사에 참석하게 된다면 코가 비뚤어질 정도로 술을 마시고, 다음 날 아침 일어났을 때 온 세상이 마치 윙윙 소리를 내며 힘차게 돌아가고 있는 헬리콥터 날개와 같이 느껴질 것은 너무나 뻔한 일이다.

푹 물러질 때까지 삶은 야채와 뻣뻣한 고깃덩어리가 요리의 기본이 되는 나라지만, 놀랍게도 그들의 새해 아침 테이블에서만은 그런 종류의 음식들을 거의 찾아볼 수가 없다. 새해가 시작될 무렵이 러시아의 진짜 혹독한 겨울이 시작되는 기점이라는 사실에도 불구하고(영하 30도나 그 이하의 기온을 상상하면 될 것이다) 러시아의 새해 음식들은 김이 모락모락 나는 뜨거운 스프처럼 우리 몸을 훈훈히 데워주는 종류의 음식들과는 거리가 멀다. 믿을 수 없겠지만, 러시아의 설날 식탁에 오르는 음식들은 온통 샐러드뿐이다.

대부분의 사람들은 샐러드를 생각할 때, 아삭한 녹색의 잎채소들과 레몬즙 몇 방울 그리고 아마 몇 조각의 체리 토마토를 연상할 것이다. 그러나 러시아 사람들에게 샐러드라는 단어는 마요네즈를 의미한다. 사실 러시아 샐러드 중 마요네즈가 들어가지 않은 샐러드는 별로 많지 않다. 특히 그들의 새해 첫날 테이블에 놓인 수많은 샐러드들 중에서 마요네즈가 들어가지 않은 샐러드는 매우 찾아보기 힘들다. 이렇게 마요네즈는 러시아 샐러드에서 가장 중심이 되는 재료이다

물론, 마요네즈로 버무린 샐러드는 시각적으로 별로 식욕을 자극하지 않는다. 사실 내 눈에는 그저 누군가가 먹다 남긴 음식처럼 보일 뿐이다. 그리고, 그 가장 좋은 예는 19세기 당시 러시아 제국에서 가장 유명한 식당이었던 모스크바의 에르미타주Hermiatage를 총괄하던 프랑스인 셰프에 의해 최초로 만들어진 올리비에르Olivier이다. 이 샐러드는 햄, 콩, 삶은 달걀, 오이, 당근 그리고 삶은 감자(사실 러시아에서 삶은 감자로부터 벗어나는 것은 쉬운 일이 아니다) 등의 재료를 잘게 썰어 마요네즈에 버무려 만든다. 만약 이 글을 읽고 있는 러시아 사람이 있다면, 부디 기분 상하지 않기를 바란다. 나는 언제나 올리비에르 샐러드를 맛있게 먹었다. 그러나 올리비에르 샐러드가 가장 좋게 말하면 고양이를 먹이는 음식을 닮았고, 가장 나쁘게 말하자면 그 고양이의 토사물을 닮았다는 것만은 부인할 수 없다.

그리고 꽃의 이름을 딴, 미모사Mimosa라고 불리는 샐러드가 있다. 왜냐하면 이 샐러드는 윗부분을 마요네즈와 삶은 달걀 흰자 그리고 삶아 으깬 감자(원한다면, 감자를 밥으로 대체해도 무방하겠지만, 러시아 사람들이라면 당연히 감자를 선호할 것이다)로 하얗게 한 층 덮어준 후 그 위를 다시 노란 치즈를 간 것과 곱게 다진 삶은 달걀 노른자를 뿌려주어서 미모사 꽃처럼 노란색으로 덮어주기 때문이다. 그리고 가운데는 어마어마한 칼로리를 조금이나마 줄여주는 당근과 양파가 들어 있다.

© Eugene Luchinin

만약 마요네즈에 대한 지나친 열기가 너무나 부담스럽다면, 피난처가 되어줄 만한 한 가지 샐러드가 있다. 다소 거들먹거리는 듯한 프랑스 이름(하지만 프랑스 사람들은 절대 이 음식을 쳐다보지도 않을 것이다)을 가진 이 샐러드의 이름은 비네그레트Vinaigrette이다. 만약 프랑스 음식을 좀 아는 사람들이라면, 올리브 오일, 비니거, 머스터드 그리고 레몬 즙이 유쾌하게 섞여 있는 비네그레트야말로 모든 샐러드의 맛을 살려주는 마법의 드레싱이라는 것을 잘 알 것이다. 그러나 러시아 비네그레트는 비트루트, 당근, 양파 그리고 삶은 감자(그렇다. 또다시 감자가 등장한다)를 잘게 다진 후 대충 오일을 뿌려준 샐러드이다. 도대체 왜 이 샐러드가 비네그레트 소스와 같은 이름으로 불리고 있는지는 정말 의문이다. 아마도 러시아 사람들이 생각할 수 있는 유일하게 마요네즈가 들어가지 않은 샐러드가 바로 비네그레트이기 때문일지도 모르겠다.

그러나 그새 벌써 마요네즈가 그리워진 사람이라면 걱정할 필요가 없다. 왜냐하면 새해 첫날 친척이나 친구 등 가깝게 지내는 사람들을 초대한 사람들은 어김없이 테이블의 한가운데에 세르드 포드 슈보이를 준비할 것이기 때문이다. 마요네즈의 영광을 찬양이라도 하듯 엄청난 양의 마요네즈가 들어가는 이 샐러드는, 손이 아주 많이 가는 음식이다. '털코트를 입은 청어'라는 뜻의 이름을 가진 이 샐러드를 처음 보는 순간 우리는 아마 조금 당혹스러울지도 모른다. 어디를 보아도 털코트와는 전혀 연관이 없어 보이며, 또한 청어의 자취를 찾아볼 수가 없기 때문이다. 하지만 사실 '털코트를 입은 청어'라는 이름은 너무나 적절한 명칭이다.

우선 샐러드의 가장 안쪽에는 주사위 모양으로 썬 소금에 절인 청어가 들어가 있다. 그러고 우리가 추울 때 옷을 몇 겹씩 껴입는 것과 같이, 그 청어를 중심으로 몇 겹의 층이 둘러싸고 있다. 가장 먼저 곱게 다진 양파를 한 층 쌓고, 그 다음은 벽돌을 쌓는 사람처럼 작업을 해나가면 된다. 양파 위에는 삶은 감자 으깬 것을 한 층 쌓아 올린다. (러시아 음식에서 감자가 빠진다면, 아마 지구가 자전을 멈출지도 모른다.) 그리고 그 위로는 당근 층을, 그 위로는 삶은 달걀 층을 만들어준다. 그 다음은 비트루트이다. 아마 이쯤에서 '아, 그런데 마요네즈는 어디에 들어가는 거지?'라는 의문을 가지는 사람이 있을 것이다. 자, 마요네즈는 이 프로젝트에서 시멘트처럼, 모든 층 사이를 붙여주는 접착제 역할을 한다. 전통을 철저하게 고수하는 바부슈카들은 이 과정을 몇 번씩 반복해주기 때문에 그녀들이 만든 세르드 포드 슈보이에서는 각 재료마다 두세 번씩 반복되는 층을 발견할 수 있을 것이고, 마침내 이 샐러드는 눈보라가 치는 툰드라의 혹독한 겨울을 대비하기 위해서 마치 여러 겹의 옷으로 스스로를 꽁꽁 싸맨 것처럼 보이게 될 것이다. 그리고, 겹겹이 층을 쌓아 올리기를 마치고 나면, 맨 위를 다시 한 번 마요네즈로 뒤덮어서 모든 과정을 마무리한다.

마요네즈가 과하게 사용되기는 하지만, 세르드 포드 슈보이는 사실 가장 맛있는 샐러드 중 하나다. 다른 러시아 샐러드들과 별반 다를 것 없는 재료들로 만들어지지만, 세르드 포드 슈보이에서 온갖 재료들이 함께 어우러져 가장 완벽한 조화를 만들어내는 것 같다. 겹겹이 쌓인 무수한 층들이 풍미를 더하고 절인 청어와 같이 강한 맛을 지닌 재료 때문에 마요네즈는 이 샐러드에서 다소 덜 느끼하게 느껴진다. 모든 재료를 곱게 다져야 하는 세르드 포드 슈보이는 엄청나게 손이 많이 가는 음식이지만, 바로 그 점이 러시아 사람들이 새해 첫날에만 특별히 먹는 음식으로 유명해진 이유가 되었을 것 같다. 365일 중에 딱 하루만 힘들고 귀찮아지면 되기 때문이다.

러시아 사람들의 새해 첫날 저녁 일과는 무려 5시간에서 길게는 10시간 가량을 이렇게 마요네즈를 듬뿍 넣은 샐러드들을 포크에 수북하게 담아 부지런히 입으로 실어 나르는 것이다. 그리고 중간중간 보드카를 벌컥벌컥 들이키는데, 그 모든 한 모금마다 시적인 사색을 담은 장황한 건배 문구가 따라온다. 비유와 운율, 위트로 가득한 그들의 건배는 끊일 줄 모르고 계속된다. 이는 모든 러시아 사람들이 자신들 속에 푸슈킨의 정신이 조금이나마 깃들어 있다고 믿고 싶어 하기 때문이다.

그러나 러시아의 음주 문화는 말 그대로 장난이 아니다. 잔에 담긴 술을 원샷으로 비우지 않는다면, 언제나 따가운 눈총과 함께 "티 멘야 녜 우바자예스('지금 나를 무시하는 거냐'라는 뜻의 러시아어)"라는 압력에 시달려야만 할 것이다. 이런 식으로 술을 강요하는 러시아 사람들에게 말려들었다가는, 이제껏 자신의 최고 주량을 경신할 만한 새로운 기록을 남기게 될 것이다.

그렇게 모든 사람들이 인사불성이 될 정도로 취하게 될 때쯤이면, 일반적으로 라디에이터 옆자리같이 조용하고 따듯한 구석에 쓰러져 잘 준비가 된 듯한 노곤한 기분이 들 것이다. 그러나 시곗바늘이 자정을 가리키면, 러시아 사람들은 갑자기 미친 사람들처럼 서로를 얼싸안고 테이블 주위를 팔짝팔짝 뛰다가 순식간에 집 밖으로 우르르 몰려나간다. 차가운 바람이 얼굴을 강타하기 전까지 무슨 일이 벌어졌는지 결코 알지 못하는 그들은 얼어붙은 도로에서 균형을 잡아보려고 쩔쩔맨다. 싸구려 샴페인과 마요네즈가 잔뜩 들어간 기름진 샐러드를 진탕 먹고 마시며 지난 몇 시간을 비슷하게 보낸 사람들은 삼삼오오 뭉쳐 큰 목소리로 떠들며 길거리를 돌아다닌다. 사람들은 철딱서니 없는 다섯 살짜리 아이들처럼 목이 터져라 고래고래 소리를 지른다. 왜냐하면 이미 술기운에 기분 좋게 얼큰해진 그들은 차가운 공기로 인해 더욱 취하게 되고, 그리고 살인만 제외한다면, 새해 첫날 자정 이후부터 해가 뜰 때까지 러시아에서는 모든 것으로부터 자유로울 수 있기 때문이다. 그리고 이날 밤 시市 정부에서는 대개 시내 중심에서 조금 떨어진 장소에서 불꽃놀이를 한다. 비록 멀리 떨어져 있지만 고층 아파트 옥상이라면 이 불꽃놀이를 그런대로 감상할 수 있다.

이 몇 시간 동안 우울하고 불만으로 가득 찬 러시아 사람들의 얼굴에는 미소가 드리워지고, 그들의 깊은 침묵은 소란스러운 고성방가로 이어지며, 마요네즈와 보드카가 빚어낸 혼돈 속으로 자신들의 무거운 짐을 벗어던진다. 러시아의 새해 첫날밤은 이토록 어리석고 시끄러우며 위험하다. 그리고 다음 날 우리가 상상할 수 없을 만큼의 고약한 숙취를 안겨줄 것이다. 그러나 이 하룻밤 동안만큼은 우리가 진정으로 살아 있음을 뼛속까지 느낄 수 있을 것이다.

유럽의 허브

Herbs of Europe

동유럽 음식에 그다지 친숙하지 않은 사람이라면, 허브는 주로 음식을 보기 좋게 만들기 위해 별다른 노력 없이 향긋한 바질 잎사귀들을 토마토 요리들에 듬뿍 뿌리거나, 녹색 잎이 무성한 파슬리 한 가닥을 완성된 요리 옆에 얹어놓은 남유럽 사람들의 전유물이라고 생각할지도 모르겠다. 그러나 사실 동유럽 사람들, 특히나 러시아 사람들만큼 허브에 열광하는 사람들을 찾아보기란 쉽지 않다.

러시아 산 딜의 향기는 너무나도 강력해서 골목 하나를 떨어져서도 그 냄새를 확연히 맡을 수 있을 정도이다. 만약 자신이 러시아 딜을 먹어본 적이 있는지 확신이 들지 않는다면, 그것은 안 먹어봤다는 것이 분명하니 고민하지 말아라. 사실 러시아를 방문하게 된다면, 러시아 사람들이 음식에 딜을 넣을 때 완전히 자제력을 상실하는 모습을 보고 무척 놀라게 될 것이다. 러시아에서 딜은, 말 그대로 어디에서나 찾아볼 수 있다. 오이 피클이나 빵에 들어가기도 하고, 온갖 종류의 해산물에 듬뿍 발리기도 한다. 하물며 미국의 감자칩 브랜드인 레이즈Lays는 러시아 시장을 공략하기 위해 특별히 딜 맛이 나는 감자칩을 개발하기도 했다. 여러분들은 아마 모든 음식에 딜을 퍼붓는 이상한 러시아 사람들을 보고 딜을 중독성 있는 마약처럼 느낄 수도 있겠지만, 그러나 이것은 마늘에 집착하는 한국인들과 같은 증상일 뿐이다. 그리고 또 한 가지 알아두어야 할 것은 딜 중독은 매우 전염성이 강하니 각별히 주의해야 한다는 것이다. 여러분 또한 러시아를 떠날 즈음에는 딜 김치나 딜 라면을 만들면 어떨까 하는 상상을 하게 될지도 모른다.

그러나 딜이 동유럽에서 광신적인 추종을 받으며 즐겨먹는 유일한 허브는 아니다. 루마니아 사람들 또한 러비지lovage에 대한 각별한 애정을 가지고 있다. 러비지는 키가 크고 억세

보이는 허브로 마치 스테로이드 약물을 복용한 파슬리처럼 보이는 허브계의 아널드 슈워제네거쯤 되는 풀이다. 이 허브의 식감은 보이는 것만큼이나 질기고, 그 맛은 어렴풋이 샐러리를 연상시키며, 화장품 냄새를 떠오르게 할지도 모르는 아니스의 열매와 같은 냄새를 풍긴다. 대부분의 루마니아 스프에는 넉넉한 분량의 러비지 잎이 들어가 있고, 또한 러비지의 열매와 줄기는 루마니아 소시지, 생선 요리 그리고 심지어는 파스타까지 모든 종류의 요리에 풍미를 더하기 위해 사용된다.

이렇게 허브에 대한 우상 숭배가 동유럽에 널리 퍼져 있기는 하지만, 사실 유럽 전체가 동등하게 허브에 탐닉하고 있다. 만약 유럽 대륙에서 사용되는 다양한 허브의 종류와 쓰임새에 대해 설명을 하려면 이 책보다 최소 두 배쯤 두꺼운 책이 필요할 것이다. 대부분의 사람들이 손바닥 만할지라도, 정원이라 부를 수 있는 작은 마당이 딸린 집에서 거주하는 북쪽과 서쪽의 유럽 나라들에서는 많은 가정에서 정원의 한쪽 구석에 허브를 기른다. 허브의 장점 중 하나는 가드닝에 대한 대단한 기술이나 지식

없이도 잘 기를 수 있다는 것이다. 사실 식물학적으로 허브는 좋은 냄새가 나는 잡초일 뿐이다. 그들이 무럭무럭 자라기 위해서는 흙과 약간의 물을 제외하면 별로 필요한 것이 없다.

올드 팝을 좋아하는 사람들이라면 사이먼 & 가펑클이 1968년 발표한 〈스카보로 페어Scarborough Fair〉라는 곡을 기억할 것이다. 이 곡에는 "파슬리, 세이지, 로즈마리 그리고 타임Parsley, Sage, Rosemary and Thyme"이라는 가사가 담겨 있다. 아마 여러분이 이미 알고 있을지도 모르지만, 사실 이 곡은 최소한 19세기로 거슬러 올라가는 잉글랜드의 전통 포크 송이다. 그렇다, 음식에 매우 집착하는 영국인들은 수백 년 동안 허브에 대한 노래를 흥얼대고 있다. 그러나 만약 영국 전통 방식으로, 사과와 세이지 그리고 양파로 속을 채워 오븐에 구운 칠면조를 맛보게 된다면, 여러분 또한 마법의 주문에 걸린 듯 허브에 대한 노래를 부르며 흙투성이 영국의 숲길을 껑충대며 뛰어다니다가 겁 많은 꿩과 토끼들을 놀라게 만들 것이다.

그러나 이제껏 내가 경험한 허브에 대한 최고의 기억들은 언제나 남유럽에서였다. 그곳에서 최고의 허브는 깔끔하게 진열돼 있는 슈퍼마켓 선반이나 깨끗하게 다듬어진 정원에서 볼 수 있는 허브가 아니라, 야생에서 자라나는 허브들이었다. 스페인 북쪽의 언덕이나, 프랑스의 에스테렐 마시프Esterel Masif 또는 시칠리아 섬의 산악지대, 우리는 그곳에서 야생 오레가노, 민트 혹은 로즈마리 잎을 잔뜩 따서, 저녁식사에 선명한 풍미를 더하기 위해 주머니 한가득 넣고 집으로 돌아올 수 있다. 만약 당장 요리를 하고 싶은 마음이 들지 않다면, 말려서 향기로운 포푸리로 만들어 사용할 수도 있을 것이다.

러시아 시장의 한국식 당근 김치

Морковь по-Корейски

마르코브카 파-레이스키

만일 나처럼 음식에 집착하는 부류의 사람이라면, 여행지에서 가장 먼저 둘러보게 되는 곳은 언제나 재래시장일 것이다. 재래시장들은 대개 지저분하고 물건값을 흥정하는 사람들로 붐빈다. 그러나 이런 재래시장은 그 어느 딱딱한 박물관이나 왕궁보다 나에게 그 지역 토박이들과 그들이 어떻게 살아가는지에 대해 제대로 가르쳐준다. 그리고 만약 현지인들의 진짜 삶에 관심 있는 사람이라면, 러시아의 재래시장은 결코 우리를 실망시키지 않을 것이다.

하얀 타일을 붙여 만든 항공사의 격납고만큼 큰 규모의 홀이나, 더 이상 사용되지 않는 반쯤 망가져가는 주차장에서 열리는 러시아의 재래시장은 러시아 아줌마, 바부슈카들에게 정신적인 고향과도 같다. 러시아 시장을 지키는 바부슈카들은 상당히 강인한 존재들이다. 그곳에서 장사를 하는 상인이건 물건을 사러 온 단골손님이건, 난방기구 하나 없이 눈보라가 휘

몰아치는 허허벌판이나 찜통 같은 더위 속에서 서 있거나 혹은 쪼그려앉은 자세로 견뎌낼 수 있어야 한다. 극심한 추위와 더위 따위는 그녀들에게 아무것도 아니다. 만약 옆집 바부슈카보다 20코펙 싼 감자를 찾을 수만 있다면 눈 덮인 쓰레기를 넘어 시장 안을 몇 바퀴씩 돌아다니는 일쯤은 그녀들에게 아무것도 아니다.

바부슈카의 유니폼은 참으로 간단하다. 샴푸나 드라이와 같은 번거로운 상황을 피하기 위해서 머리에는 언제나 스카프를 둘러쓰고 있다. 러시아 사람들이 안나 까레니나처럼 윤기가 흐르는 밍크코트를 입고 붉은 광장에서 왈츠를 춘다고 상상하는 사람이 있을지도 모르겠지만, 좋은 품질의 모피코트는 대부분의 러시아 사람들이 반평생 동안 번 돈을 모두 모아도 모자랄 만큼 매우 비싸며, 사실 바부슈카들에게는 상상조차 할 수 없는 가격대이다. 강인한 그녀들이 추위를 이겨내는 필살기는 다름아닌 껴입기이다. 한번에 껴입을 수 있는 만큼 최대한 옷을 겹쳐 입는 것이다. 그래서 겨울철 바부슈카의 모습은 매우 인상적이다. 이미 근육과 지방으로 두둑한 몸에, 스무 겹 정도의 옷을 겹쳐 입은 그녀들은 시장에서 물건을 사고 파는 사람이라기보다는 탱크에 가까워 보인다.

그러나 이 강인한 바부슈카들만큼이나 흥미로운 것은 그녀들이 팔고 있는 다양한 종류의 물건들이다. 일반적으로 러시아 시장은 과일과 야채를 파는 곳, 고기와 유제품을 파는 곳 그리고 절인 음식을 파는 곳, 이렇게 크게 3개 정도의 구역으로 구분된다. 그러나 사실 시장 안의 많은 바부슈카들은 이런 구분과는 상관없이 온갖 것들을 팔고 있다. 만물이 꽁꽁 얼어붙는 겨울 동안의 청과물 구역은, 이미 예상하고 있겠지만, 비트루트와 감자의 독무대와도 같다. 많은 동물들이 겨울잠에 빠진 추운 겨울, 소뼈를 고아

낸 육수에 감자와 비트루트를 넣어 만드는 기름진 스프인 보르쉬는 러시아에 따듯한 숨결을 불어넣어준다. 비트루트에서 우러나는 진한 보라색을 띤 보르쉬는 인류가 만들어낸 가장 포만감을 안겨주는 스프일 것이다.

반면 여름철에 이곳에서 판매되는 야채와 과일의 엄청난 가짓수는 정말 놀랄 만하다. 러시아의 남부지역에서 올라온 대포알만 한 사이즈의 커다란 수박은 그 속살이 꿀만큼이나 달콤하다. 그리고 우리는 이곳에서 전 세계 어디에서도 찾아볼 수 없을 만큼 거대한 호박을 만날 수 있다. 이 호박은 언제나 나에게 철없던 이십대 초반의 추억을 떠올리게 한다. 당시 우크라이나에 거주하던 나는, 나와 비슷하게 철딱서니 없는 몇 명의 러시아 친구들과 함께 5일 정도를 그냥 먹고 마시고 놀기만 할 작정으로 우크라이나

의 시골 지역을 향해 길을 떠났다. 우리 일행은 정말 거의 아무런 준비 없이, 그곳에 머물 동안 먹을 음식이 가득 든 허름한 쇼핑백 하나만 달랑 들고 그곳에 도착했다.

그러다 가져온 음식이 바닥을 드러내자, 우리는 한밤중 어둠을 틈타 여러 가지 채소들이 탐스럽게 자라고 있는 근처의 농장을 습격해서 싱싱한 농작물을 수급하기로 모의를 했다. 나는 호박을 큰 놈으로 하나 서리하기로 마음먹었다. 그러나 그 호박의 줄기는 너무도 굵고 억센 나머지 커다란 식칼로나 잘라낼 수 있었다. 마침내 간신히 줄기를 자르고 호박을 내 손 안에 넣었을 때, 나는 비로소 호박이 통통한 세 살짜리 아이만큼이나 무겁다는 것을 깨달았다.

결국 우리는 농장 주인과 그의 개들의(우리의 습격 동안 줄기차게 위협적으로 짖어댔던) 눈길을 피하는 데는 성공했지만, 모기들은 그리 너그럽지 않았다. 모기들은 영국 사람의 피가 더 맛있다고 생각했는지, 나의 러시아 친구들은 거들떠보지도 않고, 나를 향해 걸신들린 듯이 덤벼들었다. 나는 가까스로 숨을 헐떡이며 거대한 호박을 들고 우리의 은신처로 복귀하는 데 성공했다. 하지만 모기들에 물어뜯긴 흔적으로 나는 며칠간 전염병 환자처럼 보였다.

그 일이 있은 후로, 나는 절도가 본질적으로 나쁜 짓이라는 사실을 깨달았을 뿐만 아니라, 먹음직스런 커다란 호박을 생각할 때마다 수십 마리의 모기에게 물려 온몸을 긁어대야만 했던 고통스러운 기억에서 헤어날 수가 없게 되었다.

시장에서 육류를 취급하는 쪽은 모든 외국인 관광객들의 시선을 고정시키기에 충분하다. 내장, 닭발, 돼지족발 등이 널려 있는 광경은 한국에서도 흔하게 볼 수 있는 장면이므로, 한국에서 온 여행자의 경우에는 커다란 트럭 뒤에서 러시아 아저씨들이 닭똥집을 비닐봉지에 담아 파는 것을 보고도 눈 한 번 깜빡 안 하고 아무렇지 않게 지나갈 수 있겠지만, 일반적인 서유럽 사람이라면 그런 광경을 보고 공포에 질려 넋이 나간 듯한 표정을 지을 것이다.

유제품을 판매하는 공간은 눈이 부시도록 하얗다. 끈끈하고 되직한 사우어크림은 단지 음식의 재료로만 쓰이는 것이 아니라, 밍밍한 러시아 음식들에 또 다른 맛을 부여하는 역할을 한다. 미국 사람들이 그들의 모든 음식에 케첩을 뿌려 먹듯이, 러시아 사람들은 모든 음식에 사우어크림을 얹어 먹는다. 매번 식사 때마다 식탁에 올라오는 삶은 감자가 더는 쳐다보기 싫다면, 사우어크림을 몇 스푼 얹어보라. 아마도 감자가 아닌 뭔가 색다른 맛을 느끼게 될 것이다.

우유를 주재료로 만든 다른 제품들 또한 눈처럼 하얗다. 여기서는 유제품들을 5리터는 족히 되어 보이는 커다란 플라스틱 양동이에 담아 판매하고 있다. (내가 지어낸 얘기가 아니라, 실제로 러시아 사람들은 이런 유제품을 양동이 단위로 사고 판다.) 덩어리가 몽글몽글하게 들어 있는 러시아 요거트의 일종인 케피르kefir에는 그 어느 요거트보다 많은 유산균이 들어 있다. 순두부 같은 질감의 트보로그tvorog는 샐러드부터 케이크까지 모든 음식에 사용되는 부드러운 치즈이다. 뿐만 아니라 약간 플라스틱 씹는 맛이 느껴지는, 윤기가 반질반질한 싸구려 치즈도 이곳에서 살 수 있다.

그러나 내가 시장에서 제일 좋아하는 곳은 언제나 저장식품을 판매하는 구역이었다. 이곳에서는 연유와 비슷한 스구촌카sgushyonka와 같은 달착지근한 음식도 몇 종류가 판매가 되고 있지만, 이 구역을 대표하는 상품은

BEEF STEW
Superior quality
КМК
СГУЩЕНКА
продукт
молокосодержащий
сгущенный с сахаром
ТОЛЬКО С ИЗОБРАЖЕНИЕМ «ЗАЙЧИК»

바부슈카들이 직접 집에서 만들어 온 짭짤한 음식들이다. 한국에서 큰 슈퍼마켓 안의 수입식품 코너를 돌아보면 마치 오이 피클은 독일이 꽉 잡고 있는 것처럼 느껴질 수도 있겠지만, 그러나 오이 피클에 관해서만큼은 러시아 바부슈카들이 독일의 요리사들보다 한 수 위다. 사실 소금물에 야채를 절여서 피클을 만드는 분야에서만큼은 러시아 사람들이 제다이의 스승인 요다와 같은 레벨이다. 만약 바부슈카들이 피클로 만들 수 없는 재료라면, 그것은 결코 피클이 될 수 없는 운명을 타고났음이 분명하다.

사실 대부분의 유럽인들이 오이를 식초에 절여 피클을 만들지만, 한국 사람이 소금물만으로 새콤짭짤한 장아찌를 만들듯이 러시아 사람들은 피클에 식초 대신 소금을 사용한다. 많은 연구 결과에 따르면 소금을 이용한 피클은 식초를 이용한 방법보다 건강에도 훨씬 유익하다고 한다. 또한 러시아 피클에는 시간이 지날수록 자신의 풍미를 오이와 소금물에 스며들게 할 딜이나 통후추 등 허브나 향신료들이 듬뿍 들어 있기 때문에 맛도 뛰어나다.

토마토 역시 바부슈카들에게는 피클의 재료가 된다. 이 토마토 피클은 먹을수록 중독성이 있어, 나는 종종 이 작은 빨간 꽃뱀을 너무 많이 먹은 후, 배탈로 화장실을 들락거리곤 했다.

러시아 시장에서 언제나 볼 수 있는 음식 중 한국 사람들의 시선을 사로잡을 만한 음식이 있다. '한국식 당근'이라는 의미를 가진, 마르코브카 파-카레이스키라는 이름으로 불리는 이 음식은 사실 그 이름만으로도 한국 사람들의 눈길을 끌기에 충분하다. 그러나 사실 당근은 한국 음식에서 주재료로 쓰이는 경우가 별로 없기 때문에, 바부슈카들에 의해 만들어진 한국식 당근은 한국 사람들을 당황스럽게 만들 수도 있을 것이다. 또한 마르코브카 파-카레이스키를 보는 순간, 한국 사람들은 이 음식의 정체성에 대해 고개를 갸우뚱할지도 모른다. 언뜻 보면 이 음식은 그저 물기가 흥건한, 잘게 채 썬 당근 무더기에 지나지 않아 보이기 때문이다.

그러나 이 샐러드는 조선 후기, 나중에 소련으로 편입되는 지역으로 강제 이주된 수많은 조선인들의 남긴 음식 유산이라는 이야기가 전해온다. 사실 대부분의 러시아 사람들은 한국 음식에 대해 전혀 알지 못한다. 그들에게 김치는 작은 초록색 외계 생명체만큼이나 낯선 존재일 뿐이다. 그러나 구 소련 지역 출신 주민 중에 '한국식 당근'이 어떤 음식인지 우리에게 설명하지 못할 사람은 거의 없을 것이다. 시베리아의 야쿠츠크Yakustk부터 아르메니아의 예레반Yerevan까지, 우크라이나의 키예프에서 카자흐스탄

의 카라난다Karaganda까지, 어느 곳의 시장에서나 마르코브카 파-카레이스키를 사고파는 모습을 볼 수 있다. 또한 대부분의 가정에서는 이 한국식 당근 김치를 3리터짜리 큰 통에 쟁여놓고, 고기나 감자 요리에 사이드 디시로 곁들여 먹는다.

처음에는, '한국식 당근'이라는 이름이 잘못 붙여진 이름이라고 생각할지도 모른다. 이것의 주된 재료는 가늘게 채 썬 당근, 기름, 식초 그리고 한국 사람이 그다지 반기지 않는 허브인 고수가 들어간다. 과연 고려인이 정말 이런 레시피를 만들어냈을까? 그러나 이 당근 김치에서 어떻게 맛이 우러나게 되는지를 알게 되면, 고춧가루와 마늘 없이는 요리를 할 수 없는 한국 사람들 또한 이 음식이 왜 한국식 당근이라고 불리는지에 대해 고개를 끄덕일 수밖에 없을 것이다. 아마(사실, 이 음식의 정확한 유래에 대해서 확신을 가지고 있는 사람은 없다) 고려인들은 식초에 절여진 러시아식 샐러드에 마늘과 고춧가루를 더해 희미하게라도 김치를 떠올릴 수 있는 그 무언가를 만들어내고자 했을 것이다.

나 또한 인정하는 바이지만, 만약 한국식 당근의 맛을 보게 된다면, '이게 무슨 한국식 음식이야'라는 생각이 들 수도 있다. 그러나 마르코브카 파-카레이스키는 일반적인 다른 러시아 음식과는 매우 다른 맛을 지녔다. 시큼한 식초 맛이 나고 러시아의 추운 겨울을 잘 이겨낼 수 있는 강인한 당근으로 만들어졌지만, 러시아에서 마늘이 들어간 샐러드를 접하는 것은 흔한 일이 아니기 때문이다. 그리고 러시아 주방에서는 그 어떤 음식에도 고춧가루가 사용되지 않는다.

마르코브카 파-카레이스키가 세계 음식 문화에 기여를 했다고 하기에는 좀 어색한 감이 있지만, 이제 한국식 당근 김치는 세계 곳곳에서 제법 많이 찾아볼 수 있는 존재가 되었다. 러시아 사람들이 소비에트 제국의 국경을 넘어 미국, 서유럽 그리고 이스라엘로 퍼져나감에 따라, 마르코브카파-카레이스키 또한 그들과 함께 세계 곳곳으로 퍼져나갔다. 세계 곳곳의 창의적인 셰프들은 이제 이 당근 김치를 핫도그의 토핑이나 케밥의 사이드 디시로 곁들이기 시작했다. 한국 정부가 해외 음식 시장을 공략하기 위해 이제껏 어떤 노력을 해왔고 앞으로 어떤 노력을 기울인다 해도, 아마 이곳 러시아 시장에서 찬미받지 못한 영웅이 된, 고려인들이 발명해낸 초라한 당근 샐러드의 성공을 결코 앞지르지 못할 것이다

보르쉬 Борщ

6인분 기준 | 조리 시간 1시간 30분~ 2시간

전통적으로 보르쉬는 돼지고기나 쇠고기 등의 육류 혹은 뼈로 만들어지는 스프로 언제나 기름기가 둥둥 떠다닌다. 대신, 나는 야채로 육수를 내어 담백한 맛을 내는 새로운 보르쉬 레시피를 소개한다.

재료 _

비트루트 2개, 당근 2개, 양파 1개, 감자 2개, 토마토 1개, 양배추 300g, 마늘 2쪽, 딜 다진 것 2 작은 술, 후추 2 작은 술, 소금 1 작은 술, 월계수 잎 1장, 사우어크림

조리 방법 _

1 비트루트, 당근과 양파의 껍질을 벗기고 큼직하게 썰어준다. (여기서 사이즈는 크게 상관없다.) 준비된 야채들에 물과 월계수 잎을 넣고 최소 한 시간 정도 약한 불에서 끓이면서 서서히 졸여준다. 이것이 보르쉬의 기본이 되는 야채 육수다. 이 육수가 바로 보르쉬의 가장 중요한 핵심이니 너무 많이 졸게 해서는 안 된다.

2 감자의 껍질을 벗기고 4등분해준 뒤 야채 육수에 넣어준다. 이때 만약 육수가 너무 많이 증발했으면, 물을 몇 컵 정도 더 부어준다.

3 토마토 역시 껍질을 벗기고 4등분해서 큼직하게 썬 양배추, 다진 마늘, 후추 그리고 소금과 함께 육수에 넣는다. 그리고 비트루트와 감자가 푹 물러질 때까지 끓여준다.

4 불을 끈 후, 딜을 넣고 덩어리가 보이지 않을 때까지 갈아준다. 완성된 보르쉬는 이유식보다 약간은 묽은 정도의 농도여야 한다.

5 따뜻한 보르쉬를 볼에 담고 사우어크림을 크게 한 스푼 얹어서 낸다. 이 사우어크림은 먹기 전에 보르쉬와 잘 섞어주어야 한다. 또한 마늘 향이 나는 크루통이나 바삭하게 튀긴 베이컨을 곁들여주어도 좋다.

내 할머니들의 특별한 쿠스쿠스

미국 출신 작가 헨리 밀러는 그의 걸작 중 하나로 손꼽히는《마루시의 거상The Colossus of Maroussi》의 처음 몇 페이지에 아름다운 절벽과 구석기 시대에 만들어진 경이로운 동굴 벽화로 유명한 프랑스 남서쪽의 도르도뉴 지방에 대해서 이렇게 써내려간다.

"나는 크로마뇽인들의 지적 능력이 뛰어났을 뿐만 아니라 그들이 매우 수준 높은 미적 감각을 지니고 있었기 때문에 이곳에 정착했을 것이라고 생각한다. 그리고 비록 깊은 동굴 속에서 짐승처럼 살았지만, 크로마뇽인들의 종교에 대한 개념은 이미 고도로 발달이 되어 있었고, 그리고 그것은 이곳 도르도뉴에서 찬란히 꽃을 피웠을 것이다. 나는 프랑스의 평화로운 이 지역이 언제나 인간들에게는 신성한 장소였고, 도시가 시인들을 죽어가게 만들 때도, 이곳은 시인들이 와서 쉴 수 있는 요람과 같은 피난처가 되어줄 것이라고 생각한다."

헨리 밀러가 그의 소설에서 묘사한 것처럼 아름다운 장소와 마주하는 것이야말로 모든 사람들이 유럽으로 떠날 때 기대하는 바이다. 그리고 유럽에는 헨리 밀러에게 영감을 준 도르도뉴처럼 아름다운 곳이 무궁무진하다. 인간의 손때가 묻지 않은 자연 그대로의 트랜실바니아 산맥, 신비로운 바다생명체들이 가득한 바위 해변으로 유명한 코르시카, 잔디로 뒤덮인 녹색 언덕들이 끊임없이 이어지는 영국의 칠턴 힐즈에 이르기까지, 이런 아름다운 풍경들은 여행자들에게 빽빽 울려대는 휴대전화와 숨통을 조이는 마감일 그리고 얼굴을 잔뜩 찌푸리고 있는 상사로부터 좀 더 자유로울 수 있는 삶을 꿈꾸며 긴 한숨을 내쉬게 만든다.

그러나 사실 도르도뉴에 대해 내가 그 어떤 것보다 뚜렷하게 기억하고 있는 것은 호두다. 그리스 남부지방에서 올리브나무가 지천이듯이, 이 지역은 어디를 둘러봐도 호두나무가 눈에 들어온다. 호두를 수확한 후, 도르도뉴 사람들은 우리가 기존에 맛본 견과류로 만든 디저트와는 전혀 다른 맛이 나는 호두 케이크 가토 오 노아Gâteau aux Noix를 만든다. 그리고 나 역시 도르도뉴의 아름다운 절벽을 바라다보며 아마도 밀러가 그러했던 것처럼 자연의 아름다움에 경외심을 품었겠지만, 그러나 부끄러운 진실은 그 멋진 절벽에 대한 기억은 사실 거의 남아 있지 않다는 것이다. 대신 내가 평생 절대로 잊지 못하는 것은 갓 수확한 신선한 호두의 고소한 맛과 냄새로 가득했던 바로 그 호두 케이크이다.

경이로운 대자연과 인간에 의해 만들어진 감탄스러운 건축물들은 때로는 우리의 나약한 정신세계로는 완전히 이해하기가 너무나 어렵다. 얼마 전까지만 해도, 우리들 대부분은 들판에서 작물을 기르거나, 바다에 그물을 던져 물고기를 잡거나, 들로 산으로 열매를 따러 다니거나 혹은 음식을 만드는 일로 생계를 꾸리며 살았다. 그래서인지 우리들에게 농사, 낚시 그리고 채집과 관련된 이야기들은 공감하기도 쉽고 더욱 재미있게 느껴진다. 나에게 진정한 유럽 여행이란 바닷가의 어시장이나 시골의 소박한 레스토랑을 둘러보는 것이다. 왜냐하면 이런 장소들이 들려주는 사람 냄새가 물씬 느껴지는 이야기들은 어떤 정신 나간 왕자의 자존심을 위해 세워진 으리으리한 궁전이나 도시 사람들이 어떻게 자신들이 태어난 자연과 단절되어왔는가 하는 슬픈 이야기를 들려주는 메아리가 울리는 협곡보다 수천 배는 더 재미있기 때문이다.

나에게 모든 음식 이야기는 유대인의 음식에서 시작되었듯이, 나의 여정 또한 유대인의 음식 이야기로 마무리되어야만 자연스러울 것 같다. 나는 영국에서 태어나 줄곧 영국에서 자랐지만, 독특한 문화와 음식 유산을 가진 유대인 가정 출신이다. 유대교의 전통이 뿌리가 되는 가정에서 태어난 내가 맨 처음 접한 음식 문화는 유대인의 음식이었다. 그리고 유럽의 여러 나라를 여행하는 동안 다양한 문화들을 몸소 체험하고 비교하며, 나는 유대인들의 음식 문화가 가장 독특한 음식 문화 중의 하나라는 사실을 깨달을 수 있었다. 유럽의 어느 곳에서나 유대인들을 찾아볼 수 있는 것처럼, 영국의 피시 앤 칩스부터 아몬드가 듬뿍 들어간 끈적한 터키의 패스트리에 이르기까지, 유대 음식의 소소한 특징들은 모든 유럽의 음식 문화 속에 녹아 들어가 있다. 유대인들은 아마도 유럽의 그 어떤 민족보다 다양한 방식으로 유럽의 음식 문화에 영향을 주어왔을 것이다.

이스라엘이 건립되던 1948년까지 유대인들은 나라 없는 민족이었다. 서기 70년, 로마와의 전쟁 이후로 유대인들은 조국을 떠나 전 세계를 떠돌아다녀야 하는 운명이 되었고, 대부분이 유럽과 북아프리카에 정착하게 되었다. 간혹 어떤 나라들은 유대인들을 환영해주기도 했는데, 유대인에게 손을 내밀어준 12세기의 이탈리아에서 유대인들은 유럽 은행 시스템의 기틀을 만드는 데 중요한 역할을 할 수 있었다. (그 이전까지 유럽에는 은행이라는 개념이 존재하지 않았다.) 그러나 대부분의 경우, 우리는 온갖 종류의 범죄를 구실로 비난의 대상이 되어왔다. 어디선가 무언가 좋지 않은 일이 벌어질 때마다 유대인들에게 모든 비난의 화살이 쏟아졌고, 그리고 그 결과 우리는 우리가 정착했던 나라에서 쫓겨나야만 했다.

그러나 이러한 유대인들의 이동은 유럽 음식은 물론, 전 세계 음식에 막대한 영향을 주었다. 메마른 사막으로 뒤덮인 고향을 떠나, 그 어디를 가더라도 우리는 새로운 환경과 유대교의 율법에 맞게 음식을 변형시켜야만 했다. (유대인들에게는 돼지고기와 해산물이 금기시되며, 육류와 우유를 섞어 먹는 것이 허용되지 않는다.)

일반적인 대부분의 유럽인들은 최근까지도 자기 나라를 떠나 다른 나라로 이주할 일이 거의 없었기 때문에, 유럽의 음식 문화는 각 나라별로 발달이 되었다. 그러나 유대인들이 새로운 나라로 옮겨가면서, 그들이 바로 직전까지 거주했던 나라에서 자신들에게 맞게 변형시켜 먹던 음식을 들여오게 된다. 이렇게 유대인들은 최초로 유럽 음식을 전파하는 홍보대사와 같은 역할을 한 셈이다.

오늘날 대부분의 사람들이 유대인들의 음식에 관해 언급할 때, 그들은 주로 미국에서 큰 인기를 얻고 있는 유대 음식들에 대해 이야기한다. 이탈리아 피자의 성공을 뒤이어, 가난한 유대인 이민자들은 신대륙에 베이글을 퍼뜨리는 데 성공했고, 이제 베이글은 전 세계적으로 터무니 없이 비싼 커피 체인점들의 진열장을 차지하고 있는 단골 아이템이 되었다. 그러나 사실 유대인의 음식이라는 개념은 미국보다는 유럽에서 그 윤곽을 더욱 명확하게 드러낸다. 유대인의 음식은 유대인들의 거주를 받아들였거나 혹은 그들을 강제로 추방시켰던 여러 나라들의 음식 문화가 오랜 세월 동안 조금씩 섞여서 만들어진 형태의 음식들이다.

이제 음식을 찾아 떠난 나의 여정은 여기서 마무리가 되어야 할 것 같다. 그러나 나는 이 책에 유럽의 음식과 결코 떼어놓을 수 없는 또 하나의 음식을 위한 공간을 만들고 싶다. 그리고 이 음식을 그 어떤 나라에도 포함시킬 수 없었기 때문에, 나는 마지막을 위해 남겨두었다. 나의 소울 푸드이자 나

의 음식 여행에 크나큰 영감을 준 음식, 바로 쿠스쿠스를 소개하고자 한다.

오스트리아의 철학자 루트비히 비트겐슈타인은 말했다. "내 언어의 한계가 바로 내 세계의 한계이다." 사실 나는 이 말에 전적으로 동의하지는 않는다. 딱딱하고 제한적인 인간의 언어로는 도저히 설명될 수 없는 냄새라는 세계가 있기 때문이다. 만약 내가 이 책 전체를 냄새와 색깔로 표현해 낼 수만 있다면 아마 딱딱한 문자 따위는 필요 없을지도 모른다.

두 분 모두 유대인이었음에도 불구하고, 나의 친할머니와 외할머니의 음식은 너무나도 달랐다. 지리적으로도, 두 분은 서로 다른 나라에 살고 계셨다. 나의 외할머니 댁은 파리 외곽이었고, 나의 친할머니 댁은 잉글랜드 서쪽 해안에 자리잡은 항구도시 리버풀이었다. 그러나 할머니들의 음식이 달랐던 진짜 이유는 아주 오래전 시간으로 거슬러 올라간다.

나의 친할머니는 러시아 제국이 세력을 뻗어나가던 시절, 유대인들을 강제로 이주시켜서 살게 했던 동유럽의 가난한 마을 출신이었다. 그곳의 얼어붙은 땅에서 얻을 수 있는 농작물은 검은 흙이 잔뜩 묻어 있는 감자나 양파가 고작이었다. 그곳의 농가들은 코셔를 지키기 위해서 스스로 닭을 길러-도축 시에도 유대교의 율법을 엄격히 따르며-자급자족하였다.

반면, 나의 외할머니는 오스만 제국이 몰락하고 그 흔적만이 남겨진 알제리에서 자랐다. 언제나 구름 한 점 없이 눈부신 햇살이 가득한 북아프리카의 알제리에는 당시 떠들썩한 아랍 상인들, 수다스런 스페인 이주민들, 콧대 높은 프랑스 식민 통치자들 그리고 스페인에서 추방당하고 이주해온 유대인 무역상들이 뒤섞여 살고 있었다. 20세기의 알제리 사람들은 이런 환경 속에서 스페인어, 프랑스어, 아랍어 그리고 히브리어를 섞어서 그들만의 언어를 만들어냈으며, 또한 그들의 부엌에는 전 세계 방방구석에서 온 다양한 식재료와 허브, 향신료들이 가득했다.

그러나 두 분 할머니는 나름대로 당신들의 소박한 주방에서 따뜻하게 빛나는 색깔과 황홀한 냄새로 각자의 심포니를 만들어내셨다. 할머니들의 음식은 마치 다른 세계에서 온 것만 같았다. 친할머니의 부엌에서는 황량한 러시아의 들판이 마법과 같이 순식간에 펼쳐졌다. 유대인들이 심하게 박해를 당하던 그 당시, 음식은 마을 사람들이 함께 모여서 즐길 수 있던 유일한 수단이었다. 나는 친할머니의 음식에서 러시아의 억압을 받던 유대인들이 꿈꿀 수 있는 환상을 담은 마르크 샤갈의 그림을 느낄 수 있었다.

외할머니의 음식에서는 항상 이국적인 맛과 냄새가 넘쳐흘렀다. 그것은 사막의 모래바람이 불어대는 북적대는 장터와도 같은 느낌이었다. 부엌에 계시던 외할머니는 필하모니의 지휘자 같았다. 언제라도 할머니의 손끝에서는 세상의 모든 맛들이 만들어질 수 있을 것만 같았다. 그에 비해 친할머니는 낡은 나무 조각으로 자신의 모든 악기를 스스로 만들어야 하는 불운한 천재 소녀에 더 가까웠다.

나는 쿠스쿠스라는 단어를 들었을 때, 비트겐슈타인의 말이 생각났다. 대부분의 사람들은 쿠스쿠스라는 단어에 그다지 큰 의미를 두지 않을 것이다. 좁쌀처럼 생긴 탄수화물이 가득한 식재료, 쿠스쿠스만 먹는다면 담백하다 못해 밍밍한 맛이 남, 쌀과 마찬가지로 포만감을 주는 음식. 이 정도가 쿠스쿠스에서 연상되는 이미지일 것이다.

그러나 나에게 쿠스쿠스는 할머니가 한 올 한 올 엮어주신 알록달록한 태피스트리이다. 할머니가 만든 쿠스쿠스 냄새는 집 안을 가득 채우며, 그 어떤 한계도 존재하지 않는 먼 세계로 나를 이끌어준다.

요즈음 우리가 슈퍼마켓에서 구입할 수 있는 쿠스쿠스는 대부분이 인스

턴트지만(유감스럽게도 뜨거운 물을 부어놓으면 일이 분 안에 조리가 되는 컵라면 같은 즉석음식이 되어버렸다) 그러나 진짜 쿠스쿠스를 만드는 데는 하루 종일이 걸린다. 마미(우리가 외할머니를 부르는 애칭)는 최소 본인 몸집의 반만 한 크기는 될 법한 큰 솥에 육수를 만들었다. 육수가 끓기 시작하면, 역시나 어마어마하게 큰 밀집 소쿠리에 쿠스쿠스를 넣고 그 솥 위에 얹어 공들여 오랜 시간을 쪄냈다.

쿠스쿠스는 원래 베르베르족의 음식이다. 베르베르인은 북아프리카의 산간지역에 살던 원주민들로, 한때 프랑스 축구 대표팀 주장이었던 '지단'이 바로 베르베르인에 속한다. 아주 오랜 옛날부터 베르베르인들은 파스타를 만드는 듀럼밀durum wheat을 가지고 쿠스쿠스를 만들었다. 그리고 북아프리카의 일부가 프랑스의 식민지가 된 이후부터 쿠스쿠스는 인기몰이를 하며 지중해 전역으로 빠르게 전파되었다. 프랑스의 한 푸드 매거진에 따르면, 쿠스쿠스는 2011년 프랑스에서 가장 인기 있는 음식으로 선정되었다고 한다. 사실 전통적인 방법으로 쿠스쿠스를 만들려면 두 층으로 된 쿠스쿠스 전용 찜솥인 쿠스쿠시에couscoussier를 사용해서 몇 번이고 쪄주어야 하는데 그 과정은 지루할 만큼 오래 걸린다. 왜냐하면 딱딱한 좁쌀 같은 쿠스쿠스가 여간해서는 부드럽고 포근포근하게 변하지 않기 때문이다.

마미가 즐겨 사용하는 쿠스쿠스 레시피는 두 가지 종류가 있었다. 첫 번째는 버터를 사용한 달콤하고 짭조름한 맛의 쿠스쿠스였다. 할머니는 주로 호박과 건포도를 함께 넣어주었는데, 그것들은 몇 시간 동안 김이 모락모락 나는 쿠스쿠스 위에서 부드럽고 촉촉하게 변해갔다. 어린 시절, 나의 부모님은 성가신 아이들을 떼어놓고 그들만의 평화로운 휴식 시간을 갖고자 나와 내 여동생을 종종 프랑스에 있는 외갓집으로 보내곤 했다. 그때마다 나의 외할머니는 기꺼이 우리를 위해 이 쿠스쿠스를 만들어주셨고, 우리는 거기에 – 오직 할머니에게서만 허락될 수 있었던-흑설탕을 수북하게 한 스푼 넣어 먹곤 했다.

두 번째는 마미가 가족 모임이 있을 경우 주로 사용했던 레시피로, 치킨과 야채와 함께 만드는 방법이었다. 쿠스쿠스 위에서 크림치즈처럼 부드럽게 익은 치크피와 당근, 맑지만 진한 닭육수와 먹음직스럽게 뜯어놓은 닭고기가 함께 곁들여지는, 좀 더 베르베르 전통 스타일에 가까운 요리였다.

음식은 본질이 맛임에도 불구하고, 유감스럽게도 맛은 우리의 기억에 오래 남아 있지 않는다. 이제까지 내가 먹어본 최고의 음식들도, 그저 '맛있었다' 정도만으로 기억될 뿐이다. 그러나 냄새는 맛과는 달리 우리의 기억 속에 영원히 남는다. 냄새만으로도 나를 배고프게 만들어 하루 종일 기대감으로 부풀게 했던 쿠스쿠스의 경우가 나에게는 그러하다. 외할머니는 아마도 우리가 아침식사를 하기 훨씬 전부터 요리를 시작하셨을 것이다. 진한 육수 냄새와 쿠스쿠스가 익는 냄새는 잠들어 있는 나와 여동생을 침대에서 끌어내는 마법 같은 힘이 있었다. 우리는 이 강렬한 냄새-다른 시간과 다른 공간에서 온 듯한-속에서 숙제를 하면서, TV의 만화 프로그램을 보면서 하루 종일 쿠스쿠스가 완성되기만을 기다렸다. 그 냄새는 머나먼 북아프리카의 마그레브Mahgreb 깊숙한 곳에 위치한 오랫동안 버려진 유대인 마을의 것이었지만, 다른 시간과 공간에 존재하는 파리 외곽에 있는 작은 집을 가득 채우기 충분했다. 그리고 나는 몇십 년이 지난 지금까지도 강렬하고 이국적인 그 쿠스쿠스의 냄새를 생생하게 기억하고 있다.

나에게 쿠스쿠스라는 단어는 듀럼밀로 만들어진 작은 좁쌀 모양의 음식이라는 사전적 의미와는 전혀 관련이 없다. 이것은 내가 아직 한 번도 가본 적은 없지만, 사막의 모래바람이 휩쓸고 간 떠들썩한 터키의 시장통에서 신나게 뛰어노는 아이처럼 나의 DNA에 전해 내려오는 또 다른 미지의 세계를 의미한다.

회색 콘크리트와 녹색 자연으로 뒤덮인 이 세상에서 사람들을 여행으로 끌어당기는 본질은 아마도 인간이 만들어낸 아름다운 건축물이나 광활한 대자연이 아닐 것이다. 우리가 야근을 참아가며 힘들게 모은 돈을 뚝 떼어, 잘 알지도 못하는 나라로 향하는 비싼 비행기 티켓을 구입하고, 바가지에 가까운 비싼 호텔에 머물며, 심지어는 무슨 말인지 이해할 수조차 없는 메뉴가 놓인 호사스러운 식당에서 식사를 하게 만드는 그것은, 바로 촉감을 느끼고, 냄새를 맡고, 맛을 볼 수 있는 우리의 감각이다.

사실 우리가 대담하게 촉감, 맛과 냄새와 같은 감각에만 전적으로 의지할 수 있다면, 우리 모두는 인디애나 존스와 같은 진정한 문화 탐험가가 될 수 있을 것이다. 감각이라는 본능에 온몸을 맡길 수 있는 준비가 되었다면, 우리 모두는 이제껏 경험해보지 못한 음식을 통해서만 찾아볼 수 있는 풍부한 문화와 역사를 향해 전 세계의 시장통을 신나게 뛰어다니는 그 어린 아이가 될 수 있을 것이다.